KB115437

굿바이 마이 달링,
독거미 여인의 키스

고한 추리마을에서 펼쳐지는 열 개의 생존게임

굿바이 마이 달링, 독거미 여인의 키스

초판 1쇄 | 인쇄 2018년 7월 25일
초판 1쇄 | 발행 2018년 7월 30일

지은이 | 김재희 김재성 양수련 조동신 공민철 김주동 윤자영 박상민 정가일 김범석
펴낸이 | 권영근
편　집 | 권영임
디자인 | 여현미

펴낸곳 | 도서출판 바람꽃
등　록 | 제25100-2017-000089
주　소 | (03387) 서울시 은평구 연서로22길 16-5, 501호(대조동, 명진하이빌)
전　화 | 010-7184-5890
팩　스 | 070-7314-6814
이메일 | greendeer@hanmail.net

ISBN 979-11-962706-2-9 03810

값 13,800원

2018 고한읍의 지원으로 발간된 도서임.

이 도서의 국립중앙도서관 출판예정도서목록(CIP)은 서지정보유통지원시스템 홈페이지(http://seoji.nl.go.kr)와 국가자료공동목록시스템(http://www.nl.go.kr/kolisnet)에서 이용하실 수 있습니다.(CIP제어번호: CIP2018022761)

고한 〈추리마을〉에서 펼쳐지는
열 개의 생존게임

김재희 · 김재성 · 양수련 · 조동신 · 공민철
김주동 · 윤자영 · 박상민 · 정가일 · 김범석

굿바이 마이 달링,
독거미 여인의 키스

도서출판 바람꽃

차례

야생화를 기르는
그녀의 비밀 꽃말

김재희

프로파일러 감건호는 고한사북터미널에 박현진 피디와 함께 내렸다. 박현진 피디는 삼십 대의 싱글 여성으로 감건호와 함께 〈감건호의 미제 추적〉 프로그램을 기획하는 중이다.

"아우 좋다. 서울보다 엄청 시원하네. 참 박 피디, 우리 안내해주러 누가 나오죠? 답사 때 소개해준 분 있다면서."

"네, 선생님. 고한읍 행정복지센터에서 이정수 총무계장님이 나오실 거예요. 아 저기 나오시네요."

터미널 안으로 삼십 대 중반으로 보이는, 중간 정도의 키에 적당한 체격의 서글서글하게 웃는 남성이 들어왔다.

"안녕하십니까? 감건호 프로파일러님 영광입니다. 티브이에서

---

* 필자의 소설 「봄날의 바다」에 나오는 프로파일러

잘 보고 있습니다. 이번에 저희 고한 야생화 추리마을을 취재하러 오셨다구요?"

"네, 반갑습니다. 명함 받으시죠."

이정수는 인사를 주고받고, 투싼 차량에 감건호와 박 피디를 태웠다.

"야생화 추리마을을 조성하기 위해 주민들이 모이는 장소가 고한야夜한시장에 있습니다. 그곳을 둘러보시고 식사하시죠."

감건호는 시장에 도착해 둘러본 뒤 근처 식당으로 들어가 곤드레밥 정식을 먹었다.

"저어, 어떤 취지로 추리마을을 소개하실 거죠? 여름에 야생화 축제와 어우러져서 추리마을을 알리는 행사가 만항재에서 있습니다. 좀 있다 안내해드리죠."

감건호는 속내를 드러내지 않다 뜬금없이 물었다.

"사실은 야생화를 기르는 장미현 씨를 만나보고 싶습니다."

이정수가 깜짝 놀랐다.

"장미현 씨는 왜?"

이정수가 인상을 약간 찌푸렸다.

"추리마을 소개가 아니라 그 사건 때문에 오셨군요."

박 피디가 걱정스런 얼굴로 고개를 끄덕였다.

"네, 제가 〈감건호의 미제 추적〉이라는 프로그램을 기획하고 있는데 첫 방송으로 그 사건을 다뤄보려구요."

이정수가 한숨을 내쉬었다.

"좀 불편하네요. 진즉에 말씀을 해주시지. 사실은 저도 추리마을을 소개하러 오시진 않았을 거라 생각은 조금 했지만 막상 들으니 황당하네요."

감건호가 정중하게 사과했다.

"죄송합니다. 도와주세요. 대신 추리마을 홍보도 톡톡히 하면서 프로그램을 진행할게요."

"그 사건은 이미 삼 년도 더 됐고 수사도 끝난 걸로 알고 있는데요. 장미현 씨도 현재 맘 잡고 복지센터에서 야생화 기르는 일을 하고 계시구요."

"공무원입니까?"

"계약직입니다. 축제에 선보일 야생화를 만항재 산상의 화원이나 하늘숲 정원 등에서 기르죠."

박 피디가 미소 지었다.

"이름이 넘 아름답네요. 풍경 꼭 담아보고 싶어요."

감건호가 진지하게 물었다.

"그럼 장미현 씨를 만항재 가면 만날 수 있는 겁니까?"

"그렇죠. 근데 만나려고 할지 모르겠어요. 서울에서 연락은 해보셨을 것 아닙니까?"

박 피디가 대답했다.

"전화를 피하시고 도움을 안 주려 하셔요."

감건호는 이정수에게 간곡히 부탁했다.

"부디 도와주세요. 은혜 잊지 않겠습니다."

"에휴, 미현이는 사실 친한 친구 여동생이라 잘 아는 사이이긴 한데 일단은 가봅시다."

이정수는 감건호와 박 피디를 태우고 만항재로 향했다. 414번 도로를 타고 만항재로 올라갔다.

"이곳이 만항재로 오르는 길입니다. 도로 포장이 잘 되어 있죠. 동네말로는 늦목재라고 부르기도 하는데 해발 1330미터로 우리나라에서 자동차가 올라갈 수 있는 포장도로 중에 가장 높은 곳입니다."

감건호는 차창을 열고 숲 속의 진한 향기를 맡았다. 초여름이었지만 매우 선선한 날씨였다. 청량한 공기가 폐 가득히 들어왔다. 어디선가 꽃향기도 났다. 숲 속을 차로 편하게 오르다니 신기했다. 바람이 시원하게 불어와 감건호의 앞머리를 날렸다.

'제발 프로그램 시청률도 이렇게 쑥쑥 올라라.'

감건호는 프로그램이 잘 되기만을 바랐다.

"만항재 근처에 정암사라고 진신사리가 봉양된 절이 있죠. 자장율사가 짚고 다니던 지팡이가 나무가 되어 천 년 동안 자랐습니다. 부처님의 사리를 수마노탑에 봉안하고 있습니다."

"지팡이가 나무가 된다뇨? 저는 설화를 좀체 믿지 않죠."

감건호의 말에 이정수가 산길을 따라 커브를 틀면서 대답했다.

"그러십니까? 근데 사실은 정암사에서 소원을 빌어 기적이 일어난 게 꽤 있죠. 아픈 아들이 낫는다든가, 아기가 없던 집에 아기가 태어난다든가. 저는 그런 기적을 보고 자라서 창건설화를 믿습니다."

감건호는 고개를 건성으로 끄덕였다.

"내리시죠. 여기가 만항재입니다."

차가 섰다. 감건호는 박 피디와 함께 내렸다. 이정수가 손을 들어 안내했다.

"이쪽으로 오시죠. 장미현 씨는 산상의 화원에 있을 겁니다."

감건호는 산들바람을 맞으며 수풀 내음이 가득한 숲으로 발을 옮겼다. 사건이 일어났으리라고는 상상도 안 되는 아름다운 산속이었다. 게다가 지천에 핀 야생화들은 천상을 거닐고 있다는 착각을 하게 했다.

이정수가 가리키는 곳에 한 여인이 챙이 넓은 모자를 쓰고 하얀색 레이스가 달린 통 넓고 편한 원피스를 입고서 야생화를 옮겨 심고 있었다.

"장미현 씨. 미현아!"

장미현이 야생화 모종을 내려놓고 뒤를 돌아봤다. 하얀 피부에 단정한 이목구비 그리고 아담한 체구였다.

"정수 오빠, 무슨 일이에요?"

"여기 이분들이 너 보려 오셨다. 서울에서."

감건호의 얼굴을 보는 순간 환하게 웃던 장미현의 표정이 굳었다.

"잠시만요. 이것 마저 하구요."

장미현은 뒤돌아서 야생화 모종을 옮겨 심었다. 감건호가 조용히 다가갔다.

"참 예쁘네요. 꽃 이름이 뭡니까?"

"꽃향유요."

"이름에 뜻이 있나요?"

감건호는 친근하게 다가가 상대방의 마음을 무장시키는 일에는 도가 텄다. 프로파일러로서 수많은 피의자나 피해자를 상대하며 얻은 실전 면담의 기술이었다.

"향기로운 기름을 얻는다는 뜻이죠. 아직은 피어서는 안 되는데 일찍 피어서 옮겨 심고 있어요. 축제 때까지는 잘 피어 있어야 하는데."

"축제가 얼마 안 남았죠?"

"죄송하지만 저 말하고 싶지 않아요. 그 프로그램에 인터뷰하기 싫어요."

감건호는 싱그럽게 웃었다.

"꽃말이 뭐죠?"

장미현은 잠시 표정을 풀었다.

"추향이라고 가을의 향기라는 뜻이에요."

"가만있자, 요건 나 어릴 적 마을 뒷산에 흔하게 피어 있던 건데. 이름이 뭐라더라…… 아 맞다. 개미취 맞죠?"

"네, 맞아요."

장미현이 조금 웃었다.

"솜털이 꽃에 다닥다닥 붙어 있어 개미를 연상시키죠."

"꽃말은 뭐죠?"

"먼 곳의 친구를 그리워한다는 뜻이 있어요."

장미현은 일어나서 숨을 작게 내쉬고 푸르디푸른 하늘을 올려다 봤다.

"두 분이 사귀던 사이라고 들었습니다. 유현민 씨가 그립지 않습니까?"

장미현은 고개를 숙이고 모종을 담은 자그마한 수레를 밀면서 이동했다. 감건호가 거리를 두고 따라붙었다.

사실 감건호는 장미현이 야생화 기르는 일을 한다는 걸 박 피디를 통해 접하고 몰래 야생화 공부를 했다. 감건호는 장미현 뒤에서 야생화 종에 대해 더 알은체를 했지만 장미현은 관심 없다는 식으로 대답을 회피했다.

감건호는 머쓱했는지 이정수와 박 피디가 있는 곳으로 돌아왔다.

"어떠세요? 미현이 안 하려구 하죠? 그 일로 힘들어했고 이제야 맘 잡았어요. 저도 불편합니다."

"후우, 그래도 우리가 여기까지 왔는데 이렇게 돌아갈 순 없죠. 장미현 씨가 어디에 묵습니까?"

"지금은 만항재를 돌보느라 정암사에 묵고 있어요. 더 이상 귀찮게 하지 마십시오."

감건호는 고개를 끄덕였다.

"박 피디. 여기가 삼 년 전 사건 현장이니까 나랑 좀 둘러보지."

감건호는 박 피디와 만항재에 남기로 했다.

"우리는 조사 좀 하겠습니다. 나중에 알아서 택시 불러 내려갈 테니 계장님은 먼저 내려가세요. 괜찮습니다."

"그럼 그렇게 하겠습니다. 혹시 도움이 필요하시면 불러주세요."

이정수가 차를 운전해 내려가고 박 피디와 감건호만 산상의 화원에 남았다.

"선생님, 저는 야생화 종류 좀 볼게요. 나중에 카메라에 뜰 게 있나 보려구요. 예뻐서 여러 장면에 내보낼 수 있을 것 같아요."

"그렇게 해요."

박 피디가 휴대폰을 들어 야생화를 촬영했다. 감건호는 산책길 끝까지 올라갔다. 길고 고요한 숲이 그를 둘러쌌다. 박 피디와도 멀어지고 어느덧 야생화의 풀 내음과 소소리바람만이 감싼 태고의 공간으로 들어왔다.

감건호는 머릿속으로 사건을 재구성했다.

삼 년 전 야생화 축제 직전에 산상의 화원 고갯길에는 칠 미터가 넘는 망루가 섰다. 축제를 찾는 손님들이 한눈에 만항재의 야생화 정원을 둘러볼 수 있도록 세운 것으로 가설된 것이어서 난간 없이 망루만 계단 위에 덩그러니 있었다. 축제 전에 난간과 안전시설을 추가로 만들기로 했다.

당시 야생화 축제를 기획하던 동네 주민 유현민은 밤 열 시, 망루에서 떨어져 죽었다. 유현민은 야생화 모종 가게를 하던 장미현과 사귀던 사이였는데 처음에는 망루에서 실족사 한 것으로 여겨졌다. 하지만 혈액검사를 해보니 수면제 성분인 졸피뎀 약물이 검출되어 타살 의혹이 제기됐다. 경찰 조사에 따르면 졸피뎀은 장미현이 처방받은 것으로 불면증에 시달리던 유현민이 그녀에게 받은 것으로 결과가 나왔다.

　사고 당일 밤, 유현민은 장미현과 살던 아파트에서 나와 차를 몰고 만항재에 올랐다. 그리고 망루에서 떨어졌다. 당시 장미현이 그를 따라잡으려 콜택시를 불러 만항재에 갔던 게 뒤늦게 밝혀졌다. 장미현은 수면제를 유현민에게 제공하고, 사건 현장에 있었다는 이유로 살인죄로 기소됐지만 증거불충분으로 풀려났다.

　장미현은 줄곧 유현민이 떨어진 상황을 목격했으며 다른 남자가 자신을 밀치고 도망쳤다고 주장했다. 장미현은 방면되고, 유현민의 죽음은 타살로 결론났다. 범인은 아직까지 밝혀지지 않았다. 유현민과 사업했던 수많은 사람들이 경찰의 조사를 받았지만, 알리바이가 있고 혐의점이 입증되지 않아 사건은 미제로 남았다.

　감건호는 휴대폰으로 당시의 현장 사진을 보면서 망루가 있었던 자리로 갔다. 깊은 숲 속 사이로 정상의 송신탑 머리가 보였다. 이때 바스락 소리가 났다. 새소리만이 가득한 곳에서 갑자기 인기척이라니 그는 긴장했다.

"누, 누구야."

나무를 헤치고 젊은 남자가 나왔다.

"아, 안녕하세요. 어? 선생님."

중간 키에 호리호리한 몸매의 남자는 감건호를 껴안았다.

"저 기억 안 나세요? 왜, 저번에 우리 서점에서 사인회 하셨잖아요. 서지훈입니다."

남자가 훈훈하게 웃었다. 감건호도 활짝 웃었다. 이대 골목에 위치한 추리소설전문서점 〈미스터리 연합〉의 대표 서지훈이었다.

"서 대표, 여기서 뭐하는 거야. 진짜 깜짝 놀랐네."

"저야말로 선생님 보고 놀랐죠. 혹시 유현민 씨 사건 캐러 오신 거 아녜요?"

"맞아요."

"저는 축제 기간 동안 간이 추리전문서점을 열기 위해 일주일 전에 내려왔어요. 여기 행정복지센터에서 연락을 받고요. 서울 서점은 아는 동생에게 맡겼답니다. 앞으로 고한 추리마을에 분점을 낼 계획입니다. 이 사건 관련해서 프로그램 하나 만드시게요?"

"응, 궁금하기도 하고. 미스터리 그 자체로. 범인이 아직 오리무중이니까. 난 목격자가 의심스럽기도 한데."

"애인 장미현 씨요? 아까 여기 계시던데요."

"알아, 인사 나눴는데 말이 없네. 피하고. 우리야 늘 겪는 일이지만."

"선생님, 여기서 만난 것도 영광인데 같이 내려가요. 차 가져오셨나요?"

"아니, 택시 부르려고."

"같이 다녀요. 여기 함부로 홀로 다니면 안 돼요. 예전엔 만항재 저쪽으로 묘터가 있어서 귀신이 밤에 출몰한다는 데요? 현지 주민분들 말씀에 의하면요. 후후, 저야 담이 세지만."

감건호는 피식 웃으면서도 조금 놀랐다. 나이가 마흔이 넘어가면서 솔직히 이것저것 무서워지는 것 투성이었다. 감건호는 서지훈의 젊음이 부러웠다.

서지훈은 박 피디와도 반갑게 인사하고 차를 운전해 같이 내려갔다. 어느덧 저녁이 되었다. 이슬비가 부슬부슬 내리는 밤, 감건호는 메이힐 리조트 숙소에서 서지훈과 캔맥주를 두고 깊은 이야기를 나눴다. 박 피디는 메모를 하면서 무언가 적었다.

"저도 추리전문서점을 열고 있다 보니 추리소설가, 미제사건 마니아, 경찰 분들과 자주 만나면서 그 사건에 관해 많이 들었죠. 그런데 당일 유현민 씨는 운동화를 신고 있었고 비도 오지 않아서 망루에 올라 미끄러질 염려는 없었어요."

감건호가 되물었다.

"그런데 말이지, 그것보다는 왜 야심한 시각에 거기에 올랐느냐이 말이야. 심리부검(자살 후에 사망자의 심리를 조사하는 일)을 해봤는데 유현민 씨는 당시 사업 관련해 빚을 지고 있었고 불면증에 시달렸어. 가족들의 외면으로 고립되고 상당한 심리적 부담은 있었지."

서지훈이 맥주를 한 모금 마셨다.

"그러면, 자살을 염두에 두시는 건가요? 처음에는 장미현 씨를 용의자로 봤지만 직접적 증거가 없자 장미현 씨가 목격했다는 남자를 쫓다가 허사가 됐잖아요."

"난 자살을 추정해봤어, 그 밤에 거길 올라갔다는 게 의심스럽거든."

"수면제 약물의 부작용 사례가 많잖아요? 몽유병을 일으킨다든가요. 저는 유현민에게 사채를 융통해주고 돌려받지 못한 사람이 유현민이 어디론가 가자 미행해 사건을 저지른 게 아닌지 생각해봤는데요."

"채권자는 채무자를 죽이면 빚을 돌려받지 못하는데 그럴 필요가 있을까? 조사를 더 해보려구. 경찰 조사 중에 장미현은 유현민이 망루에 간다고 문자를 췄다고 증언을 했던데, 그건 사실이었어. 그래서 장미현을 목격자로 인정했지."

"저, 내일 장미현 씨 만나요. 야생화 도록도 저희 서점에서 팔기 위해 추천을 받기로 했어요. 모종도 같이 팔 거구요."

"내가 따라 나가면 안 되겠지?"

"그냥 도전해 보세요. 어차피 선생님 일이 그렇잖아요. 같이 나가요."

서지훈은 밝게 웃었다. 감건호는 방으로 돌아가고 박 피디와 서지훈은 좀 더 대화를 나눴다.

다음 날 박 피디는 촬영장소 헌팅을 위해 먼저 나갔다. 감건호는 서지훈을 따라 삼탄아트마인으로 갔다. 삼탄아트마인은 함백산 자락에 위치한 문화예술 공간으로 폐광에 미술관을 지어 십만 점이 넘는 미술품이 전시된 곳이다. 약속 시간이 남아 감건호는 미술관 여기저기를 둘러봤다. 감각적인 현대미술품뿐 아니라 광부들의 역사를 고스란히 담은 기록물과 관련 전시품들이 있었다. 유명 드라마의 배경이라고 고스란히 남긴 방도 있었고, 무엇보다 시설 곳곳에 광산 시설이 남아 있어 당시의 분위기를 물씬 느꼈다. 광부들의 노고가 피부 가까이 느껴졌다.

삼탄아트마인 내에 위치한 레스토랑 832L에서 장미현을 기다렸다.

"선생님, 이 레스토랑 이름이 왜 832L인줄 아세요?"

"아니, 모르겠는데."

"해발 832미터에 위치해서 그렇게 지었다네요. 그리고 들리는 말에 의하면 고한 지역은 해발이 다른 지역보다 높아서 술 먹어도 안 취한다네요."

"정말?"

"네. 인간이 살기 가장 좋은 고도가 천 미터 고도라던데요. 여기 와서 비염 나았어요. 신기하게도."

"공기 좋지. 풍광도 아름답고."

"저기 오시네요."

장미현은 서지훈에게 다가오려다 감건호를 보고 멈칫 섰다. 하지만 자리에 앉았다. 감건호에게는 눈길도 주지 않고 서지훈과 야생화 도록이나 모종 판매에 관해서 이야기를 나눴다. 서지훈이 잠깐 삼탄아트마인을 둘러본다면서 나갔고 감건호는 장미현과 마주보고 잠시 시간을 가졌다. 마침 카페 안에는 샘 스미스의 〈The Thrill Of It All〉이 잔잔하게 흘러나왔다. 감건호가 예의바르게 사과를 했다.

"어제는 죄송했습니다. 다짜고짜 들이대서요."

장미현은 커피를 한 모금 마시고 조용히 일어섰다. 뒤돌아서는 장미현의 목덜미로 꽃 문신이 얼핏 보였다.

"부처꽃을 문신하셨네요."

장미현이 소스라치게 놀라며 뒤돌아봤다.

"꽃말은 뭔가요?"

장미현은 하늘색 블라우스 뒷부분을 추켜올렸다.

"야생화를 잘 아시네요."

"솔직하게 프로그램 준비하려고 공부를 미리 해뒀어요. 앉으시죠, 유현민 씨에 대해 심리부검을 제가 좀 해봤습니다."

장미현이 머뭇거리다 앉았다.

"심리부검이라면 오빠를 자살로 보신다는 건가요?"

장미현은 고 유현민을 오빠로 지칭했다.

"아뇨. 확실한 건 없지만 다각도로 보는 거죠. 그거 아세요? 교통사고도 의료사고도 사고사가 아닙니다. 타인이 연관돼 있으니 타살로 보는 거죠. 법의학적 관점에서는 죽을 의사가 없었던 자신의 행위에 의한 죽음과 타인의 의사와 행위가 전혀 개입되지 않은 죽음을 사고사라 합니다. 여기에 현시성 자살이라는 게 있는데 타인의 관심을 끌기 위해 자살을 시도하다 진짜 죽게 되는 것을 뜻합니다. 현시성 자살은 자살이 아니라 사고사에 속하죠. 죽을 의도는 없었으니까."

장미현이 긴장했다. 감건호는 차분하게 말을 이었다.

"유현민 씨는 보험을 든 게 거의 없더군요. 오해 마세요. 보험관련 살인을 의심한 게 아니라 다각도로 알아본 겁니다. 자살하기 전에 보험금을 가족이 수령할 수 있는지 따져보는 사람도 많습니다. 제 생각으로는 유현민 씨는 망루에 현시성 자살을 하러 올랐다가 실수로 미끄러져 그렇게 가셨을지 모릅니다."

장미현이 얼굴에 분노를 담았다.

"그런 말 함부로 하지 마세요. 당신이 뭘 알아요? 오빠와의 관계는 아무도 몰라요. 우리 둘 사이의 일을 추측하고 재단하지 마세요. 더 할 말 없으니 이만 일어설게요."

장미현이 화를 내며 돌아갔다. 잠시 후, 서지훈이 손에 삼탄아트마인 관련 책자를 들고 돌아왔다.

"여기 관련 자료 좀 구하느라 늦었어요. 장미현 씨 엄청 화난 것 같던데요?"

감건호가 미안한 미소를 지었다.

"도발해봤지. 꿈쩍 안 하다가 무언가 건드리니 나오기는 하는데. 아직은 시기상조겠지."

그날 저녁 박 피디와 회의를 마치고 감건호는 숙소에 들었다가 생각한 바 있어 콜택시를 불렀다. 그는 택시에서 내려 홀로 정암사에 도착했다.

정암사 방향으로 걷는데 뒤가 서늘하게 느껴졌다. 귀신이 나오던 서지훈의 말이 귓가에 아련하게 들렸다. 도깨비 불같은 것도 보였다. 자세히 보니 반딧불이였다. 초여름 밤이었지만 피부에 찬 공기가 서늘하게 느껴졌다. 서울의 끈끈하고 더운 공기와는 영 달랐다. 정선 고한의 밤은 그늘 속처럼 고요하고 선득했다.

감건호는 일주문을 넘어 경내로 들어갔다. 선불도량에 다가가 스님을 조용히 찾았다. 나이가 지긋한 스님이 나오셨다.

"무슨 일이십니까?"

감건호는 자신의 명함을 건네고 장미현을 찾아왔다고 말했다. 스님이 생각을 하다 말을 건네 본다고 했다. 잠시 후, 스님은 그녀가 안 보이고 전화도 받지 않는다면서 혹시 수마노탑에 올라갔을지 모른다며 위쪽을 가리켰다. 고적한 달빛 찬연한 등불이 비추는 아래에 탑 머리가 보였다.

부처님의 사리가 봉안된 곳. 감건호는 어둔 밤을 휴대폰 플래시로 비추면서 돌계단을 올랐다. 제법 높이가 되는 곳이라 헉헉대며 올라갔다. 거대한 탑이 보였다. 등불 아래 모전석탑은 천 년을 견뎌 온 세월의 흔적을 고스란히 지니고 있었다. 그녀는 반석에 앉아서 달빛을 받았다. 차분하게 밤하늘을 보는 그녀는 우수에 차 있었다.

감건호가 헛기침을 했다.

"죄송합니다. 이렇게 늦은 시간에 찾아와서요. 부처님께 공양이라도 올리시는 건가요."

장미현이 미소를 띠고 고개를 저었다.

"가톨릭 신자예요. 하지만 이곳을 좋아하죠. 경건하게 마음을 다질 수 있으니까."

"귀찮게 해드려 죄송합니다. 궁금한 게 풀리지 않아서 왔습니다."

"물어보세요, 여기까지 찾아온 정성에 감복하게 되네요. 제가 뭐라고 이렇게 고생시키는지."

감건호는 진실을 들을 수 있는 기적을 바라며 나직하게 물었다.

"유현민 씨는 죽으려는 의도는 없었는지도 모릅니다."

장미현이 놀라 감건호를 직시했다.

"사람들은 살인사건에 놀라죠. 일 년에 살인은 삼백여 건 정도지만, 자살은 그보다 훨씬 더 많죠. 만 건이 넘습니다. 직업상 저도 법의학 책을 들여다보는데 살인보다는 자살 사진이 많습니다. 인생에 회의가 느껴지죠. 젊은 사람들이 다양한 방법으로 기구하게 생을 마쳤구나, 하는 생각이 듭니다. 무슨 고통을 겪어서 허무하게 생을 마감했을까."

감건호는 말을 이어가면서 그녀의 얼굴을 살폈다. 그녀는 시선을 아래에 두고 약간 손을 떨다가 두 손을 마주잡았다.

"저는 처음에 유현민 씨가 사업 실패를 극복하지 못하고 죽음을 택한 것은 아닌지 의심했죠. 하지만 그는 축제를 기획하면서 희망이 있는 상태였고 장미현 씨가 지켜주었습니다. 사랑하는 사람이 보내는 지지는 자살 결심을 돌려먹게도 합니다. 그리고 빚도 노력하면 갚을 수 있는 정도였죠. 굳이 죽을 이유가 없습니다. 무엇보다 장미현 씨를 사랑했습니다. 진심으로요."

마지막 말에 장미현의 입술이 움찔했다.

"저는 부검을 이렇게 했습니다."

"할 말이 없어요. 이만 돌아가 주시죠."

감건호는 하는 수 없이 탑을 내려왔다. 기적을 바랐지만 멀었다.

다음 날 아침, 감건호는 일찍 일어나 마지막으로 용기를 냈다.

이젠 승부수를 던져야 했다. 그는 만항재에 올랐다.

마침 새벽에 이슬비가 잔잔하게 내려온 후라 화원에는 아스라한 안개가 베일처럼 덮였다. 태고적 천상에 온 듯 신성하고 고요한 느낌이 들었다. 안개 속에 그녀가 야생화를 돌보고 있었다. 감건호는 조심스레 꽃들을 밟지 않으려 애쓰면서 다가갔다.

"안녕하세요. 방해가 안 된다면 작업을 지켜보고 싶네요. 무엇을 하는 거죠?"

장미현이 작게 말했다.

"모종을 옮겨 심는 데는 주의가 필요하죠. 처음 일주일간은 그늘진 곳에 두었다가 천천히 햇볕에 적응시켜야 하죠. 잎들이 겹칠 정도로 크면 또 옮겨 심고요. 꽃들은 세심한 정성을 필요로 하지만 일정 시기가 지나면 자기들끼리 건강하게 자라요."

장미현은 만족스런 얼굴로 말했다.

"이건 매발톱꽃으로 꽃잎 뒤쪽의 꿀주머니 모양이 매의 발톱처럼 안으로 굽어서 그런 이름이 붙었죠."

"정말 그러네요."

"겹꽃으로 피는 것도 있어서 품종이 다양해요. 이건 노루귀예요. 어린잎이 세 갈래로 갈라지는데 이게 노루귀처럼 보인대서 그렇게 붙여졌죠. 꽃 모양과 색이 다채로워 널리 사랑받는 다년초예요."

감건호는 곁에 앉아서 야생화를 일일이 들여다봤다.

"그동안 야생화는 비슷비슷하다 여겼는데 자세히 보니 모두 다르군요."

"이 연보라색 꽃은 삼지구엽초인데 배의 닻 모양의 꽃이 우아하죠. 그늘에도 잘 적응하고 튼튼해서 여러 해를 견뎌요. 사람의 지문이 모두 다르듯이 꽃잎 하나하나도 다 달라요. 같은 품종에 같은 장소에서 자란 것일지라도."

감건호는 고개를 끄덕였다.

"자연은 우연과 수많은 변화로 같은 꽃도 크기와 모양이 조금씩 다르죠. 그렇게 다른 꽃들이 모여 하나의 들꽃 야생 정원을 만들어 가듯이 사람들도 그런 거겠죠."

장미현이 애상에 젖었다. 감건호는 말없이 옆에서 장미현이 건네는 모종들을 정성스레 심었다.

"잘 하시네요. 처음하시는 거 같은데요."

"맞습니다. 처음 해봅니다. 성격상 모든 일에 정성을 쏟는 편이라 뭐든 처음해도 잘하는 편이죠. 장미현 씨는 유현민 씨와 조금은 다른 결을 가진 사람 아닙니까? 그런데 이 꽃들처럼 달라도 어우러진 겁니까?"

어디선가 산들바람이 불어와 머리카락을 날렸다.

"후우, 처음에는 사업을 이끌어가는 활력에 시선을 뺏겼죠. 저는 늘 조신하고 조용했는데 현민 오빠는 사람들 사이에서 인기가 많고 활동성이 컸어요. 호탕하고 유머감각도 있고. 그런데 사업이 기울면서 사람들이 자신을 무시한다고 했죠. 집 안에 틀어박혔고, 점차 술 담배에 탐닉했어요. 가끔은 무척 가슴 아프게 했어요. 저는 그걸 받아주다 어느새 외면했어요."

감건호는 조용히 경청했다. 유족들의 말을 들어주는 건 아주 중요한 심리상담이었다. 그들은 속내를 털어놓기를 바랐다. 그러다 보면 자연스레 아픔을 딛고 일어섰다.

"꽃들도 많이 아프고 시시각각으로 상태가 변하죠. 왜 저는 꽃만 신경 쓰고 오빠는 포기를 했을까요?"

감건호는 용기를 내서 단도직입으로 물었다.

"그날 밤 왜 유현민 씨가 망루에 올라간 겁니까?"

"오빠는 축제를 성공적으로 개최한다고 기대감에 차 있었죠. 어쩌면 그게 이 난국에서 유일한 희망이었을지 몰라요. 그래서 그 밤에 만항재 정원에 가본다고 다급하게 차를 몰고 나갔어요. 미래를 그려본다면서요. 그게 마지막이었죠."

"정말 유현민 씨가 투신하고 나서 다른 사람을 목격했습니까? 그래서 이 사건이 미제사건이 되었잖습니까?"

장미현의 입이 다물어졌다가 잠시 후 말을 이었다.

"네, 그래요. 남자를 목격했고 경찰서에 가서 조사받았어요. 진술한 게 다 적혀 있어요. 그곳에 가셔서 기록을 보세요."

"실제적으로 그 밤에 누군가 미행해서 망루에 따라 올라가 밀었다는 게 의심쩍어서요. 희망에 차 있었다는 게 자살 징후로는 보이지 않는군요. 하지만 밝았던 사람이 갑자기 불안과 우울증을 느껴서 목숨을 끊은 적이 있죠."

"아뇨, 오빠는 누군가 죽인 겁니다. 범인은 아직도 안 밝혀졌어요. 이걸 프로그램으로 다루시고 제가 인터뷰를 나가도 결과는 똑같아요. 이만 돌아가세요. 저 혼자 일하는 게 나을 것 같아요."

"당시에 장미현 씨를 태우고 간 택시기사는 다른 남자를 목격한

적이 전혀 없었다고 하고, 게다가 차량도 유현민 씨 차밖에 못 봤다고 증언했죠. 그리고 그분의 손과 팔에는 격투하다 생기는 방어 흔적이 없었습니다. 그는 운동화를 신어서 미끄러질 염려도 없었고 손으로 무언가 잡으려고 노력한 흔적이 손바닥이나 손톱에 전혀 없었죠. 한마디로 자연스레 낙하를 하게 된 것인데, 장미현 씨는 유독 제 삼의 남자만 주장을 하시는군요."

장미현의 눈에 눈물이 어렸다.

"무얼 원하시는 거죠? 범인이 따로 있어요. 저를 못 믿으시는군요."

"진실을 원하는 겁니다. 털어놓으면 미현 씨도 편해질 겁니다. 이미 범인으로 몰려서 고초를 겪으셨잖습니까?"

장미현은 모종을 내려놓고 일어났다. 그리고 숲 안쪽으로 깊숙이 들어갔다. 감건호는 그녀를 그대로 둘 수밖에 없었다. 더 이상 괴롭히는 게 사람이 할 도리가 아니었다.

안개가 걷혔고 숲에서 서늘한 기운이 뿜어져 나오며 꽃잎들이 파르르 떨렸다. 비현실적인 가상 세계에 들어와 있는 것처럼 느꼈다.

감건호는 이 아름다운 곳에서 사람을 괴롭혀 왜 아픈 기억을 떠올리게 하는지 직업적 회의감이 들었다.

서울로 돌아가서 다른 아이템을 잡아 프로그램을 만들어야겠다는 결심을 굳혔다. 그리고 그녀의 비밀은 야생화 언덕에 묻었다. 그는 발길을 돌려서 만항재 숲길을 서서히 산책해 내려갔다. 욕심을 버리고 나니 마음이 홀가분하면서 편했다. 숲의 피톤치드 향이 주는 심리적 안정 효과는 대단했다. 만약 도시에서라면 화가 나고 어떻게 해야 할지 막막했겠지만, 여기서는 어떻게든 방법이 있을 거라는 막연한 생각이 들었다.

산자락을 내려가자 온몸에 땀이 났다. 어디선가 불어오는 남실바람에 와이셔츠가 들썩거렸다. 오랜만에 흘리는 땀이었다. 기분이 맑았고 몸도 가벼웠다.

밤, 감건호는 전화 한 통을 받았다. 이정수 총무계장이었다. 장미현이 급하게 자신을 찾는다는 전갈을 받고 그녀의 집으로 택시를 타고 갔다. 아파트는 언덕배기에 지어져 있어서 노약자을 위해 모노레일이 시시각각 아래와 위로 이동하고 있었다. 주민들이 대중교통을 이용한 뒤 모노레일을 타고 아파트로 올라오는 모양이었다. 감건호는 초록색의 모노레일이 움직이는 걸 보면서 천천히 놀이터로 이동했다. 어린이집 뒤쪽으로 놀이터가 있었다.

감건호는 무연하게 그네에 앉아 있었다. 장미현이 가로등 불빛 아래 모습을 드러냈다.

"죄송해요. 드리고 싶은 말씀이 있어 연락했습니다. 지금 말하지 않으면 후회할 거 같아서요."

"괜찮습니다. 여기 벤치로 앉으세요."

"어디서부터 얘기를 해야 되나요. 제가 고향은 여기지만 서울에서 살다 내려왔죠. 하이원 리조트에서 알바하면서 그를 만났어요. 첫 만남은 모노레일에서였죠. 처음이라 어떻게 이용하는지 몰랐는데 오빠가 친절하게 가르쳐주었어요. 이후로 오빠가 차로 직장에 데려다주면서 가까워졌어요. 아르바이트를 하느라 심신이 지쳐 있던 저는 그에게 의지하며 만남을 이어갔어요. 야생화 기르는 일을 하면서 같이 살았죠. 그 즈음 오빠는 사업이 기울고 심적으로 위축되면서 힘들었어요."

장미현은 과거 기억을 떠올리면서 담담하게 말을 이었다.

"부처꽃의 꽃말은 슬픈 사랑이에요. 오빠는 그즈음 제 등에 자신이 남기고픈 말을 문신하고 싶어 했고 저는 동의했어요. 문신을 시술받는 게 처음에는 두려웠지만, 받고 나니 새로운 기분이었어요. 문신은 통제된 환경 속에서 고통받는 거였어요.

저에게 문신을 남기고 오빠는 스스로 죽었어요. 고통을 짧은 찰나에 겪고 영원히 사라졌죠. 사실 수면제는 오빠가 몰래 훔쳐 먹었어요. 제가 오빠로 인해 스트레스를 겪어서 숨겨놓고 먹었는데 그날 약통이 열려 있었어요. 아마도 제 추측으로는 맨정신으로 망루에 올라가기 힘들다고 판단한 거 같아요."

감건호는 침묵했다. 장미현의 고백이 이어졌다.

"뒤늦게 오빠가 망루에 있다는 문자를 받았어요. 택시를 타고 달려가 홀로 있는 오빠를 발견했죠. 어둠 속에서 그가 겪었던 찰나의 고통 그리고 선택을 하기까지 긴 시간 동안의 아픔을 절절이 느껐어요. 난 그의 선택을 처절하게 증오했어요. 여생의 긴 시간 나를 남겨두고 홀로 그렇게 갔다는 걸 진저리치게 미워했죠. 그리고……그리고…… 이대로는 안 된다 여겼어요."

장미현은 차분하게 말했지만 눈에서는 눈물이 흘러내렸다. 감건호는 가슴이 아렸다. 자살사건 유족들의 아픔을 마주하고 있으면 감정이입이 된다. 바다 같은 슬픔은 짐작조차 불가능하다.

"오빠와 저는 가톨릭 신자예요. 자살이 신자에게 뭘 의미하는 줄 아세요? 영원히 천국으로 들어갈 수 없는 죄를 짓는 것이죠. 성당에서 장례를 치를 수도 없구요. 난 그렇게 만들 수 없었어요. 제가 범인으로 몰려도 가공의 인물을 만들어서 살인사건으로 남게 했어요."

감건호는 화를 냈다.

"장미현 씨, 당신의 이기심에 진실은 묻혔고, 어쩌면 유현민 씨는 스스로 택한 죽음으로써 그의 고통이 세상에 알려지길 바랐는지도 모르는데 묵살된 겁니다. 수많은 사람들이 용의자로 조사를 받아 고초를 겪었구요."

장미현은 참아온 속내를 드러내며 울부짖었다.

"그래요, 제가 살인자예요. 그래서 그랬다구요. 제가 더 이상 의심받지 않자 가공의 인물을 만들어서 살인을 주장했어요. 제가 죽여서요! 오빠가 고립됐는데 고통을 받아주기 힘들어 외면했어요. 얼굴도 마주치지 않았고, 말도 섞지 않았어요. 저의 차가운 표정이 상처를 준 거예요. 그런데 왜 제가 살인자가 아니라는 거죠? 그건 사고사나 자살이 아녜요. 제가 죽인 거나 다름 없다구요!"

장미현은 기억을 떠올렸다. 사업에 실패하고 집에 은둔한 유현민은 야생화 축제 관련 일로 잠시 분주했으나 또다시 깊은 우울감에 빠졌다. 힘들어했고, 주사를 부리기도 했고, 방 안에서 두문불출 담배만 피웠다.

처음에는 받아주었으나, 점차 힘들었고 기어이 그를 외면했다. 노골적으로 무시했다. 유현민은 점점 더 좌절했다. 그러던 어느 날 유현민이 갑자기 밝게 웃으며 환한 표정을 지었고 장미현은 그가 나아지는가 싶어 두고 보았다. 유현민은 야생화 축제를 성공적으로 이끌려는 의지를 보였다. 만항재에도 자주 장미현을 따라 다녔다. 간이 설치된 망루에 올라서 산을 바라보며 앞으로 재기할 거라고도 했다. 장미현은 그의 결심에 힘입어서 그가 죽기 전날에 그의 바람대로 부처꽃을 문신했다.

부처꽃의 꽃말이 '슬픈 사랑'이라는 걸 알고 있었지만, 상관없었다. 어차피 고통 속에 피어난 사랑이었기에. 다음 날 유현민은 밤중에 망루를 향해 차를 몰고 내달렸고 뒤쫓아 간 장미현은 그의 죽음을 목격했다. 그녀는 경찰에 다른 사람이 현장에 있다 사라졌다고 거짓 증언을 했다. 자살을 타살로 바꾸어놓았다.

장미현은 유현민이 죽기 전에 얼굴이 밝아진 것은 죽음을 맞이하기 위해 거짓 가면을 쓴 것은 아닐까 생각했다. 그렇게 생각하니 모든 게 맞아떨어졌다.

장미현은 나중에 무척 후회했다. 왜 그를 진즉에 정신과에 데려가서 우울증을 치료하지 않았을까. 그를 보살펴주지 않고 모른 척했을까. 사랑하면서도 방치했을까. 장미현은 스스로를 자책했다. 경찰서에서 조사받는 고통은 아무것도 아니었다. 거짓말을 해서 타살로 만드는 것도 괴롭지 않았다. 다만 그가 주변에 없다는 게 힘들었다.

그렇게 세월은 삼 년이 지났고, 잊히나 싶었지만 여전히 비밀은 그녀를 괴롭혔다. 그런데 감건호가 나타나 심연 속에서 허우적대는 그녀를 끄집어냈다.

밤하늘에는 서울보다 훨씬 많은 별들이 떠 있었다. 총총한 별들이 또렷하게 빛났다. 어둠은 별들의 향연으로 아름다웠다. 인간은 이다지도 아파하는데 자연은 늘 그대로다.

삼 년 전의 저 별도 지금처럼 반짝거리면서 그들의 아픔을 내려다보았을 것이다. 별들은 야생화 꽃잎처럼 이리저리 문양을 만들면서 촘촘하게 자태를 뽐냈다. 감건호는 조용히 일어났다. 고한을 떠나야겠다고 여겼다.

그는 그녀의 울음이 그치기를 기다렸다가 자리를 떴다. 미안하다는 말을 남기고서.

몸을 숙여서 드러난 뒷덜미에 보라색 꽃잎이 별빛 아래 선연히 보였다. 그 문신만큼 그녀의 아픔을 드러내는 것이 있을까.

다음 날 고한사북터미널에서 버스를 기다리고 있는데 저만치 장미현이 다가왔다. 박 피디는 잠시 자리를 피했다. 장미현의 손에는 작은 야생화 모종 화분이 있었다.

"서울 올라가신다구요. 전해들었어요."

감건호는 고개를 숙였다.

"죄송했습니다. 이 사건은 프로그램으로 만들지 않을 겁니다."

장미현은 작은 미소를 살포시 지었다. 따뜻하고 안정된 미소였다.

"이걸 선물로 드리고 싶어요. 부처꽃입니다."

보라색 꽃잎이 살짝 피어올라 있었다.

"물은 일주일에 한 번 뿌리듯이 주세요. 꽃잎에 물이 닿지 않게 주의해주시고요."

감건호는 머쓱했다.

"이걸 받아도 될까요? 애써 잊은 고통만 일깨워주고 가는데요."

장미현이 고개를 저었다.

"아뇨, 그 반대예요. 아무에게도 털어놓지 못했던 비밀을 선생님께 말하고 나니 마음이 가벼워졌어요. 이제 꽃들에게만 집중하고 살 겁니다. 한순간도 아픔에서 헤어 나온 적 없는데 지금은 괜찮아요. 그래서 선물을 드리는 겁니다."

감건호는 화분을 받았다. 순간 부처꽃이 장미현처럼 여겨졌다. 연약하지만 꽃대가 굳게 일어선 강한 꽃.

"야생화 축제 때 한 번 오세요. 꽃말을 알고 꽃들을 보시면 분명히 여러 재미를 느끼실 수 있어요. 똑같이 아름답지만 개개별로 보면 모두 이름이 다르고 생김새도 다르고 의미도 다르죠. 사람과 똑같아요. 꽃들이 어울려 하나의 풍경을 만드는데 그게 참, 마음을 어루만져요. 저같이 상처를 안고 살아가는 사람은 그 풍광을 마음속에 새기며 일 년을 버틸 힘을 얻는답니다. 꼭 오세요."

"네, 알겠습니다."

감건호는 박 피디와 제 시간에 맞춰 버스에 올랐다. 버스가 출발하고 차창 밖으로 장미현의 모습이 보였다. 그녀는 우수에 젖은 얼굴에서 벗어나 잔잔한 웃음을 띤 채 터미널을 나갔다. 그녀의 연보라색 레이스가 달린 프릴 치마가 아스라하게 사라졌다.

"선생님, 이제 어떤 사건으로 프로그램을 기획하죠?"

"글쎄, 찾아봐야지. 야생화에 숨겨진 꽃말을 찾아내듯이 우리도 다른 데서 캐봐야죠."

감건호는 두 손에 부처꽃 화분을 조심스레 들고 창밖을 내다봤다. 이어폰을 휴대폰과 연결해 귀에 꼽았다. 샘 스미스의 〈Palace〉가 흘러나왔다. 음악이 귓가에 울리면서 눈앞으로는 고한의 아름다운 풍경들이 천천히 지나갔다.

감건호는 한 달 전 지독하게 치통을 겪었던 기분을 떠올렸다. 형사 시절에 용의자를 검거하려다 앞니를 다쳐서 크라운을 씌웠는데 그게 빠져서 다시 씌웠다. 그때 이를 치료하면서 치통을 주기적으로 느꼈다. 어마어마한 치통을 견뎌내면서 온갖 과거의 여러 가지 기억이 떠올라 가슴도 허했다. 그러나 크라운을 씌우고 치료가 끝나자 기분이 후련하면서 한 단계 성숙한 느낌이 들었다. 그 무렵 프로그램이 하나 폐지돼서 내적으로도 가슴 아프던 때였다. 그런데 육체의 고통을 같이 겪으면서 방송계에서 밀려난다는 심적 부담감과 회한을 도리어 잊었다. 의도치 않게 찾아온 치통에 감사해야 되는 건가 싶었다.

누구나 고통을 겪은 뒤에는 홀리holy해지는 기분이 든다. 그건 아픔을 지나쳐온 자만이 획득할 수 있는 선물이다.

장미현도 분명히 그랬을 것이다. 그래서 아픔의 비밀을 공유한 사람에게 이 화분을 선물한 것이다. 부처꽃은 잘 자랄 것이다. 그녀의 고통을 양분삼아서 탄탄하게 뿌리를 내렸을 테니까.

감건호는 고한 마을에 또 오리라 결심하면서 녹음 속의 함백산을 마음에 새겼다. 어디선가 아렴풋한 꽃향기가 났다.

법의학 지식 관련해서 『법의학』(윤중진 저, 고려의학 2013년 발간) 서적을 참조했습니다. 야생화 관련해서는 www.gogohan.kr 함백산야생화축제 안내 사이트와 『야생화 기르기』(동학사 2014년 발간) 등의 서적과 고한읍 행정복지센터 이창민 총무계장이 보내준 자료를 참조했습니다.

김재희

2006년 데뷔작 「훈민정음 암살사건」으로 '한국 팩션의 성공작'이라는 평가를 받으며 베스트셀러 작가가 되었다. 역사 미스터리에 몰두 「백제결사단」 「색 샤라쿠」 「황금보검」을 발표하고, 이후 「봄날의 바다」 「경성 탐정 이상 1, 2, 3」 「유랑탐정 정약용」 「이웃이 같은 사람들」 등을 발표했다.
낭만과 욕망의 시대 경성을 배경으로 시인 이상과 소설가 구보가 탐정으로 활약하는 「경성 탐정 이상」(2012년)으로 한국추리문학대상을 수상했다.

굿바이 마이 달링,
독거미 여인의 키스

김재성

세 개의 미라

"라왓슨 박사. 여자란 동물은 절대로 믿어서는 안 되는 존재야. 제 아무리 훌륭한 여자라 해도 마찬가지지.*"

윌셔 홈즈가 씁쓸한 표정으로 되뇌었다.

진료를 마치고 원장실에 들어서던 라왓슨 치과 원장은 영문을 모르고 윌셔 홈즈를 바라보았다. 셜록 홈즈의 대사를 암송하는 재미교포 탐정이 흥미를 자아내고 있었다.

"자네는 레이디스 맨lady's man일세. 여자들에게 인기가 많고 여자들이 잘 따르는 남자 말이야. 당연히 여자의 속성에 대해서는 잘

_____

* 셜록 홈즈 단편 「네 사람의 서명」

알고 있겠지? 자네 입으로도 오대양 육대주의 여자들을 골고루 사귀어봤다고 했으니까 말이야."

월셔 홈즈가 라왓슨의 얼굴을 꿰뚫듯이 바라보며 벚나무 파이프에 불을 붙였다.

그는 사색보다 논쟁을 하고 싶을 때면 도자기 대신 벚나무로 만든 파이프를 쓰곤 했다.*

월셔 홈즈라는 이상한 이름은 LA 한인타운 월셔가에서 일하는 명탐정이라는 애칭이었다. 월셔가에서 십여 년간 사립 탐정업을 하는 재미교포 월셔 홈즈는 FBI도 포기한 수많은 사건들을 해결했다. 그의 명성은 고국에도 알려졌다. 작년부터 대한민국 경찰청의 초청을 받고 한국에 와 미제사건을 해결해왔다. 치아의 특징을 통해 사건을 해결하는 국과수 자문위원 라동식 원장과 파트너가 된 뒤에는 그의 원장실에서 사건 의뢰를 받았다. 자연 월셔 홈즈와 일하던 라동식 원장에게도 라왓슨이라는 별명이 붙게 되었다.

"홈즈 선생님, 오늘 저녁에는 여성학에 대한 강의를 시작하시는군요."

라왓슨 원장이 조각상과 같이 균형 잡힌 얼굴을 붉히며 물었다.

---

* 셜록 홈즈 단편 「너도밤나무 저택」

"방금 경찰청에서 전화가 왔었다고 김 조무사가 말하더군. 자네가 진료 중이라 전달이 안 된 모양이야."

월셔 홈즈가 여성학 강의에서 국과수 수사로 얼른 대화를 바꾸었다.

"진료 중에 국과수에서 연락이 왔다면 급한 사건인 모양인데요."

"국과수 차량이 곧 이곳에 들이닥치겠군. 그런데 말이야. 이번에 자네에게 의뢰될 사건을 다루기 위해서는 여성학에 대한 고찰이 필요할 거야."

월셔 홈즈는 가로수 전지 작업으로 시야가 확 트인 창밖을 내다보았다. 그가 지난달 시청으로 전화를 한 결과였다. 울창한 가로수들이 치과의 유리창과 간판을 가려 영업에 지장을 준다는 민원이 접수되자 시청 직원들이 가로수 가지들을 잘라낸 것이다. 하지만 라왓슨 원장은 잎사귀를 잃고 앙상한 몸매로 서 있는 가로수에서 황량함과 애처로움을 느꼈다.

"가지들을 너무 많이 쳐냈군요."

라왓슨이 동정 어린 목소리로 말했다.

"그런 감상적인 태도 때문에 자네는 주변 여인들을 정리하지 못하는 거야. 자신의 근본적인 목적에 방해되는 것들은 냉정하게 정리해야 하네. 그것이 나뭇가지든 썸녀들이든 말이야. 그리고 탐정 사무실의 가시도는 확보되어야 해."

월셔 홈즈가 벚나무 파이프를 뻐끔대며 말했다.

파이프의 담배를 다시 채워 넣을 때쯤 검은색 스타렉스 차량 한 대가 라왓슨 치과로 달려왔다. 차량의 외부에 백색 글씨로 국립과학수사대라는 글씨가 선명했다.

"라왓슨 원장님!"

키가 작고 통통한 한기백 박사가 검은색 국과수 유니폼을 입고 치과에 들어섰다. 한 박사의 뒤를 따라 네 명의 현장 요원들이 들어왔다. 치과 대기실에 들어선 다섯 사람들의 옷에서 시큼한 젓갈 냄새가 났다.

"이게 무슨 냄새야!"

김 조무사가 코를 잡고 소리쳤다.

"미안! 우리가 살인 현장에 있다 달려와서 그래!"

여드름투성이에 키가 큰 요원 하나가 얼굴을 붉혔다.

김 조무사는 대답 대신 코를 잡고 원장실을 가리켰다. 빨리 자신에게서 멀어져달라는 보디랭귀지였다.

"으, 흠!"

한기백 박사가 인기척을 낸 뒤 원장실 문을 열었다.

"어서 오십시오, 한 박사님. 악취가 진동하는 것으로 보아 대단한 현장에서 오시는 길이군요?"

윌셔 홈즈가 벚나무 파이프를 뻐끔대며 수사요원들을 맞았다.

"현장 조사를 마치고 오시는 길이신가요?"

이마에 푸른 혈관을 돋우며 라 왓슨 원장이 물었다.

"네! 그렇습니다. 어마어마한 사건현장에서 달려오는 길입니다. 정말 괴기스러운 현장이었죠. 만약 그 모습을 보셨다면 치를 떨었을 겁니다. 강력 사건을 밥 먹듯이 대하는 저희들도 쇼크를 받을 정도라니까요."

한 박사가 두 사람을 번갈아 바라보며 말했다.

"음! 이번 사건은 오랫동안 계획적으로 은폐된 살인 사건이군요. 시체의 대부분이 액화되어 치아 말고는 증거를 찾기가 힘든 경우입니다."

윌셔 홈즈가 한 박사의 두 눈을 뚫어지게 바라보며 말했다.

"홈즈 선생님, 어떻게 그 사실을 아셨나요? 혹시 다른 현장 요원에게 보고를 받으셨나요?"

한 박사가 놀라움으로 두 눈을 크게 뜨며 말했다.

"쉽게 지나칠 수 있는 감각적 단서들로 미루어 추리한 것뿐입니다."

윌셔 홈즈가 너털웃음을 웃었다.

"하지만, 저는 아무 감도 못 잡겠는데요?"

한 박사는 윌셔 홈즈에게 애절한 눈길로 도움을 요청했다. 홈즈는 빙그레 웃을 뿐이었다.

"정 궁금하시다면 말해드리죠. 하지만 알고 나면 너무 간단해서 실망할 겁니다. 국과수 현장 요원들이 치과에 들어섰을 때 지독한 악취가 났소. 그런데 그 악취는 젓갈과 같이 잘 컨트롤된 상태에서 오랫동안 발효된 냄새였소. 다시 말하자면 소금을 넣어 젓갈처럼 발효시킨 냄새였단 말이요."

윌셔 홈즈가 과장되게 코를 킁킁 대며 말했다.

"윌셔 홈즈 선생님은 냄새를 통한 현장수사 방법에 대해 여러 편 논문을 발표하셨지요."

라왓슨 원장이 자랑스럽게 말했다.

"제 옷에 배인 냄새로 그런 추리를 해내시다니 대단하시군요. 역시 제가 이곳에 오기를 잘했다는 생각이 듭니다."

한 박사는 윌셔 홈즈의 추리에 혀를 내둘렀다.

"홈즈 선생님. 선생님께서 말씀하신대로 사건 현장에서 발견된 사체는 소금으로 염장이 된 시체들이었습니다. 시체로 젓갈을 담 갔다고나 할까요."

"시체로 젓갈을요?"

라왓슨이 의아한 표정으로 물었다.

"네 맞습니다. 세 명의 남성이 거대한 김장통 안에서 함께 염장 되어 있었습니다."

"흐음! 예상했던 대로 정말 흥미로운 사건이야!"

윌셔 홈즈가 자신의 까끌까끌한 턱을 어루만지며 말했다.

"저도 홈즈 선생님의 호기심을 충분히 자극할 만한 사건이라고 생각합니다. 그런데 시체가 오래 염장되어 치아 말고는 신분을 알 아낼 방법이 없더군요. 하도 엽기적인 사건이라 상부에서도 빨리 범인을 밝히라고 성화가 대단합니다. 조속한 해결이 필요합니다. 그래서 두 분을 찾아뵙게 된 것입니다."

한 박사는 간단한 사건 브리핑을 하며 라왓슨 원장에게 몇 장의 사진을 건넸다. 사망자의 치아 사진과 사망자들이 들어 있던 플라스틱 용기 사진이었다.

"선생님, 이 치아들로 변사자의 신원을 추정할 수 있을까요? 최소한 나이, 사인, 국적 정도라도 말입니다."

한 박사가 말했다. 라 원장은 사진을 한 장씩 넘기며 구석구석 살폈다.

"이 치아의 소유자는 삼십 대 초반의 남성이군요. 음주와 흡연을 많이 했군요. 성격이 거칠면서도 나름 완벽주의자입니다. 국적은 대한민국일 가능성이 높습니다."

"아니, 치아 사진 한 장으로 그렇게 많은 것을 알아낼 수 있나요? 어떻게 그런 추리를 하신 겁니까?"

한 박사가 라 원장의 추리에 고개를 내저었다.

"훈련된 눈에는 남들이 쉽게 보아 넘기는 단서들에서 많은 것을 알아낼 수 있답니다. 치아의 마모도와 치조골의 상태 그리고 치아의 윤곽과 크기로 보아 나이와 성별을 추정해본 것뿐입니다. 보철물의 재료와 시술 상태를 보아 대한민국 국적일거라고 짐작한 것이고요. 니코틴이 끼고 음주 후 구토로 인한 치아 부식 패턴을 보며 흡연과 음주를 많이 했다고 생각했습니다. 앞니가 여러 대 파절

되고 금이 간 곳이 있는 걸 보면 거친 성격의 소유자입니다. 하지만 치조골의 손실이 거의 없는 것을 보아 치실 사용을 꼼꼼히 했다는 점에서 나름 완벽주의자라고 할 수도 있지요."

"정말 놀라울 뿐입니다. 그럼 이 사진 속 치아에서는 무엇을 발견하셨나요?"

한 박사가 라왓슨에게 바짝 다가서서 다음 사진을 가리켰다.

"으흠!"

라 원장은 미간에 주름을 잡으며 사진을 노려보았다.

"이 사람은 사십 대 후반의 남성이군요. 불규칙한 노동에 종사할 가능성이 높으며 국적은 동남아 국가일 것입니다."

"네? 한 사람은 삼십 대 대한민국 남성이고 다른 한 사람은 사십 대의 동남아 남성이라! 국적도 나이대도 다른 두 남자가 어떻게 한 용기 안에서 염장이 되었을까요? 그렇다면 세 번째 남자의 사진도 분석해주시겠습니까?"

한 박사가 세 번째 남자의 치아 사진을 가리키며 말했다.

"음 이 사진 역시 사십 대 정도로 보이네요. 국적은 대한민국일 가능성이 놓습니다. 이 남자 역시 일용직에 종사했을 가능성이 있구요."

라왓슨 원장이 사진 속 치아를 들여다보며 말했다.

"이 세 남자들이 한 용기 안에서 염장되어 있다는 것은 정말 괴이한 일입니다."

그때 윌셔 홈즈가 벚나무 파이프에 다시 담배를 채워 넣으며 말했다.

"그런데 강한 염도 때문에 손가락 일부가 미라처럼 보존되어 있군요. 잘하면 손가락 미라에서 지문을 채취하거나 DNA 검사로 신분이 밝혀질 수도 있겠어요. 그런데 이 시체들이 발견된 곳이 어딘가요?"

라왓슨이 한 박사에게 물었다.

"두 탐정님께서도 도저히 상상하실 수 없는 곳입니다."

한 박사가 동그란 두 눈을 크게 뜨며 말했다.

"도저히 상상도 할 수 없는 곳이라. 혹시 강원도의 깊은 산속에서 발견되었나요?"

라왓슨이 세 남자가 들었던 플라스틱 용기 사진을 들여다보며 물었다.

"강원도의 깊은 산속이라고요? 그것은 또 어떻게 아셨나요?"

한 박사가 두 눈을 다시 커다랗게 치켜떴다.

"시체가 들어있던 용기의 사진을 보십시오. 희끗희끗한 녹색 지의류가 용기 외벽에 버짐처럼 피어 있습니다. 지의류란 곰팡이와 광합성 조류의 공생체로 공기 오염이 심한 곳에서는 살 수 없습니다. 그런데 박사님이 전화를 주신 시간이 두 시간 전쯤입니다. 이곳에서 두 시간 거리의 공기가 깨끗한 지역을 생각해보니 강원도가 제일 먼저 떠오르더군요."

라왓슨 원장이 명쾌하게 설명을 마쳤다.

"한 가지 덧붙이자면 정선 카지노에서 가까운 곳이 아니던가요?"

윌셔 홈즈가 한 박사에게 물었다.

"두 탐정님께서는 정말 놀라운 추리력을 가지셨군요. 저 시체들이 정선 카지노 인근에서 발견된 것은 어떻게 아셨어요?"

한 박사가 하얗게 질린 얼굴로 물었다.

"미라 사진에서 카지노 칩을 발견했습니다. 바로 정선 카지노에서 사용하는 칩이더군요. 그렇지 않아도 정선에서 실종사건을 의뢰받고 조사하던 중이었습니다. 조만간 박사님께 좋은 소식을 들려드리겠습니다."

윌셔 홈즈가 사진 속 미라 위에 놓인 카지노 칩을 가리키며 말했다.

카지노

"이럴 수가! 한국의 라스베이거스에서는 행운이 따르지 않는군."

윌셔 홈즈가 블랙잭 테이블에 카드를 던지며 한숨을 토해냈다. 연거푸 거액을 배팅하던 그를 바라보던 인파도 뿔뿔이 흩어졌다. 정선 카지노 유니폼을 입은 딜러는 윌셔 홈즈가 베팅한 칩을 쓸어 모으며 감지하기 힘든 미소를 지었다. 마네킹처럼 하얀 살결과 경직된 입꼬리를 가진 여성이었다.

"천하의 명탐정이 정선 카지노에서 거금을 날리다니!"

윌셔 홈즈가 파트너 라왓슨을 돌아보며 말했다.

"그러게요! 슬롯머신에 푼돈이나 걸어보시지 그러셨어요?"

라왓슨이 슬롯머신에서 일어서며 퉁명스럽게 말했다. 윌셔 홈즈는 어깨를 으쓱하며 라왓슨과 함께 카지노를 나섰다. 카지노는 황량한 언덕 위에 중세의 성채와 같이 치솟아 있었다.

십여 년 전까지만 해도 인파가 넘치던 탄광촌, 이제는 폐광으로 몰락한 탄광 마을이 카지노 발아래에 조감도처럼 펼쳐져 있었다. 급한 경사의 언덕을 내려오는 탐정들 앞에 어수선한 거리가 나타났다. 모텔. 안마방, 그리고 삼십여 개의 전당포들. 전당포 주차장에는 번호판 없는 외제차들이 여러 대 주차되어 있었다.

"자동차, 귀금속, 금, 신용대출, 마카오 필리핀 현지 상담, 24시 상담"

절망적인 노름꾼들에게 마지막 갈고리를 걸려는 듯 전당포들이 조명을 밝히고 줄줄이 늘어서 있었다. 윌셔 홈즈는 전당포들을 지나 한 고깃집의 문을 밀고 들어섰다.

"여기 주물럭 고기 이 인분주세요. 라왓슨 어떤가? 캘리포니아에서 즐기던 티본스테이크 대신 주물럭 고기도 나쁘지 않을 것 같은데."

홈즈는 가게에 들어서자마자 주문을 마무리했다.

"네? 티본 스테이크 대신 주물럭 고기를 사주신다고요?"

라왓슨 원장이 익살스런 표정을 지었다. 곧 두 사람은 드럼통을 개조한 테이블을 사이에 두고 껄껄 웃기 시작했다.

"흠흠! 그런데 말이야. 이번 사건은 장기전이 될 것 같아."

목을 고르고 난 윌셔 홈즈가 사건 이야기를 시작했다.

"장기전이라면 얼마나 걸린단 말인가요?"

라왓슨의 목소리가 순간 높아졌다. 하지만 한 손으로는 연탄불 위에서 몸을 움츠리는 적갈색 고기를 뒤적이고 있었다.

"장기전이라 해도 오 일은 넘지 않아. 오 일이 넘는 사건들을 나는 미제사건이라고 부르지."

"그런데 왜 이 사건을 수임하셨는지 이해가 잘 가지 않는군요. 카지노에서 행방불명 된 사람을 찾는 일은 평범한 일상이 아닌가요? 이런 사건 때문에 저보고 일주일간 병원 진료를 미루라고 하셨어요?"

"라왓슨 원장. 자네는 그동안 나에 대해 많은 것을 파악했군. 내가 평범한 사건에는 눈길도 주지 않는다는 것을 파악했으니 말이야. 하지만 한 가지만 더 말해두지. 이 사건은 수면 위로 드러난 것보다 숨겨진 미스터리가 더 많은 사건이야. 흥미도에 비례해서 위험한 사건이기도 하지."

윌셔 홈즈가 라왓슨의 얼굴을 그윽이 바라보며 말했다. 순간 홈즈의 얼굴이 확신과 자신감으로 빛나고 있었다. 윌셔 홈즈는 소설의 엔딩까지 반전을 숨기려는 추리작가와 같았다. 그의 거대한 머릿속에서는 범인과의 치열한 싸움이 진행되고 있었다.

"한 가지 더 알려준다면 이 사건과 유사한 실종사건들이 있었다네."

홈즈가 라왓슨의 호기심에 찬 눈빛을 보며 다시 입을 열었다.

"정선 카지노에서 실종된 사람들이 또 있다는 말인가요?"

라왓슨의 물음에 홈즈가 가볍게 고개를 끄덕였다.

"사건을 의뢰받은 후 실종자 가족과의 심층 인터뷰를 했지. 그 결과 가족들이 실종자를 발견하려는 과정에서 알아낸 정보를 얻을 수 있었다네."

"정말요?"

"우리 탐정에게는 불로소득과 같은 정보들이었어."

윌셔 홈즈는 말을 마친 후 잘 익은 고기 한 점을 입에 넣었다. 고기가 뜨거운 듯 혀를 몇 번 굴린 뒤 다시 웅얼거리며 말을 이었다.

"실종자 가족들은 경찰에 실종신고를 한 후 자체적으로 탐문조사를 했다고 하더군. 특히 실종자의 젊은 아내는 아이를 시부모에게 맡긴 후 정선에서 몇 달 동안 남편을 찾았다고 하네."

"젊은 남자가 카지노에서 사라졌다! 혹시 불륜에 의한 도피사건은 아니었나요?"

"실종자 아내도 처음에는 남편에게 여자가 생기지 않았나 의심을 했는데 조사 과정에서 그런 흔적은 조금도 발견하지 못했대. 도박에 빠지긴 했지만 남자는 집안에 충실했더군. 그렇게 평범한 샐

러리맨이 주말에 정선에 왔다가 실종됐다면 뭔가 특별한 이유가 있어야 하지 않겠나?"

"그 이유를 찾았나요?"

라왓슨 원장이 다급하게 물었다. 하지만 월셔 홈즈는 고기를 입에 넣고 지그시 두 눈을 감았다. 잠시 후 그가 다시 입을 열었다.

"안타깝게도 실종의 직접적인 이유는 아직 밝혀지지 않았어. 하지만 한 가지 중요한 사실이 알려졌지. 그건 바로 정선에서 실종된 사람이 그 여자 남편만이 아니었다는 사실이야. 매년 같은 시기에 그것도 매우 유사한 패턴으로 남자들이 실종되었다는 거지."

"정말 대단하군요. 그런데 실종자 부인이 그 사실을 경찰에 알렸나요?"

"당연히 경찰에 제보했지. 하지만 경찰의 구태의연하고 관료적인 태도에 실망을 느끼고 우리에게 사건을 의뢰해 온 거야. 라왓슨 원장! 바로 이 파일을 보게."

월셔 홈즈는 서류가방에서 파일 하나를 꺼내 식탁 위에 펼쳐놓았다. 파일을 열자 한 장의 전단이 모습을 나타냈다. 삼십 대 중반으로 보이는 남자 사진이 실종자 전단 상단에 붙어 있었다.

"조한식 실종 사건이라!"

라왓슨 원장이 전단의 실종자 이름을 소리 내어 읽었다.

"이제 수사가 본격적으로 시작되네. 지금부터 우리는 서로 전혀 모르는 사람들처럼 행동해야 해."

윌셔 홈즈는 앞에 놓인 막걸리 잔을 들이키며 구체적인 작전 계획을 라왓슨에게 전달하기 시작했다. 정선에서의 처음이자 마지막 식사를 함께 마친 두 사람은 따로 고깃집을 나왔다. 그리고 서로 모르는 사람인 것처럼 각기 다른 모텔에 체크인한 후 밤을 보냈다.

미로 거리

다음 날 늦잠을 자고 일어난 라왓슨에게 한 통의 메시지가 전달되었다.

"급한 사건 때문에 서울로 가는 중이네. 어젯밤에 당부한 세 가지 사항을 꼭 기억해주길 바라네. - 윌셔 홈즈."

라왓슨은 메시지를 읽으며 분통을 터뜨렸다.

"치과 진료도 다 취소하고 왔는데 혼자 서울로 가다니!"

하지만 라왓슨 원장은 이내 마음을 다잡았다.

"그래! 이곳에서 연쇄살인자를 검거한다면 충분히 의미 있는 시간이 될 거야!"

그는 스스로 마음을 누그러뜨리며 침대에서 일어섰다. 라 원장은 뜨거운 물로 샤워를 하고 아침거리로 나섰다.

거리에는 밤샘 도박을 한 사람들이 눈에 띄었다. 눈이 붉게 충혈되고 부스스한 얼굴, 영혼 없는 표정과 걸음걸이들. 구겨진 옷에 덥

수룩한 수염. 피폐된 모습에서 카지노의 흔적을 쉽게 찾아볼 수 있었다. 라왓슨은 거리 풍경이 잘 내다보이는 카페에 들어갔다. 베이글에 크림치즈를 바르며 조간신문을 펼쳤다.

"아니? 이것은!"

신문을 펼치던 라왓슨 원장이 화들짝 놀라며 비명을 질렀다.

"카지노의 미라들

강원도 정선 카지노 인근에서 세 구의 남자 시체가 발견되다. 특이한 것은 세 구의 시체가 모두 같은 플라스틱 용기에 들어있었다는 점이다. 지문과 유전자 감식 결과 남자들의 나이는 모두 사십 대로 밝혀졌는데 한국인과 동남아 노동자가 섞여 있었다. 경찰은 이 연쇄살인범을 검거하기 위해 총력을 기울이고 있다……."

신문 기사를 대하는 순간 라왓슨 원장의 얼굴이 붉게 달아올랐다. 한 박사가 가져온 사진을 보고 삼십 대와 사십 대의 치아들이라고 자문을 해주지 않았던가. 자신이 추정한 피해자의 나이와 실제 희생자들의 나이가 십 년 이상이나 차이가 난다는 것을 받아들이기가 힘들었다. 수많은 경찰과 신문 독자들이 자신을 비웃는 것만 같았다.

'라왓슨 도무지 무슨 짓을 한 거야? 도무지 어디서부터 잘못된

거지?'

그는 혼란한 심정으로 카지노로 향했다. 거대한 성채와 같은 카지노가 그를 기다리고 있었다. 창문도 시계도 없는 현실 속 환상의 세계였다. 무료로 제공되는 음료를 마시며 카지노를 배회했다. 이곳에서는 배팅할 돈이 있는 한 누구든지 황제요, 왕비가 될 수 있었다.

고급스런 양탄자 위를 걸으며 높은 천장에 매달린 샹들리에를 바라보았다. 온갖 기계들이 경쾌한 음을 내며 라왓슨을 유혹하고 있었다. 바카라와 블랙잭 그리고 수많은 슬롯머신들이 라왓슨을 에워쌌다.

"그래 일단 당겨 보자!"

라 원장은 출구에서 오른쪽 세 번째에 있는 슬롯머신 앞으로 갔다. 월셔 홈즈가 전날 지정해준 장소였다. 한 할머니가 계속 슬롯머신에 몰두하고 있었다. 라왓슨이 그 자리에서 십 분 정도 기다리고 있을 때였다. 갑자기 할머니의 슬롯머신이 조명을 번쩍이며 소리를 내기 시작했다.

"만세!"

할머니는 손뼉을 치며 자리에서 일어섰다. 잭팟을 터뜨린 것이었다. 잠시 후 할머니가 떠나고 라왓슨이 슬롯머신에 자리를 잡았다.

'한 번 터진 기계가 다시 터질 확률은 크지 않을 텐데!'

불안한 마음을 억누르며 라왓슨은 인내심을 발휘했다. 몇 푼을 잃다가 조금 못 미치는 돈을 따가는 기계와의 확률 싸움이었다. 그렇게 돈을 잃다 보니 시간 가는 줄 몰랐다.

밤 열 시가 넘어 라왓슨은 거리로 나섰다. 맑은 산바람이 동네로 불어내리고 있었다. 마치 그 바람에 떠밀리듯 마을로 내려왔다.

"오늘은 혼자시네요?"

어제 들렸던 고기집 주인이 라왓슨을 반겼다. 순간 라왓슨은 주인의 얼굴에서 조소를 감지했다. 일행을 떠나보내고 혼자 남은 앵벌이, 노름의 신이 지배하는 이 마을에 장기 체류자가 되려는 것처럼 보였을지도 모른다.

"한때는 이 마을에 앵벌이들이 삼천여 명이 넘었어요. 요새는 카지노 출입 일수를 제한하다 보니 몇 백 명으로 줄었지만요."

주인은 고기를 뒤집어주며 라왓슨 원장에게 위로 반 조롱 반으로 말했다. 라왓슨은 앵벌이 소리를 들으며 소주잔을 연거푸 비웠다.

"술에 취할 것."

그것이 윌셔 홈즈가 라왓슨에게 전달한 두 번째 지시사항이었다. 혼자 두 병을 비우자 눈앞의 세상이 출렁이기 시작했다. 환상 속 그림 안에 들어와 있는 듯했다.

입가가 근질거리며 감각이 무뎌졌다. 식탁에 팔꿈치가 부딪쳐도 통증이 느껴지지 않았다. 완벽한 만취였다. 충분히 취했다는 생각이 들자 라왓슨이 식당에서 일어섰다.

"조심하세요. 취해서 어슬렁거리지 말고 얼른 들어가 주무세요. 이 거리에는 온갖 사람들이 들끓으니까요."

라왓슨의 뒤통수에서 식당 주인의 목소리가 둔탁하게 울려왔다.

"맞아. 이 거리에는 온갖 군상들이 서식하지!"

라왓슨은 혼자 중얼거리며 유영하듯 앞으로 나아갔다. 거리의 사람들이 술에 취해 휘청거리는 그에게 동정의 눈길을 보냈다.

"쯔쯧!"

"생긴 것은 멀쩡하네!"

"카지노에서 다 털린 모양이에요!"

사람들이 비켜서면서 한 마디씩 내뱉었다. 카지노에서 사북 마을로 이르는 오백 미터 남짓한 거리를 수차례 걷던 그는 인적이 어두운 골목길로 접어들었다.

"어두운 미로 골목으로 걸어갈 것!"

그것은 윌셔 홈즈가 내린 마지막 지령이었다. 라왓슨이 들어선 골목은 어둡고 축축한 거리였다. 광부들이 모여 살던 탄광촌의 골목. 탄광들이 폐광되면서 유령의 거리가 된 미로와 같은 거리였다.

그때 라왓슨이 휘청거리는 발걸음으로 어두운 골목으로 사라지는 모습을 바라보는 눈동자가 있었다. 어둠 속에 몸을 숨긴 한 중년 여자였다. 라왓슨이 충분히 멀어지자 여자는 골목으로 황급히 빨려 들어갔다.

굿바이 마이 달링

"헤이 달링!"

어두운 골목길에서 라왓슨을 반기는 소리가 울려왔다. 가녀린 목소리였지만 축축하고 매혹적인 울림이었다. 술 취한 라왓슨의 귓전에 첫사랑의 속삭임으로 다가왔다. 게다가 강한 사향향이 후각마저 자극했다.

"나의 사랑! 나의 운명!"

라왓슨이 뒤를 돌아보았다. 희끄무레한 여인의 윤곽이 라왓슨을 향해 다가오고 있었다.

서걱거리는 치마 소리가 들렸다. 바로 그 순간 라왓슨의 가슴속에서 무언가 뜨거운 것이 치솟아 올라왔다. 수컷을 홀리려는 검은 과부거미가 의도한 효과였다.

"달링! 돈을 많이 잃었어?"

여자의 실루엣이 눈앞에서 두툼한 입술을 오물거렸다. 라왓슨은 대답 대신 고개를 끄덕였다.

"괜찮아요! 돈이야 다시 벌면 되지. 자 이리 와요. 내가 위로해 줄게!"

여자가 부드러운 손길로 라왓슨의 이마를 쓰다듬었다. 그때 라왓슨은 마무 저항도 하지 못했다. 저항을 하고 싶지 않았는지도 모른다. 그렇게 그는 여인의 품에 포근하게 안겼다.

"여자라고 하기에는 키가 크고 건장한데!"

여자의 품 안에서 라왓슨은 생각했다.

"우흡!"

다음 순간 라왓슨이 비명을 삼켰다. 어둠 속의 서프라이즈가 계속되고 있었다. 여자의 달콤한 입술이 느닷없이 라왓슨의 입술을 덮쳤다. 여자의 입술은 달콤했다. 사탕처럼 달콤했다.

"이벤트를 위해 사탕을 빨았는지도 몰라."

라왓슨은 움찔거리며 그녀의 입술을 받아들였다. 라왓슨의 입술이 벌어지자 그녀가 사탕 한 알을 넘겨주었다.

"안 돼!"

저항하려 했지만 라왓슨은 순식간에 넘어온 사탕을 삼키고 말았다. 온몸에서 힘이 사라지며 깊은 잠에 빠져들었다.

"수, 면, 제!"

라왓슨은 의식의 끝자락에서 사탕의 정체를 파악했지만 이미 늦고 말았다. 건장한 여인은 라왓슨을 안고 어두운 골목길을 거슬러 올라갔다. 미로처럼 얽힌 골목길 끝의 작은 폐가가 목적지였다. 여인은 라왓슨을 방 안에 눕히고 손전등을 켰다. 방 한가운데에는 해부용 스테인리스 테이블이 은빛으로 빛났다. 그 옆에는 두 개의 대형 플라스틱 용기가 놓여 있었다.

여인은 라왓슨의 손과 발을 노끈으로 테이블에 묶었다. 단단히 결박된 라왓슨은 깊은 잠에 빠져 있었다. 그런 라왓슨을 사랑스런 눈길로 바라보던 여인, 그런데 그녀의 눈빛이 돌변하기 시작했다.

"너희들 남자는 다 똑같아! 씨를 뿌리기 위해서는 무슨 짓이라도 하는 추악한 족속들이야!"

여자의 동공이 흰자위로 가득했다. 마치 악령에 접신한 것 같았다. 붉은 잇몸을 가득 드러내고 포효하던 여자는 입가로 끈적끈적한 침을 흘렸다.

"이제 너에게 심판을 내려주겠어. 너의 명줄을 끊어서 다른 남자들과 같이 젓갈을 담아주겠다."

여인은 주머니에서 손수건을 꺼냈다.

"굿바이 마이 달링!"

그녀는 손수건을 물 잔에 담갔다가 라왓슨의 얼굴을 덮었다. 수건을 덮어 쓴 라왓슨이 격하게 움직이기 시작했다. 마지막 숨을 들이쉬기 위한 몸부림이었다.

"달링! 조금만 참아요. 곧 영원한 평화를 느낄 거예요."

그녀는 라왓슨을 내려다보며 미소 지었다.

"쾅! 쾅!"

그때 문을 두드리는 소리가 들려왔다. 연이어 문이 부서지는 소리와 함께 빠른 발소리가 들려왔다.

"멈춰라!"

"뒤로 물러서!"

두 명의 경찰이 방 안으로 달려 들어오며 외쳤다. 그리고 라왓슨의 얼굴에서 젖은 수건을 제거해주었다.

"독거미 여인, 이제 십 년간의 살인 행각에 마침표를 찍어주겠다."

뒤따라 들어선 월셔 홈즈가 여자에게 소리쳤다. 준엄한 심판관의 목소리였다.

"안 돼!"

여자는 얼굴을 가리고 비명을 질렀다. 비명이 좁은 방 안에 울려 퍼졌다. 상상할 수 없는 공포를 안겨다 주는 끔찍한 악녀의 소리였다.

"이제 포기하시지!"

여자 경찰이 독거미 여자에게 수갑을 채우려 다가갔다. 그러자 여자가 뒤로 물러섰다. 순간 한 손으로 입안에 무엇인가를 집어넣었다.

"독약이다! 독약을 못 먹게 막아!"

홈즈가 경찰에게 소리쳤다. 하지만 여자는 이미 알약을 삼킨 뒤였다.

청산가리의 효과는 즉각적이었다. 여자의 얼굴이 파랗게 변색되기 시작했다. 여자는 내부로부터 숨이 막혀오는 듯 자신의 목을 붙잡고 바닥을 구르기 시작했다. 악녀는 그렇게 몇 분을 신음하다가 숨을 거두고 말았다.

독거미 여인의 일기

서울로 향하는 구급차 안에서 라왓슨이 의식을 회복했다.

"이제 정신이 좀 드나?"

"아! 홈즈 선생님!"

홈즈는 일어서려는 라왓슨을 다시 자리에 눕혔다.

"라 원장! 정말 훌륭했어. 덕분에 연쇄 살인마를 검거할 수 있었어."

"천만에요. 저는 단지 홈즈 선생님이 시키시는 대로 했을 뿐인데요."

라왓슨 원장이 얼굴을 붉히며 말했다.

"그런데 그 여자는 왜 남자들만 살해했을까요? 시체로 젓갈까지 담으면서요?"

"여자의 방에서 일기장이 나왔어. 그것으로 여자의 살인 동기가 상당 부분 밝혀졌지. 엽기적인 사체훼손까지 말이야."

"연쇄살인의 동기가 무엇이었는지 궁금하군요."

"내가 주마간산으로 설명하는 것보다는 직접 일기장을 읽어보는 것이 어떨까?"

윌셔 홈즈가 독거미 여인의 일기장을 라왓슨에게 건네주었다. 라왓슨은 일기장을 받자마자 배고픈 식객처럼 허겁지겁 읽기 시작했다.

2003년 5월 5일

오늘은 악마에게 어린이날 선물을 받았다. 그 악마는 술주정꾼 남자였다.

탄광이 폐광되고 일자리를 찾아 떠난 아빠, 어린이날까지는 꼭 돌아오겠다는 말이 생각나 밤늦게 아빠를 기다리다 돌아오는 길에 술주정꾼과 마주쳤다.

"야, 벌써 여고생이 되었네? 엄마를 닮아서 미인인데!"

악마는 자신의 사냥감을 바로 알아보았다. 악마는 어두운 골목길에서 나의 영혼과 육체를 짓밟았다. 남자가 내게 남긴 것은 술 냄새와 카지노 칩 하나였다. 남자는 골목을 떠나며 가로등 아래에서 나를 돌아보았다. 키가 크고 얼굴이 희고 윤곽이 뚜렷한 얼굴이었다. 순간 그 남자의 얼굴이 영원히 나의 뇌리에 각인되었다. 평생 너를 잊지 않으마. 내가 너를 찾아내 몇백 배로 복수해주겠어! 나는 입술을 깨물며 복수를 맹세했다.

"네 엄마에게 전해줘. 나를 피하지 말아달라고!"

그때 먼발치에서 남자가 던진 이 말 한마디가 내 영혼을 산산이 부서뜨렸다. 엄마는 처참한 몰골로 돌아온 나를 보고 통곡했다. 내 손에 쥐어져 있는 카지노 칩을 보더니 눈을 휘둥그레 떴다. 그리고 남자가 했던 말을 전해 듣더니 실성한 사람처럼 비명을 지르며 밖으로 뛰어나갔다.

그것이 엄마의 마지막 모습이었다.

2003년 6월 10일

며칠 뒤 엄마는 카지노 뒷산에서 시체로 발견되었다.

"엄마는 살해당했어요. 나를 폭행한 남자를 찾아 나섰다가 바로 그 남자에게 당했을 거예요."

피를 토하며 경찰에게 수차례 말했지만 엄마는 실족사로 처리되었다. 살인이라고 추정할 증거가 발견되지 않았다는 것이 이유였다.

이제 복수는 모두 내 손에 넘어왔다. 엄마를 마지막으로 만난 그 악마를 찾아야 한다. 엄마를 살해하고 나를 산산이 부서뜨린 그 남자를 찾아 복수해야 한다.

법도 정의도 내 편이 아니다. 황량한 언덕에 나 혼자 서 있다. 나는 강해져야 한다. 교미 후에 수컷을 잡아먹는 검은 과부거미처럼 그 악마를 처단하겠다.

악마야 기다려라.

너의 운명은 정해져 있다.

2004년 5월 5일

악마를 찾는 것은 식은 죽 먹기보다 쉬웠다. 몇 주일 동안 카지노 주변을 맴돌다 보니 놈을 발견할 수 있었다. 나의 뇌리에 각인된 놈의 얼굴, 표정, 그리고 몸동작들을 통해 놈을 한눈에 알아볼 수 있었다. 놈은 카지노에서 돈을 잃고 마을로 내려와서는 술을 퍼마셨다. 그리고는 어두운 미로 골목을 헤매며 무엇인가를 애타게 찾고 있었다.

일 년 전 나를 산산이 망가뜨린 추억에 젖어 있는지도 모른다. 수차례 놈을 미행하던 나는 악마 앞에 모습을 드러냈다.

내가 놈에게 당한지 일 년이 되는 밤이었다. 그리고 엄마가 그놈에게 살해당한 일 년째 되는 밤이기도 했다.

"너! 설마! 내가 머리 올려준 그 여고생?"

술에 만취했지만 놈은 나를 알아보고 흠칫 놀랐다. 놈에게 조각난 양심이 한 가닥이라도 있었는지도 모른다. 악마에게도 양심이라는 사치품이 있었다는 사실에 나는 치를 떨었다. 마음속에 복수의 칼날을 예리하게 세웠다. 나는 놈을 한 발치씩 앞서가며 치마를 펄럭였다.

복수의 준비는 되어 있었다. 남자의 욕망을 불러일으킨다는 사향주머니도 치마 안에 들어 있었다. 놈은 나를 안기 위해 미로와 같은 어두운 골목을 헤매기 시작했다. 나는 놈을 유인해 골목 끝에 있는 폐가로 들어섰다.

"굿바이 달링!"

나는 코끼리도 잠재울 만큼의 수면제가 든 알사탕을 놈의 입안에 넣어주었다. 죽음의 키스는 달콤한 것이니까!

놈이 정신을 차린 것은 김장독 안이었다. 벌거벗은 채 사지가 결박된 그놈이 소금 독 안에 들어앉아 있었다.

"사! 살려줘!"

놈은 개구리처럼 몸부림쳤다. 재갈이 물린 입으로는 웅얼대며 피부가 녹는 통증을 호소할 뿐이었다.

"묻는 말에 대답해!"

나는 짭짤한 젓갈로 변해가는 남자에게 명령했다. 남자는 황급히 고개를 끄덕였다.

"네가 우리 엄마를 죽였지?"

남자는 잠시의 망설임 뒤 고개를 끄덕였다. 재갈을 풀고 남자의 이야기를 들었다.

남자는 카지노에서 딜러로 일하는 엄마를 보고 사랑을 느꼈다고 했다. 수차례 구애를 했지만 엄마에게서 돌아온 것은 냉정한 거부뿐이었다. 엄마를 미행하다가 나에 대해서도 알게 되었다고 했다. 그리고 일 년 전 그날 밤, 우리 집을 맴돌다가 나를 발견하고 술김에 나를 범했다고 했다. 그리고 자신을 찾아달라고 이전에 알려주었던 거처로 찾아온 엄마를 범하려 했다. 하지만 완강히 저항하는 엄마를 우발적으로 살해하고 뒷산에 유기했다고 했다.

"죽을죄를 지었다. 그러니 제발 목숨만 살려줘!"

고해성사를 마친 남자가 목숨을 구걸했다. 나의 온몸이 분노로 달아올랐다. 나는 준비했던 사포로 포동포동한 놈의 등짝을 그리고 번들거리는 사타구니를 문질러주었다.

"우! 윽!"

70

재갈로 입이 막힌 놈은 비명도 지르지 못하며 몸부림쳤다. 나는 외피가 벗겨져 피가 흘러나오는 부위에 소금을 가득 올려주었다. 놈은 며칠간 앓는 소리를 냈다. 그것이 지옥에 가기 전 최소한의 속죄를 하는 길이었을 것이다.

삼 일 후, 돼지처럼 신음하던 놈이 마침내 숨을 거두었다. 소금에 절여진 놈의 거대한 몸에서는 엄청난 양의 진물이 흘러나왔다.

내가 할 일은 간단했다. 놈의 진액을 바가지로 퍼내는 일, 그리고 그 위에 소금 세례를 내려주는 것뿐이었다. 시간이 지나면 놈의 몸은 명태처럼 줄어들어 김장용기 바닥에 눌어붙을 것이다.

2005년 5월 5일

복수를 하면 모든 것이 해결되리라 믿었다. 그런데 나는 그 믿음에 철저하게 배반당했다.

놈의 미라가 들어있는 김장독에서 날마다 물을 퍼내고 소금을 넣으며 이상한 쾌감을 느꼈다. 저항할 수 없는 검은 욕망이 나를 무력화시키고 남성들을 더욱 더 증오하게 만들었다. 추악한 욕망덩어리인 남자들! 그들을 미라로 만들어 나의 전지전능한 손길 아래 수집한다면 얼마나 좋을까?

나는 검은 욕망과 싸우며 낮과 밤으로 술을 마시고 폭식을 했다. 가녀리고 아름다웠던 몸매는 순식간에 사라지고 말았다. 어두운 밤이 아니라면 남자들도 거들떠보지 않을 정도로 망가져 있었다. 악마를 대하다 보니 나도 어느새 괴물이 되어버린 것이었다. 이로써 남자들에 대한 나의 증오는 배가되었다.

나는 나를 두 번 망가뜨린 남자들에게 철저한 복수를 하기로 다짐했다. 이제 나의 두 번째 희생자가 김장독 안에 들어있다.

달콤한 독거미 여인의 키스를 받고 소금 속에서 잠든 남자는 알고 있을까? 자신이 다른 남자의 미라를 방석처럼 깔고 앉았다는 것을!

라왓슨은 독거미 여인의 일기를 단번에 읽어 내려갔다.

"그녀가 끔찍한 일을 당한 날이 되면 해마다 골목길을 지나던 남자들이 한 명씩 사라지게 되지. 그녀는 잔인한 독거미 여인이 되어 남자들을 죽이고 염장을 해서 미라로 만들었던 거야. 교미를 한 뒤 수컷을 잡아먹는 검은 과부거미처럼 말이야."

라왓슨을 보며 윌셔 홈즈가 담담한 목소리로 말했다. 하지만 목소리 한구석에서 여인을 향한 동정이 묻어나왔다. 한동안 두 사람 사이에 침묵이 흘렀다.

"그런데 선생님은 여자의 집에서 일기장이 발견되기도 전에 어떻게 여인이 살인을 하는 날을 아셨나요?"

라왓슨 원장이 궁금한 듯 말했다.

"십 년이 넘게 남자들을 살해한 여자는 자신감에 차 있었어. 그래서 미라에 "5-5"라는 글자를 새겨두었던 거지. 여자의 방에서 발견된 다른 7구의 미라에도 모두 같은 숫자가 쓰여 있었어."

"그런데 제가 사진으로 추정한 세 미라의 나이는 삼십 대와 사십 대였는데 지문과 유전자 조사 결과는 모두 사십 대로 나왔어요. 어떻게 된 것이에요?"

라왓슨이 얼굴을 붉히며 물었다.

"그 남성이 숨진 당시의 나이는 삼십 대가 맞았을 거야. 숨진 지가 십 년이 되었기에 지금 기준으로는 사십 대인 셈이지."

"아! 그렇다면 제 감식 결과가 맞았군요."

라왓슨이 안도의 숨을 내쉬었다.

"그런데 말이야! 그 여자는 더 이상의 복수를 원하지는 않았던 것 같아. 세 구의 미라가 든 용기를 눈에 띨만한 장소에 내놓았으니까 말이야."

"그렇다면 여자가 스스로 자신이 잡히기를 바랐던 걸까요. 자신의 살인을 그렇게 해서라도 멈추고 싶었던 걸까요?"

라왓슨의 질문에 윌셔 홈즈는 가만히 고개를 끄덕였다.

"어젯밤에 제게 지시를 내린 이유는 무엇이었나요? 저에게 출입구에서 세 번째 슬롯머신에서 열 시까지 갬블링을 하다가 주물럭 고깃집에서 술에 취한 후 미로 골목으로 들어가라고 하셨지요."

라왓슨이 윌셔 홈즈에게 물었다.

"내가 정선에서 실종된 가족들에게 얻은 정보들의 공통분모가 바로 그 세 가지였어."

"실종자가 실종되기 전에 취한 행동 세 가지가 바로?"

"맞아! 첫째 특정 슬롯머신에서 밤늦게까지 갬블링을 한다. 둘째 고한 마을로 내려와 술에 만취한다. 셋째 어두운 미로 골목으로 걸어 들어간다. 이 세 가지 행동을 5월 5일 밤에 한 남자들이 실종되었던 거야."

윌셔 홈즈의 말을 듣는 순간 라왓슨의 등골이 서늘해져 왔다.

"그런데 말이야! 그 여자를 독거미로 만든 것은 무엇이었을까?"

윌셔 홈즈는 어두운 창밖을 바라보며 아득히 되뇌었다.

김재성

2009년 『계간미스터리』에 「목 없는 인디언」으로 신인상을 수상했다.
장편소설로 『호텔 캘리포니아』와 탐정소설로 『경성 좀비 탐정록』『경성 새점 탐정』을, 청소년 성장 판타지 소설 『LA 아라비안나이트』『앙코르와트 살인사건』을, 셜록 홈즈 지식총서 『불멸의 탐정, 셜록 홈즈』를, 미스터리 환상동화 『제주도로 간 전설의 고양이 탐정』 9권 시리즈 중 1권을 출간했다. 『드래건 덴티스트』로 제9회 소천아동문학상을, 『경성 새점 탐정』으로 제13회 푸른문학상을 수상했다.
세종우수도서로 『천상열차분야지도』가, 아침독서 추천도서로 『경성 새점 탐정』이 선정되었으며, 2012년 단편 「노끈」이 KBS 라디오 독서실 여름 공포추리 특집에서 극화 방송되었다.
현재, 한국추리작가협회 회장이며 경찰청 과학수사대 자문 위원. 제주도 샌프란시스코치과에서 진료를 하며 제주의 전설과 풍광을 소재로 집필 중이다.

탐정축제에서 생긴 일

양수련

1

환은 지나가는 사람들의 신발을 바라보며 유리문 앞에 서 있었
다. 검은구두가 걸어가고 노랑장화가 지나가고 빨강샌들이 걸어가
고 흰 운동화가 지나가고…… 신발의 행렬.

카페는 시간이 멈춰 있는 듯했다. 카페로 들어서는 손님 하나가
시간을 깨웠다.

장마철이 된 이후, 하루가 멀다 하고 카페로 출근하는 손님은 창
가에 자리를 잡았다. 다른 손님이 차지하고 있지 않다면 늘 같은 자
리다.

환은 손님이 착석하는 것을 확인하고는 다시 밖으로 시선을 돌
렸다. 오토바이 한 대가 카페 앞에 멈춰 섰다. 집배원이다. 그는 카

페 안으로 들어오지 않았다. 환이 문을 열었다.

"마환 씨 앞으로 온 등기우편입니다."

집배원의 우비자락에서 빗물이 뚝뚝 떨어졌다. 환이 등기우편물을 받고 수령 칸에 사인을 하자 그는 바삐 돌아섰다. 그러고는 오토바이에 시동을 걸고 빗길의 사람들을 피해서 갔다.

환은 집배원이 카페 앞을 무사히 벗어나는 것을 지켜봤다. 그가 사라지고 환은 자신 앞으로 온 등기우편물로 시선을 가져갔다. 고한읍장으로부터 온 것이다.

"고한이면 추리마을인데, 무슨 일이지?"

환의 고개가 한쪽으로 기울었다.

지역특화사업의 일환으로 추리마을이 조성됐다는 소문은 일찌감치 들은 바지만 읍장이 직접 보내온 우편은 뜻밖이었다. 손으로 봉투를 뜯으려던 환은 주춤했다.

"추리마을 읍장님께서 보내신 서신인데 아무렇게나 막 뜯으면 안 되지."

환은 주문대 밑에 있는 지칼을 꺼내 우편 모서리에 꽂았다. 봉투와 지칼이 만나 사각사각 소리를 냈다. 봉투의 입구가 매끈하게 뜯겼다.

탐정축제에서 벌어질 추리게임을 마을 주민과 함께 만들어주면 좋겠다는 내용이었다. 고한 측에서는 야생화 축제와 더불어 개최될 추리체험 관련한 부대행사를 다양하게 준비하고 있다고 했다.

환은 추리게임의 설계자로 선택되었다는 사실에 무척 고무되었다. 그의 탐정활동이 추리마을 고한에까지 알려졌다는 의미이니 뿌듯한 일이었다. 이참에 추리마을 구경도 하고 한 번 다녀오는 것도 나쁘지 않을 것 같았다.

환은 읍장의 편지를 손가락 끝으로 튕기며 탐정축제의 추리게임을 떠올렸다. 미적거리지 않고 주최 측에 전화를 걸었다. 응하겠다는 말을 흔쾌히 남겼다.

추리게임 분야를 맡은 고한추리연구회 박용석 회장의 전화는 그 다음날에 걸려왔다. 박용석은 환과 함께 추리게임에 대한 판을 짜고 실행에 필요한 기자재 등을 준비하는 일을 했다. 환은 전화와 메일로 거의 매일 박용석과 의견을 나눴다.

탐정축제 당일!

환은 이른 새벽에 길을 나섰다. 피곤함보다 설렘과 기대로 들떴다. 서울 은평에서 정선의 고한까지는 네 시간여를 운전해야 도착할 수 있는 꽤 먼 거리였다. 탐정축제에 마음을 뺏긴 환은 그 길이 멀게 느껴지지 않았다.

환은 콧노래를 흥얼거렸다. 탐정으로 추리게임에 참여할 수 없다는 게 아쉽긴 했지만 축제를 즐기러 온 사람들에게 바리스타 탐정의 커피를 나누는 것도 나쁘진 않았다.

고속도로를 달리는 차량의 보닛에 햇빛이 닿기 시작했다. 끝날 것 같지 않던 장마가 물러갔다. 하늘은 더할 나위 없이 쾌청했다.

2

환은 약속시간보다 일찍 고한에 도착했다. 덕분에 정암사에 들러 석가모니의 정골사리를 모셨다는 수마노탑과 자장율사가 꽂아둔 지팡이라는 선장단과 야생화 군락지인 만항재 등을 둘러보았다.

야생화 축제가 아니더라도 만항재는 평소에도 산책하기 좋은 장소였다.

전국의 추리동호회와 캐릭터연구회 등지에서 참석한 이들이 세계적인 탐정을 선정해 분장 중에 있었다. 탐정이 등장하는 손때 묻은 추리소설이 저마다의 탐정부스에 놓여 있었다.

바리스타 탐정부스가 정 중앙에 있는 걸 보면서 박용석 회장의 배려가 느껴졌다. 환은 차에 싣고 온 커피기기와 부속자재들을 자신의 탐정부스로 옮겼다.

탐정축제 개회식은 오전 열 시 구공탄시장 내 광장에서 있을 예정이었다. 환은 그 전에 부스 정리를 끝낼 생각으로 서둘렀다. 개회식 십 분여를 남겨놓고 환은 손을 털었다. 이제 부스를 찾아오는 손님을 맞이하기만 하면 된다. 추리게임에 참여한 이들에게는 커피와 게임의 정보를 제공하는 조력자 역할을 겸하면서 말이다.

탐정부스는 구공탄시장의 간판이 있는 입구 반대편 뚝방 쪽에 있었다. 시장 입구는 갱도의 입구처럼 사위가 바위 형상으로 묵직했다. 환은 시장의 중앙통로를 가로질러 뚝방 쪽으로 향했다. 양쪽으로 있는 골목마다 눈도장을 찍으면서. 음식점과 여인숙, 노래방, 치킨집 등등의 간판이 눈에 띄었다. 골목엔 분장을 끝낸 에르퀼 포 와르, 엘러리 퀸, 브라운 신부, 이상 등의 탐정 캐릭터들이 오가고 있었다.

가상의 인물과 현실의 세계가 혼재된 골목. 이상하게 잘 어울렸 다. 각국의 소설 속 탐정들이 시공간 그리고 가상과 현실을 초월해 존재한다는 것만으로도 환은 묘한 재미를 느꼈다. 홀로 이런저런 사색을 하며 채광창이 있는 시장 광장에 도착했을 때였다.

"마환 씨?"

누군가 환을 불렀다. 아는 사람이 없을 텐데, 하는 생각과 함께 환은 뒤를 돌아봤다. 남색 양복에 희끗희끗한 머리 그리고 테가 없 는 안경을 쓴 뺨이 볼록한 중년의 남자였다.

"탐정축제의 추리게임을 당신이 만들었다죠?"

"그냥 조언만 조금 했을 뿐입니다."

"두뇌만 좋은 게 아니라 겸손하기까지 하군요."

"누구신데 그런 과찬의 말씀을…… 저를 아십니까?"

환은 계면쩍었다. 칭찬받는 일은 시간이 지나도 좀처럼 익숙해 지지 않았다.

"바리스타라고 해서 젊은 분일 것이라고는 예상했는데 이렇듯 미소년일 줄은 몰랐습니다. 아, 저는 지고한이라고 합니다. 이 마을 에서 일어나는 모든 일에 촉각을 곤두세우고 있는 인물이랄까, 뭐,

그렇습니다."

자신을 소개한 남자는 악수를 청했다. 환은 주춤했다. 선뜻 손을 내밀지 못했다. 지고한? 어디선가 들어본 것도 같고 아닌 것도 같고 기억나지 않았다. 고한읍장이 탐정축제의 개회인사를 시작했고 환은 엷은 웃음으로 그의 악수 인사를 대신했다.

광장은 사람들로 꽉 들어찼다. 골목에도 관광객들로 북적거렸다. 분장한 탐정들은 사진을 함께 찍자는 요청에 또 분주했다. 환과 박용석이 설계한 추리게임은 읍장의 개회사가 끝난 다음에 바로 진행될 예정이었다.

홍 주무관은 스마트폰을 들여다보며 난감해하고 있었다. 박용석이 전화를 받지 않는다. 읍장의 개회사도 끝나가고 추리게임을 시작할 타이밍이었다.

개회사를 마친 읍장은 홍 주무관을 불러 추리게임을 진행토록 했다. 읍장이 나서서 행사를 챙기니 홍 주무관은 몸 둘 바를 몰라 했다.

"무슨 문제라도 있어요, 홍 주무관?"

"그, 그게…… 박용석 회장이 진행하기로 했는데, 아직이라서요. 전화를 안 받아요. 좀 전에 왔다고 분명히 통화를 했는데……."

"추리게임 행사를 조금 늦춘다고 안내 먼저 하죠."

환의 말에 홍 주무관은 일정 변경에 대해 고지했다. 삼십 분 정도면 충분할 터였다.

박용석과는 목소리와 메일로만 만난 사이였다. 고한에 도착해서도 환은 그와 통화만 했다. 홍 주무관이 스마트폰에 저장된 박용석과 함께 찍은 사진을 꺼내 보여줬다. 유난히 동그란 얼굴이어서 한눈에 들어왔다.

"마환 씨는 이쪽을 맡고, 저는 저쪽을 찾아보겠습니다."

지고한이었다. 상황을 파악한 그가 서둘러 구역을 나눴다. 구공탄시장은 그리 넓지 않았다. 빽빽이 들어선 사람들 틈에서 박용석을 찾는 일이 쉬울 것 같지는 않았다.

환은 홍 주무관에게 전화를 계속 해보라는 말을 하고 시장 골목으로 향했다. 치킨집 골목을 지나 여인숙 골목으로 들어 설 때였다. 환은 초록색 티셔츠 남자와 어깨를 부딪쳤다. 앗, 소리가 절로 나왔다. 사람의 몸이 돌덩어리도 아닌데 그것처럼 통증이 일었다.

환은 자신의 어깨를 감싸 쥐었다. 남자는 미안하다는 말도 없이 휑하니 지나갔다. 환이 뒤돌아봤을 때, 남자는 인파 속으로 사라지고 없었다.

환은 쫓아가 볼까도 생각했지만 관뒀다. 박용석을 찾는 일이 먼저였다. 일부러 치고 간 것도 아니잖은가. 환은 박용석을 찾아 골목골목을 확인했다. "박 회장님! 박용석 회장님!"을 외치고 다녔지만 어디서도 그의 대답은 들려오지 않았다.

환은 채광창이 있는 광장으로 돌아왔다. 홍 주무관은 연락이 되지 않는다고 고개를 내저었고 지고한도 박용석을 찾지 못한 채 돌아왔다. 추리게임 행사를 삼십 분 늦게 진행하겠다고 안내는 했으나 언제까지 미룰 수만은 없었다.

"마환 씨가 진행을 맡아주면 안 되겠습니까? 박 회장과 연락이 닿는다면 모르겠는데, 지금 상황에서는 달리 방법이 없네요."

홍 주무관이 사정하고 나섰다. 추리게임에 대해서는 박용석과 환이 제일 잘 알고 있었다.

지금쯤이면 탐정부스에서 단서를 얻기 위해 오는 손님을 기다리고 있어야 했다. 그들에게 게임의 실마리가 될 초콜릿을 전해주고 정보도 흘려야 했다. 추리게임을 취소한다면 환과 박용석이 그동안 머리를 맞댄 수고가 물거품이 될 것이다. 환은 박용석 대신 추리게임 진행 마이크를 잡았다.

"탐정축제의 하이라이트! 탐정축제의 꽃! 추리게임에 참여하실 분은 구공탄시장 광장으로 모여주시기 바랍니다. 곧 추리게임이 시작됩니다."

참석자들이 광장으로 삼삼오오 짝을 이뤄 모여들었다. 탐정으로 분장한 이들도 하나둘씩 나타났다. 바로 그때, 에도가와 코난 복장의 남학생 하나가 사색이 되어 뛰어왔다.

"사, 사람이 죽었어요! 진짜 시체가 나타났다고요!"

코난 학생은 헐떡거리는 숨으로 말했다.

환은 물론 그곳에 모여 있던 사람들은 충격에 휩싸였고 놀란 표정을 감추지 못했다.

3

이런 순간에 시체가 등장하다니 참으로 절묘했다. 아니 난감했다. 지고한과 환은 코난을 앞세우고 시신이 있는 곳으로 향했다. 추리게임에 참여하려던 이들이 그들을 뒤따라왔다. 두려움과 호기심이 범벅된 눈빛을 하고서.

시장 안의 허름하고 오래된 여인숙. 시체는 손님방에 엎어진 채로 있었다. 뒤통수를 심하게 가격 당했고 머리에서 흐른 피가 방바닥에 고여 있었다.

홍 주무관은 옷차림을 보고 누구인지 알아챘다. 좀 전까지 그들이 그토록 찾아 헤매던 박용석이었다. 도박으로 가산을 탕진하고 자살한 사람의 시체는 봤어도 타살된 시체를 보는 것은 처음이었다.

"누가 이런 짓을……."

홍 주무관은 끔찍한 듯 고개를 돌렸다.

그 와중에도 환은 누구보다 침착했다. 경찰에 신고를 하고 여인숙 앞으로 몰려든 탐정과 구경꾼들을 해산시켰다.

"상황 판단도 빠르고, 일처리 하는 것도 노련하군요, 마환 씨는."

상황을 지켜보던 지고한이 점잖게 한마디 했다. 그는 말을 빨리 하지도 않았고 상대가 자신보다 어리다고 편하게 말을 놓지도 않았다. 학생인 코난에게도 마찬가지였다.

"방에 있는 시체를 어떻게 발견한 겁니까? 이곳은 무인으로 운영되는 여인숙이긴 하지만 그렇다고 아무나 막 드나들 수 있는 곳은 아닌데 말입니다."

"어젯밤, 옛날 여인숙 체험을 하고 싶어서 이 방에서 잤어요. 코난 안경을 두고 와서 가지러 왔는데, 여기 이렇게 사람이 죽어 있었어요."

"그랬군요."

지고한은 홀로 골똘했다.

얼굴 하나 겨우 내밀 수 있는 작은 유리창이 있는 온돌방. 흉기가 될 만한 장식이나 물건은 전연 없었다. 범행에 사용된 흉기가 방 안에 남아 있지도 않았다. 방 한구석에 잘 개켜진 이부자리와 베개가 놓인 것이 전부였다.

"누구보다 열심히 사는 분이었는데…… 이런 황망할 때가……."

홍 주무관은 안타까움을 지우지 못했다.

박용석은 이십 년 전, 고한으로 흘러들어왔다. 이삿짐도 없이 중형 프린스를 타고서였다. 바람 따라 고한까지 왔다는 그는 자신의 사생활에 관해서 그 어떤 것도 함구했다. 자식이 있냐는 말에도 결혼은 했냐는 말에도 과거지사를 알아서 뭐 하겠냐며 배시시 웃음만 흘렸다.

박용석은 혈혈단신으로 고한에 눌러 살면서 대리기사는 물론 식당 허드렛일도 마다하지 않았다. 산골 탄광촌에 틀어박혀 살기에는 너무 박학다식한 사람이었다.

남의 돈을 떼먹고 도망쳤나? 죄를 짓고 숨어들었나? 주민들은 호방한 그를 웃음으로 대하면서도 돌아서서는 한동안 의혹의 눈초리를 멈추지 않았다.

주민들의 속내를 아는지 모르는지 박용석은 천연덕스럽기만 했다. 그는 지역 일을 자신의 일처럼 발 벗고 나서서 했다. 주민은 귀찮아서 꺼리는 일도 기꺼이 책임을 떠안았다. 성격이 소탈해 나이를 불문하고 여자들과도 허물없이 지냈다.

박용석이 외지인이라는 것을 염두에 두는 이는 없었다. 그는 이미 토착민들 사이에서 신임을 얻었다. 그의 말이라면 토를 달지 않고 고개를 끄덕였다. 박용석이 그렇다면 그런 것이라고 여겼다.

고한을 추리마을로 조성하기로 하고 이를 위한 아이디어를 모집하는 일에도 박용석은 적극적이었다. 작은 책임이라도 맡게 해달라고 그보다 한참 나이어린 홍 주무관 앞에서 장광설을 늘어놓았다. 추리연구회를 만들고 회장직을 맡게 된 것은 그런 맥락에서였다. 박용석은 한때 추리소설 마니아였다며 신나했다.

"추리마을 조성에 관한 크고 작은 아이디어들을 수시로 냈어요. 각국의 탐정을 한자리에 모아보자는 것도 박 회장님의 아이디어에서 비롯됐고 탐정축제도 그분이……."

홍 주무관은 착잡한 심정으로 말했다.

4

 여인숙 골목에 폴리스 라인이 들어서고 경찰의 현장 조사가 이뤄지는 동안이었다. 환은 앞서 현장에 당도했던 이들과 함께 여인숙 인근에 있었다.

 "진짜 난 아니라고요. 어제 처음 여기 왔고, 내가 잔 방에서 죽은 남자는 전혀 모르는 사람이거든요."

 코난 학생은 지고한의 떠보는 말에 억울함을 드러냈다. 혹시라도 자신을 범인이라 여기는 것은 아닌가, 식겁해했다.

 "확인 차원에서 짚고 넘어가는 것이니 노여워말고 이해를 바랍니다."

 "내가 묵은 방에서 사람이 죽었고, 내가 또 최초 목격자니까 살인 용의자로 의심받는 건 어쩔 수 없겠죠. 그래도 형사처럼 날 취조하는 건 정말 아니죠."

 코난 학생은 풀이 죽어 말했다. 기분이 상한 터였다.

 환은 지고한의 정체가 궁금했다. 홍 주무관에게 묻기도 했지만 그역시 고개만 내저었다. 직접 확인해보면 되지 않겠냐는 그의 말에 이번엔 환이 도리질을 해댔다. 곧 알게 되겠지, 그런 생각이었다.

 주인 없는 여인숙에 숙박한 사람은 모두 세 명이었다. 코난 학생과 나머지 두 명은 친구 사이로 진천에서 올라와 같은 방에 머물렀다. 캐릭터연구동호회 일원인 그들은 오전 8시부터 뚝방의 탐정부스에 있었다.

홍 주무관이 10시 10분 전에 통화를 했다고 하니 박용석이 사망한 것은 대략 10시에서 10시 30분 사이였다. 박용석을 찾아 환이 골목을 누비던 바로 그때. 범인 또한 시장골목 어딘가에 있었을 것이다.

축제 첫날, 고한은 전국에서 모여든 외지 사람들로 붐볐다. 구공탄시장은 추리게임 참여자는 물론 구경꾼들까지 몰려 어수선한 상황이었다.

"탐정축제에 관한 아이디어를 박 회장님이 냈다고 하셨죠. 그럼 탐정축제를 탐탁지 않게 여기거나 반대하고 나선 사람은 없었나요?"

환은 박용석에게 반감을 갖고 있는 사람이 있는지 알고 싶었다. 도시와 달리 지방은 외지인에 대한 텃새가 작용했다. 박용석이 고한에서 이십여 년을 살았다지만 지역민들에게 그는 여전히 외지인이었을 것이다.

폐쇄되고 사람들이 많이 드나들지 않는 지역일수록 외지인에 대해 너그럽지 않다는 것은 환도 익히 경험한 바였다. 재혼한 아버지를 따라 일본 동경에 갔을 때, 그리고 홀로 다시 한국에 돌아와 정착할 때. 마음을 열어줘도 그들의 시선은 곱지 않았다. 외지인으로서 통과의례처럼 겪고 감내해야만 되는 부분이기도 했다.

지역의 분위기를 흐려놓는다거나 괜한 일로 사람들을 선동한다거나 하는 선입견 때문만은 아니었다. 외지인과 토착민 사이에 융화될 수 없는 묘한 감정들이 존재했다.

"탐정축제가 되겠냐고 시답지 않아 하던 주민 분도 계셨죠. 하지만 뭐, 이게 다 지역민들이 함께 잘 살아보자고 하는 거니까 무작정 안 된다고 할 입장만도 아닌 거죠. 불만을 내비치다가도 주민들의 중지가 모이면 또 못 이기는 척 따라오기도 했어요."

홍 주무관은 고한과 이웃한 탄광촌 사북에서 나고 자랐다. 그는 공무원 시험에 합격하고 고한읍으로 첫 발령을 받았다. 대학과 군대에 있던 때를 제외하면 탄광촌을 벗어난 적이 없었다. 외지인으로 산다는 것이 어떤 것인지 겪을 기회가 없었다는 뜻이다.

"박 회장님과 자주 말다툼을 벌인 사람은 없었나요? 외지인이 마을일에 감 놔라 배 놔라 하면 고깝게 여기는 사람도 있었을 텐데…… 물론, 이십 년이면 이 지역사람이나 다름없었겠지만……."

환은 눈빛으로 홍 주무관의 대답을 재촉했다.

"글쎄요. 제가 알기로는 뭐, 남과 척지고 그런 분이 아니라서 말이죠. 다투는 것도 싫어하고…… 아, 추리마을추진단 단원인 김기석 씨와 종종 트러블이 있긴 했어요. 전당사에서 일하는 분인데, 그분이 딴죽을 걸기는 했지만 일방적인 것이라 박 회장님도 크게 신경 쓰지 않았거든요. 무슨 일이든 잡음이야 있게 마련이고, 예쁜 짓을 해도 이유 없이 밉기만 한 사람도 있는 거잖아요."

홍 주무관은 말끝에 씁쓸한 미소를 머금었다.

"추리게임 일정에 차질이 생겼고 진짜 범인을 잡아야 할 텐데…… 마환 씨가 실력을 좀 발휘해 보는 건 어떻겠습니까?"

지고한이 그들의 대화에 끼어들었다.

그때까지도 환은 지고한에 대한 정보를 수집했다. 오리무중이었다. 환이 바리스타 탐정으로 매체 인터뷰를 한 적이 몇 번 있었으니, 지고한이 환을 아는 일은 얼마든지 가능한 일이었다. 환의 기사를 봤다면 말이다. 환은 지고한에 대한 의문을 이번에도 잠시 뒤로 미뤘다. 누가, 왜, 박용석을 살해했을까에 대한 생각만 골똘히 했다.

축제와 살인사건. 어울리지 않는 조합이었다. 추리마을에서 일어난 살인사건이라면 또 다른 문제가 아닐까. 환은 촉각을 곤두세웠다. 범인이 아직 있을지 모를 시장 골목을 다시 걸었다. 각지에서 모인 사람들로 북새통을 이루던 시장은 살인사건으로 한산해졌다. 함백산 자락에서 진행되는 야생화 축제 쪽으로 이동했을 터였다.

고한은 예로부터 탄광촌으로 유명한 지역이다. 한창 영화를 누리던 그때, 이곳은 육만 명의 인구가 북적거리며 살았다. 개도 만 원짜리를 입에 물고 다닌다는 말이 나돌 정도로 자금의 유입이 많던 곳이기도 했다.

1980년대 중반 석탄산업이 사양길에 접어 들어서면서 인구가 줄기 시작했다. 석탄산업의 흥망성쇠 안에서 누군가는 고한을 떠났고 누군가는 영화로운 시절에 이룬 부로 토착민을 자처했다.

박용석은 고한이 쇠락의 길을 걷던 그 끝 무렵에 흘러들어와 살았다. 그런 그에게 원한을 가질만한 사람이 있을까. 이곳에 오기 전에 형성된 원한이라면. 전국에서 온 사람들이 몰려든 고한에서 우연히 마주쳤다면. 환은 가설과 추리 사이를 열심히 오갔다.

시장 어딘가에 범인이 버리고 간 흉기가 남아 있을지 모를 일이다. 식당 앞을 지나고 노래방 앞을 지나고 폴리스 라인이 있는 여인숙 골목 앞에서 환은 우뚝 멈춰 섰다.

경찰이 현장 조사를 끝내고 시신을 운구파우치에 넣어 옮기는 중이었다. 경찰은 구경꾼들을 물리고 피해자의 시신과 함께 골목을 빠져나갔다.

경찰에게 길을 내주던 환은 여인숙 골목 안쪽에 우둑하니 서 있던 남자와 짧은 순간 시선이 마주쳤다. 환을 본 남자가 머쓱한 표정으로 다급히 돌아섰다. 곱슬머리. 아니 파마머리였다. 남자의 뒷모습이 눈에 익었다.

그 순간, 환은 남자를 뒤쫓았다. 박용석을 찾아 시장을 헤집으며 여인숙 골목을 지날 때, 환을 밀치듯 부딪치고도 사과 한마디 없이 부랴부랴 가버린 남자. 초록색 티셔츠 대신 검정색으로 바뀌었지만 환의 눈은 정확했다.

"잠깐만 저랑 얘기 좀 하실래요?"

남자는 당황했다. 뒤에 있어야 할 환이 그의 앞에 나타나자 어리둥절해했다.

"나 알아? 모르면 비켜!"

남자의 목소리에 짜증이 묻어났다.

"이제부터 알아보면 되죠. 전 벌써, 당신을 조금 아는 걸요. 두 번째 보는 거니까."

환은 엷은 미소를 지었다.

5

구공탄시장 광장에 코난 학생과 더불어 이름난 탐정들이 다 모여 있었다. 환이 범인을 밝히겠다고 공언한 터라 다들 긴장했다. 소설 속 캐릭터들이긴 했지만 환은 그들과 어깨를 견주고 있다는 묘한 기분이 들었다.

"누가 피해자를 살해했죠?"

코난 학생이 참지 못하고 물었다.

환은 대답 대신 파마머리를 한 검은색 티셔츠의 남자에게 다가 갔다. 모두의 시선이 그에게로 쏠렸다. 그는 추리마을추진단의 일원이자 전당사에서 일하는 김기석이었다.

"왜 죽였어요, 박용석 회장?"

김기석의 표정이 일그러졌다. 불쾌함은 노골적이었다.

"내가 범인이란 거야? 내 주변에서 일어난 살인사건은 처음이라 호기심에 가본 것뿐이라고. 이거 명백한 명예훼손이야."

"설마, 아니죠?"

홍 주무관이 휘둥그런 눈으로 김기석을 바라보았다.

"아냐. 아니라고!"

김기석은 갱도에서 작업하던 아버지가 사고로 사망한 뒤로 공부를 접었다. 중학교 졸업을 앞두고 벌어진 일이었다. 어머니는 일 년도 안 돼 고한에 온 자동차 세일즈맨과 눈이 맞아 재혼했다.

김기석은 고향을 떠나 떠돌았다. 탄광촌의 막장인생보다 더 거칠고 위태로운 날들의 연속이었다. 룸살롱에서 마약을 흡입했고 그 일로 소년원에 입소했다. 그것으로 끝나지 않았다. 김기석은 주먹패들과 어울렸고 폭력은 가까이에 있었다. 소년원도 가까이에 있었다.

소년원에서 세 번째 나오던 날, 김기석은 고향으로 돌아왔다. 재혼한 어머니는 오래전 그곳을 떠나 어디서 사는지 알 수 없었다. 그는 혼자였다. 그래도 자신이 태어난 고향에 있으니 마음은 평온했다. 어릴 적부터 눈에 익은 풍경과 아는 사람들이 그곳에 있었다. 자신을 보는 눈길이 고운 것만은 아니었지만 견딜 만했다.

어릴 적 놀던 정암사 계곡은 그대로였다. 마을 쪽으로 조금만 내려와도 검은색과 황갈색으로 물들던 개천은 사라졌다. 석탄가루가 날리던 곳. 한때는 무작정 벗어나고만 싶던 곳이었다. 세월이 흐르고 보니 검은 개천이 그립기도 했다. 친구들과 낮은 지붕이 있는 골목들을 오가며 뛰어놀던 풍경들이 김기석의 뇌리를 스쳤다. 고향

에선 혼자라도 외롭지 않았다. 그럴 줄 알았다. 뜻하지 않게 박용석과 마주한 뒤로 김기석의 평온은 균열이 생기기 시작했다.

"홍 주무관도 저 자식 말을 믿는 거야? 저 자식 편을 지금 드는 거냐고!"

김기석은 환장해 미치겠다는 얼굴로 소리를 질렀다. 홍 주무관은 벌게진 얼굴로 그에게서 물러섰다.

"외지에서 온 박용석이 지역 일에 앞장서고 또 대우를 받는 것 같아서 아니꼬웠겠죠."

"뭐요?"

"저라도 그랬을 겁니다. 내가 태어난 곳이고 그곳을 위해 뭐든 하고 싶을 겁니다. 근데 박용석이 늘 당신보다 먼저였죠. 이웃들도 당신보다 박용석을 더 좋아했죠. 안 그런가요?"

환은 김기석을 조용히 응시했다.

"어디서 굴러먹다 온 뜨내기인 줄도 모르면서 그 자식 말이면 오냐오냐했지. 눈엣가시 같은 놈이었어. 어디서 남의 고향 일에 숟가락을 얹어, 얹기를……."

"그렇다고 사람을 죽입니까?"

"내가 왜? 안 죽였어, 난."

김기석은 발끈했다.

박용석은 토착민들과 특별한 불화 없이 지냈다. 워낙 사근사근해 갈등을 빚을 일도 없었다. 김기석이 박용석과 부딪칠 일도 없어

보였다. 그러나 그들의 보이지 않는 갈등은 고한이 마을재생사업에 들어간 몇 년 전부터 불거지기 시작했다.

박용석은 마을재생사업을 자신의 일처럼 여겼다. 공무원도 아니면서 만나는 사람마다 호기롭게 지역민의 앞날을 예견하고 다녔다.

"마을재생사업? 그딴 거 한다고 갑자기 다 부자가 돼? 황금시절이 다시 돌아오기라도 하냐고? 관광객이야 탄광촌 인증샷이나 찍고 가면 그만일 테고, 마을은 외지인들로 시끄럽겠지. 석탄이 아니라 이번엔 외지인이 드나들면서 버리는 쓰레기로 난장판이나 되지 않으면 다행이지."

고향의 변화가 김기석은 탐탁지 않았다. 그 일을 외지인인 박용석이 떠벌리고 다니는 것이 더 못마땅했다. 김기석의 분기가 억눌린 채로 솟구쳤다.

"예정대로였다면 오늘, 김기석 씨가 추리게임의 피해자 역할을 맡았을 겁니다. 박용석 씨가 마음에 들진 않았지만 이번 추리게임이 어쩌면 기회일지도 모른다고 생각했겠죠? 탐정축제는 물론이고 추리게임 진행에 매우 적극적이셨다고 하던데……."

지고한은 홍 주무관에 슬쩍 눈길을 주며 말했다.

"그게 뭐? 그렇다고 내가 그 자식을 죽였다는 증거가 될 순 없잖아!"

김기석의 분기는 여전했다.

"물론입니다. 그럼, 이건 어떻습니까? 여인숙에 손님이 없다는 것을 확인하고 박용석 씨를 여인숙에서 보자고 불러냅니다. 오늘 있을 추리게임의 피해자 역할에 대해 얘기를 좀 더 하고 싶다면서 말이죠. 여인숙 안으로 들어가는 박용석 씨를 확인하고 당신도 뒤따라 들어갔죠. 당신을 찾아 방으로 들어간 박용석을 이걸로 내려친 겁니다."

지고한은 손수건에 싼 벽돌을 그 앞에 내보였다. 벽돌은 피 얼룩이 그대로 묻어 있는 채였다.

"………!"

김기석은 당혹감을 감추지 못했다.

"여인숙 옆 골목의 화단에서 발견했습니다. 벽돌로 울타리를 만들어놨는데 이것만 뽑힌 흔적이 있더군요. 누군가 뽑았다가 제자리에 그대로 다시 박아놓은 거였는데, 혹시나 싶어서 뽑았더니 역시."

지고한의 말이 끝나기도 전이었다.

"뭐, 온고지신溫故知新도 좋지만 그렇다고 각주구검刻舟求劍은 곤란해? 가방끈 길다고 자랑질하는 것도 어지간히 해야 봐주지. 무식하다고 나를 그렇게 깔아뭉개는 건 아니지."

"그렇다고 하나뿐인 귀한 생명을 빼앗는 것도 아니죠."

"그런 놈은 죽어도 싸! 그놈이 여기만 휘젓고 다닌 줄 알아? 내 인생도 제멋대로 분탕질해댄 놈이라고! 아무것도 모르면서……."

김기석의 눈에서 불똥이 튀었다.

환은 그제야 알 것 같았다. 김기석의 티셔츠가 초록색에서 검정색으로 바뀐 이유를 말이다. 사람과 사람의 몸이 부딪혔다면 그렇게 심한 통증까지는 아니었을 것이다. 김기석이 옷 속에 감춘 벽돌에 자신의 어깨를 부딪쳤던 것이다.

6

어머니가 재혼하고 혼자가 된 김기석은 고향을 등졌다. 경기도 안산에서 PC방 아르바이트를 하며 지냈다. 박용석은 그곳에 있었다. PC방 손님들 중에 그와 가깝게 지내는 이들도 있었다. 아는 것도 많고 똑똑해 보이기도 했다.

미성년자였던 김기석은 그와 말을 섞지는 못했지만 눈여겨보기는 했다. 그 자신의 이름자와 같은 글자가 그에게도 있다는 사실에 괜한 동질감마저 들었다.

"그럼 뭐해, 남 등이나 처먹는 걸…… 남들이 들으면 비웃을 얘기지만 그가 날 상대해주지 않아도 그땐 그냥 의지가 됐지. 내가 일하는 PC방에 그가 있다는 게 웃기게도 위안이 됐어."

김기석은 말을 멈췄다. 그의 입술이 씰룩거렸다. 자기 연민에 빠진 듯했다.

"어쩌다가 두 분이 원수지간처럼 된 겁니까?"

그의 침묵이 길어지자 지고한이 물었다. 김기석이 숙이고 있던 고개를 쳐들었다.

"박용석 회장이 당신의 인생을 망쳤나요?"

환은 김기석의 불거진 눈자위를 바라보며 말했다.

"내 인생을 시궁창으로 밀어 넣었으면서 그 자식은 날 기억도 못해."

도시는 정이 가지 않았다. 김기석이 PC방에서 아르바이트를 하던 그 무렵, 박용석은 그곳에서 먹고 자며 게임을 즐겼다. 집이 따로 없기는 김기석도 마찬가지였다. 24시간 PC방에서 쪽잠을 자며 계산대를 지키고 손님의 잔심부름을 했다.

그리고 그날은 컴퓨터에 이상이 생겨 PC방 문을 닫은 날이었다. 박용석은 수입을 잡았다며 김기석을 데리고 룸살롱에 갔다. 박용석이 주는 술을 미성년자인 김기석은 황송하게 받아마셨다. 구름 위를 걷는 듯한 황홀감에 도취되었다.

사람이 좋았다. 도시가 좋아졌다. 김기석은 술과 약에 취했지만 알지 못했다. 간밤의 기억이 지워진 새벽녘이었다. 경찰이 소파에 널브러진 김기석을 깨웠다. 박용석은 보이지 않고 자신 혼자였다. 그 길로 영문도 모른 채 김기석은 경찰서로 붙들려갔다.

마약은 모르는 일이라고 했지만 김기석의 몸에서 헤로인 성분이 발견됐다. 함께 있던 사람을 대라고 했지만 김기석은 함구했다. 제 딴엔 박용석에 대한 의리였다.

처음이니 괜찮을 것이라고 여겼다. 미성년자였고 한 번의 실수는 누구나 용서받을 수도 있는 거니까. 그러나 착각이었다. 소년원에서 나온 김기석의 삶은 막다른 골목으로 치달았다. 잘못 들어선 길을 되돌아 나가는 일은 길을 잃었을 때나 가능한 일이었다. 인생의 길은 돌이키고 싶다고 돌이켜질 수 있는 것이 아니었다.

김기석이 새로운 인생을 살게 놔두지 않았다. 조금만 불미스런 일이 생기면 주변 사람들은 쌍심지를 켜고 그를 쳐다봤다. 그 한 번의 첫 실수는 이해받기보다 악행의 근원이 되었다. 벗어날 수 없는 천라지망처럼 다가왔다. 도시의 건달들과 어울리고 주먹패거리에 흡수됐다.

제대로 살고 싶었다. 뜻대로 되지 않아 박용석에 대한 원망이 자라기 시작했다. 피는 끓었고 억울함은 커져갔다.

세상 천지에 김기석 자신을 도울 사람은 자신뿐이라는 것을 뒤늦게 깨달았다. 믿을 것은 자신의 주먹뿐이었다.

"고향은 도시보다 따뜻했어. 사람들이 날 어떻게 생각하든 말든 내겐 이곳에 깃든 좋은 추억들이 있었으니까. 그걸로 버텨 보려고 했어. 박용석을 이곳에서 다시 만나지만 않았다면 그랬을 거야. 그 자식은 날 기억조차 못하는 눈치더라고, 난 한시도 잊은 적이 없었는데…… 탐정축제? 추리게임? 유식한 척, 잘난 척하길 좋아하는 그 자식한텐 딱 어울리는 놀이일 뿐이지. 내 고향 사람들의 뒤통수를 치겠지, 내게 했던 것처럼…… 외지인 주제에 까불지 말고 꺼지라고 했지. 안 그럼, 지난 일을 다 까발리겠다고…… 어디서 굴러먹다 온

개뼈다귀인지 모를 외지인의 말을 누가 믿겠어. 그런데도 내 말에 눈 하나 깜빡 안 했어. 내가 누군지 알았을 땐 모든 게 끝났지."

김기석은 분노를 주체하지 못했다. 그의 온몸이 바들거렸다. 김기석보다 박용석의 말을 사람들은 더 귀담아들었다. 그를 더 신뢰했다. 주객이 전도된 상황에 처해 있었다. 어떻게든 고한을 떠나게 만들고 싶었다.

뜻대로 되지 않았다. 마약혐의로 붙잡혔을 때, 박용석과 함께 있었다고 말하지 않은 것을 후회했다. 박용석의 과거를 주민들에게 흘리고 다녔다. 도박꾼에 마약쟁이라고. 사람들은 김기석의 말을 흘려들었다. 아니 괜한 사람 잡지 말라고 충고했다.

"여긴 내 고향이야. 그런 놈한테 내가 밀린다는 게 말이 되냐고?"

김기석은 끝내 울분을 토하고 말았다.

"박용석 회장은 이곳이 자신과 닮았다고 여겼습니다. 그의 인생이 막장으로 가고 있다고 생각했으니까. 마을로 재건하는 일에 그래서 누구보다 동참하고 싶었던 겁니다. 그의 인생이 재건되는 거라고 여겼는지도 모를 일이죠. 어쨌거나 그는 이곳을 좋아했어요. 자신의 과거를 지울 수 없는 것처럼 한때 탄광촌이던 고한의 과거도 바뀌지 않는다는 걸 잘 아는 분이었죠."

환이 박용석을 대신했다. 목소리로 만난 박용석은 고한에 대한 애착이 많은 사람이었다. 그의 얘기를 듣고 있자면 찬란한 고한의 미래가 눈앞에 펼쳐지는 듯했다. 박용석의 과거는 그 안에 있었다.

이웃 주민에게는 차마 털어놓을 수 없는 과거였고 환은 얼마간 그를 이해했다.

　어린 나이에 출세하는 것만큼 불운한 것이 없다더니 딱 그 짝이었다. 우연히 손을 댄 주식투자로 목돈을 만졌지만 그의 첫 끗발은 개 끗발로 끝이 났다. 그러나 박용석은 자신의 그 첫 운을 끝까지 믿었다. 아버지의 돈은 물론 지인들의 돈을 끌어다 투자한 후였다. 사기죄로 수감생활을 하고 나온 박용석은 돌아갈 곳이 없었다.

　고한에 눌러 살면서 박용석은 그의 과거를 모두 지웠다. 명문대 출신의 경제학도였다는 것도. 주식투자로 목돈을 벌었다는 것도. 자신의 주변 사람들에게 피해를 입혔다는 것도.

　탄광촌의 막장인생처럼 박용석은 우연히 찾아든 고한이 마음에 들었다. 석탄산업은 사양길이었고 2001년 말 국내의 대표적인 민영탄광이던 삼척탄좌는 갱구를 폐쇄했다. 막장인생은 사라졌다. 박용석은 과거를 지우고 새로 태어난 것이라고 여겼다.

　김기석의 오랜 원한은 응어리진 채였다. 박용석의 막장인생을 이해해주고 싶은 마음은 없었다. 그는 죽었고 김기석의 인생은 소년원을 들락거리던 과거에서 변한 게 없었다. 그러나 하나만은 분명했다. 자신의 인생을 구렁텅이로 몰아간 사람은 그 자신이었다는 것 말이다.

탐정축제가 막을 내렸다. 추리게임이 진행되기도 전에 사람들은 흥미를 잃었다.

환은 바리스타 탐정부스를 정리하고 있었다.

"우리 탐정님이 주는 커피 한 잔 마실 수 있을까요?"

지고한이다.

환은 소리 없는 웃음을 머금었다. 긍정의 말이었다. 축제 첫날, 김기석이 체포되어 간 뒤로 지고한을 보지 못했다. 파장에 나타난 그가 환은 내심 반가웠다. 조금만 일찍 왔더라도 제대로 된 커피를 대접할 수 있었을 텐데 그렇지 못해 아쉬웠다.

"탄광촌으로 융성하던 그 시절, 각지에서 사람들이 이곳으로 모여들었죠. 토착민은 거의 없고 현재까지 살고 있는 주민들 대부분이 이주 1세대 정착민이죠. 저 역시 토착민 행세를 한 것 같아 부끄러운 생각이 듭니다. 그게 뭐라고……."

지고한은 홀로 상념에 젖어 말했다.

"저를 어떻게 아는 누구신지 말씀해주시면 안 됩니까?"

"마환 씨가 올해 스물셋이라고 했나요?"

지고한이 반문했다. 환이 건넨 커피잔을 받아들면서였다.

"네."

"자랄 때, 제 이름이 참 싫었습니다. 놀림의 대상이었죠. 부친이

제 이름을 건성으로 막 지었다고 생각했거든요."

"왜 그렇게 생각하신 건데요?"

"고한은 제가 태어난 곳입니다. 대학에 들어간 뒤로 이곳으로는 돌아오지 않을 생각이었는데…… 귀소본능인지 나이가 들수록 이곳이 더 애틋하게 생각이 나더라 이겁니다."

지고한은 커피를 입가로 가져갔다. 긴 사설에 식어버린 커피였다.

어떻게 환을 알게 되었는지에 대해서는 그냥 지나쳤다. 묻지도 않은 얘기는 술술 잘도 꺼내놓으면서 별것도 아닌 것에 그는 말문을 닫았다. 말하지 않으니 괜히 의심이 간다. 의절하다시피 지내는 아버지 문선명이 환의 생활을 염탐하라고 보낸 사람은 아닐까.

"내년에도 우리가 만날 수 있을지 잘 모르겠습니다. 하지만 만난다면 반가울 겁니다. 커피, 고마웠습니다."

지고한은 사양하는 커피값을 환의 앞치마 자락에 극구 찔러주고 갔다.

8

몇 개월이 지났다. 탐정축제에 다녀온 뒤로 고한의 소식은 심심치 않게 메일로 발송되어 왔다. 환은 그날도 고한읍에서 온 메일을 열었다. 강원일보에 난 고한 관련 기사였다.

환의 동공이 순간 팽창됐다.

「탐정을 꿈꾸던 지고한, 고한읍장이 되어 고향으로 돌아오다!
추리체험마을 고한의 새로운 도약이 시작될 것!」

지고한과 환 자신의 접점이 무엇인지 그제야 알 것 같았다.

고한의 개천에서 물고기가 사라진 지 오래다. 그러나 주민들이
여름철 휴양지로 즐기던 정암사 인근 계곡에는 일급수에만 산다는
열목어가 지금도 살고 있다.

올해도 이어질 추리체험마을의 이야기에 환은 벌써부터 기대감
이 솟구친다.

양수련

추리소설가이자 시나리오작가다.
2013년 『계간미스터리』 여름호에 「14시 30분의 도둑」을 발표하면서 소설을 쓰기 시작했다.
소설집으로 『호텔마마』와 장편소설집으로 『도깨비 홍제』 『은둔여행자』 『우리 살아온 미스터리한 날
들』 『커피유령과 바리스타 탐정』이 있으며, 그 외 『시나리오 초보작법』 『시나리오 Oh! 시나리오』등이
있다. 모바일영화시나리오공모 대상과 제6회 대한민국영상대전 우수상을 수상했다.

베아트리체의 정원

조동신

"마, 맙소사!"

우리가 그곳에 갔을 때, 사람들이 웅성거리고 있었다.

"빨리 구급차 불러요!"

"아니, 이게 뭐야?"

차를 세운 재욱이 형이 그쪽을 보았다. 중년 남자 한 명이 자전거에서 굴러 떨어진 모양이었다. 그런데 그의 입에서 토사물이 나오고 있었다. 나는 정말 연기 잘한다고 생각했는데, 조금 이상했다. 토사물의 냄새는 거짓이 아니었다.

"이, 이봐요!"

"수, 숨……!"

"아니, 이, 이거, 진짠데?"

재욱이 형이 눈을 크게 떴다. 나는 당황하지 않을 수 없었다.

"지, 진짜라니요?"

내 옆에 있던 해미가 뛰어나왔다.

"이, 이럴 땐, 아, 맞다!"

해미는 얼음물이 가득 담긴 큰 상자에 음료수 병을 넣어 팔고 있는 사람에게 말했다.

"아무래도, 중독 같아요! 이럴 땐, 빨리 사람을 찬물에 담가서 혈액순환을 늦춰야 된대요!"

해미가 말했다. 재욱이 형이 나를 잡아끌었다.

"그래! 넌 다리를 잡아! 저 음료수 통에 집어넣자고!"

나는 그제야 상황을 파악할 수 있었다. 여기까지 구급차가 오려면 한참 시간이 걸릴 것이다. 좌우간, 우리는 서둘러 쓰러져 있는 사람을 끌어다가 얼음물 통에 처넣었다. 다행히 얼마 후 의료팀이 출동했다.

나는 대체 어떻게 하다 이렇게 되었는지 생각해보았다.

우리는 서울 어느 대학의 추리소설 및 보드게임 동아리인 클루스CLUES의 회원이다. 클루란 실마리, 단서라는 뜻이다. 우리가 즐겨 하는 보드게임 〈클루〉에서 따 왔기 때문에 이름도 그렇게 지었다. 여기에다가 제멋대로 Creative(창의성 있는), Logical(논리적인), Unique(특별한), Energetic(열정적인), Specific(명확한)의 두 문자頭文字라는 말까지 보탠 이가 있다.

바로 김재욱형이다. 곰을 연상케 할 정도로 큰 몸집에 목소리도 걸걸해 마치 레슬링 선수를 연상케 하지만, 겉보기와는 달리 세심한 성격이고 클루스의 창설자이면서 전 회장이었다. 그는 올해 대학을 졸업하고 방탈출 카페를 제작하는 회사에 들어갔다.

이곳, 강원도 정선군 고한읍에서는 추리마을이라는 테마 문화 거리를 제작하고 있었고, 그중 하나가 방탈출 카페와 추리 북카페 등 추리 테마 공간이었기 때문에 재욱이 형은 몇 차례나 이곳을 오가며 작업했다.

재욱이 형은 MT 겸 모니터 요원을 하라고, 우리더러 여기에 오라고 했다. 자신의 부탁으로 숙박도 특별히 싸게 해준다는 사탕발림까지 덧붙여서.

그건 그렇고, 우리는 이번에 새로 만들어진 추리 북카페에 들어갔다. 생각보다 규모가 큰 편이었다.

"와, 대단하네요?"

"멋지지?"

재욱이 형이 자신의 양복을 벗어 옷걸이에 걸며 말했다.

북카페는 도서관처럼 서가도 꽤 많이 진열되어 있었다. 보통 책도 있지만 추리 작가나 다른 사람들이 기부했다는 표시도 있었다. 개중에는 꽤 알려진 소설가 이름도 있었다.

"한국 추리소설, 일본 추리소설, 영미 추리소설, 기타 유럽 추리소설, 기타 아시아 소설까지 있네요."

"보통 도서관이랑 비슷하게 분류했죠. 참, 안에 들어가면 셜록 홈즈 복장도 있고 그걸 입고 사진도 찍을 수 있어요."

앞치마를 매고 장갑을 낀 여자가 나오며 말했다. 그녀는 북카페의 책 담당자로서 이름은 최미정이라고 했다. 우리는 카페 안쪽으로 들어갔다.

"여긴 응접실인데, 사람이 그리 많을 필요는 없지만 여기 앉아서 추리소설 강의를 할 수 있어. 나중에 전문 작가나 경찰관 등을 불러서 강연회를 할 수도 있을 거야. 필요할 때는 스크린도 내릴 수 있고, 화이트보드도 있으니까."

재욱이 형은 누구에게도 뒤지지 않는 추리소설 광이라, 몇몇 추리작가들과 개인적인 친분이 있었다. 그들에게 조언을 들었다고 한다.

"멋진데요?"

물론 이곳도 추리도서관답게 책들이 많이 꽂혀 있었다. 하지만 책보다도 아늑한 서재 자체가 마음에 들었다. 추리소설에 흔히 나오는 대저택의 응접실과 비슷한 느낌이었다. 런던에는 셜록 홈즈를 테마로 한 박물관, 호텔, 펍(술집)도 있는데, 재욱이 형이 그곳을 많이 참고한 모양이었다.

방 한쪽에는 셜록 홈즈 옷을 입은 마네킹이 있으며, 누구든지 옷장에 있는 홈즈 복장을 입고 사진을 찍을 수도 있었다.

우리 학교 농학과 이학년인 한기석이 짧은 머리 위에 홈즈 모자를 써 보였다. 그는 군 복무 중인데 휴가 나왔다가 우리 동아리 MT에 따라왔다. 그가 군대에 가 있는 동안 내가 여기 가입했으니 나와는 초면이나 마찬가지다.

"나도 좀 써 보자!"

문소현이 앞으로 나왔다. 그녀가 나서는 모습만 보아도 나는 떨린다. 그녀는 국문과 사학년이고, 올해 재욱이 형이 졸업하자 회장 자리를 물려받았다. 지금 밝히기는 망설여지지만, 나의 짝사랑 대상이기도 하다. 나는 동아리에 들어오자마자 그녀의 지적이면서도 단정한 모습에 반하고 말았다.

여기서 내 소개도 해야겠다. 나는 정상진, 경영학과 삼학년이다. 작년에 제대하고 이학년 이 학기에 복학했다가, 클루스 동아리에 들어왔다. 나이는 현 회원 중 가장 많지만 가입은 제일 나중에 했다.

"나 어때요?"

이런, 홈즈 옷을 입고 폼을 잡고 있는, 우리 동아리의 막내를 깜빡 잊고 소개하지 않았다. 그녀의 이름은 임해미고, 영문과 이학년이다. 하지만 추리 능력은 우리 중 제일이었다. 우리끼리 추리퀴즈를 내고 진실을 맞추는 게임을 할 때마다 그녀가 늘 우승했다.

"잘 어울리네."

"커피 나왔습니다."

그때, 젊은 여자가 말했다. 그녀는 이 카페의 바리스타다. 이름은 송가영이라고 자신을 소개했다.

"늘 시키던 대로 주문했다!"

재욱이 형은 우리 취향을 기억하고 있었다. 자리에 앉자, 각설탕이 가득 든 유리병이 눈에 띄었다. 고전적인 분위기를 살리기 위해서이기도 하지만, 일회용품 사용 자제를 위해서라고 했다. 물론 나는 커피에 아무것도 타지 않으니 상관없다.

"어, 그거 조심해!"

소현이 소품들을 찍다가, 어느 투박한 석상에 손을 대려고 했다. 재욱이 형이 갑자기 크게 소리치자, 우리는 모두 놀랐다.

"왜, 왜요?"

"저주받은 신상이야. 그걸 잘못 만지면 큰일 난다고!"

"저주요?"

"그, 그런데, 그걸 왜 여기에 놓았어요?"

"컨셉상, 오히려 어울릴 것 같아서."

나는 다시 한 번 그것을 보았다. 그리스의 조각과 비슷한 것 같으면서도 아닌 것 같았다.

"어디서 가져온 건가요?"

"인도 어디라고 했더라……? 좌우간, 이 카페 최대 후원자가 준 거야."

"후원자요?"

재욱이 형이 간략하게 설명해주었다. 이 신상의 주인은 고한주 사장으로, 그는 1980년대 이곳이 광산업으로 번영할 때 광산업체

간부였다. 폐광 후에도 정선에서 부동산은 물론 여러 사업체를 경영하여 큰 부자가 되었고, 고한읍의 야생화 축제는 물론 추리마을 조성에도 많은 투자를 하였다.

그는 재욱이 형의 외삼촌이기도 했다. 어쩌면 그 덕에 재욱이 형이 다니는 방탈출 카페 제작업체가 추리마을을 만드는 데 선정되었을지도 모른다.

"그렇군요. 그런데 여기에 무슨 저주가 있어요?"

그때였다.

"아, 사장님!"

사서의 목소리와 함께 한 남자가 들어왔다. 재욱이 형이 자리에서 일어나며 인사했고, 다른 두 사람도 마찬가지였다.

"아, 재욱이구나. 그런데 그쪽은, 네가 말한 그 동아리 후배들이니?"

"네. 이번에 추리마을 체험 모니터 요원 좀 하라고 데려왔습니다."

"아, 그렇구먼? 나도 한 잔만 줄 수 있나요?"

고 사장이 말했다. 그러자 바리스타가 곧 그에게 커피를 가져왔다.

"그래, 이번 방탈출 체험장은 어떻게 되어가고 있어?"

"네, 폐쇄된 탄광 안에서의 사건이에요."

"좋네."

고 사장은 테이블 위의 각설탕 병을 집었다. 나이는 육십이 넘어 보이는데 단 걸 꽤 좋아하는 모양이다.

그때였다.

"고 사장님"

갑자기 한 여자가 북카페에 뛰어 들어왔다. 그녀는 키가 매우 크고 어깨도 벌어져, 마치 격투기 선수를 연상케 했다.

"김 셰프, 무슨 일이지?"

"저한테 준다고 하셔놓고, 다른 사람을 부르셨어요?"

그녀는 문 앞에 선 채 말했다.

"아, 그래서, 이번에 고한읍 주민들을 모아놓고 심사한다고 했잖아! 여기까지 왔는데, 한 번 실력을 증명해보라고 했을 텐데."

"사장님이 가게를 차리는데, 왜 주민들 심사가 필요해요? 사장님 심사만 있으면 됐지!"

"염려 말라니까, 어차피 이것도 장산데, 김 셰프가 반드시 이길 거야. 내일 그 식당에서 읍장님까지 다 불러서 심사를 할 거라고. 그리고 그런 걸 왜 지금 여기 뛰어 들어와서 그래?"

김 셰프라, 그녀는 아무리 나이를 많게 잡아도 서른이 안 되어 보였다. 그런데 그 나이에 주방장이라니. 고 사장은 각설탕을 커피에 넣고 두어 번 저은 뒤 마셨다.

"그러게 말이다. 우리, 이왕 온 거, 저녁때까지는 시간 있으니까 한 번 만항재라도 보고 올래?"

재욱이 형이 우리를 모두 차에 태우고 야생화 축제가 곧 열릴 만항재로 갔다.

"아, 아까 그 여자는 이번에 차리는 식당에 들어온 주방장이야. 우리 외삼촌이 돼지고기 요리 전문점을 차리려고 하셔서."

"왜 돼지고기 전문점을 차려요?"

"정선 요리 하면 뭐, 곤드레밥도 유명하지만, 여기에 하나 추가할 아이템이 있어. 여기 광부들 사이에 내려오는 말 중 하나가, "광부가 돼지고기를 먹지 않으면 규폐에 걸린다"야."

"규폐가 뭔데요?"

"진폐증, 탄광 분진이 폐에 흡착해서 굳어지는 병의 한 종류야. 규산염이 폐에 들어가는 건데, 광부들의 직업병이지."

"저런, 무섭네요."

"돼지고기가 중금속 입자 같은 거 배출하는 데 좋다는 거 알지?"

돼지고기를 먹으면 중금속이나 대기 오염 물질을 몸 밖으로 내보낼 수 있는가의 여부는 지금껏 논란이 되고 있지만, 쥐 실험 결과 효과가 있었다. 돼지 지방이 체온보다 녹는 점이 낮아 오염 물질을 흡착시켜 내보내기 때문이다. 요즘 미세먼지 때문에 돼지고기가 더 주목받고 있지만, 광부들에게는 그 전부터 더없이 좋은 음식이라고 할 수 있다.

그건 그렇고, 고 사장은 그 점에 착안하여 폐광 후에도 돼지고기가 좋은 아이템이 될 거라 여기고, 추리마을이나 야생화 축제 등을 찾는 관광객을 위해 돼지고기 전문점을 차리기로 했다. 우리나라 사람들은 주로 삼겹살이나 목살을 먹으니 이에 좀 차별화한, 이색적인 요리를 내는 식당이었다. 조금 전 사장을 찾아온 이가 주방장 후보 중 하나인 김다미 셰프였다. 미국에서 바비큐 수업을 받았다.

"나도 점심에 먹어 봤는데, 샌드위치가 아주 괜찮더라고. 아직 가게를 열지 않았지만, 열면 한 번 가 보고 싶더라."

"참, 오빠, 아까 그 신상 말인데요, 신상에 무슨 저주가 있어요?" 해미가 물었다.

"아, 그 이야기를 못했네. 외삼촌이 전 세계를 돌면서 온갖 골동 품이랑 미술품을 모았거든. 그런데 그건 최근에 얻은, 비슈 여자의 신상이야."

"비슈누요?"

내가 묻자, 재욱이 형은 고개를 흔들었다.

"비슈누는 인도 삼 대 주신 중 하나고, 그건 비슈 여자라니까. 비슈는 바곳 종류의 꽃이야. 우리 식으로 하면 투구꽃, 초오, 부자라고 하잖아. 알지? 독초 말이야. 저 신상은 인도 서부, 파키스탄 국경 지역이었나? 거기 있던 건데 누군가가 훔쳤고, 어떻게 하다가 우리 외삼촌한테까지 온 거야. 그런데 원래 자리에 돌아가지 않으면 그 소유주에게는 반드시 '비슈 여자'가 찾아간다고 해."

형이 말한 그 지방에서는 특이한 방법으로 자객을 키웠다. 미녀 가 될 것이라 여겨지는 여자아이가 태어나면, 비슈 꽃에서 추출한 독을 조금씩 먹이고, 비슈로 짠 요람에 눕히고 그 꽃으로 만든 옷만 입힌다. 그러는 동안, 그녀의 몸에는 조금씩 독이 축적된다.

"왜 그런 사람을 만들어요?"

소현이 물었다.

"암살용으로. 그 아이는 자라면서 온몸에 독이 쌓여 입김만으로도 사람을 죽일 수 있는, 살아 있는 화학병기가 돼. 그녀는 암살 대상을 방심시키고 죽이게 되지."

그러고 보니 독살 트릭 중, 독초를 먹여서 키운 토끼를 상대방에게 선물하여 먹도록 해 살해하는 방법도 있었다. 그 방식을 사람에게 적용시키다니, 끔찍한 전설이다.

"그게 가능한가요?"

"실험해 볼래?"

해미가 묻자 재욱이 형이 웃으며 대답했다.

"그냥 전설이지. 좌우간 이게 서양에서는 꽤 널리 알려져 있어. 마케도니아의 알렉산드로스 대왕도 인도 원정 때 이 비슈 여자에게 독살당했다는 설이 있을 정도니까. 그 당시에는 사람을 조공으로 바치기도 했는데, 그중 하나가 미녀였다고 해. 그리고 나다니엘 호손의 단편인 「라파치니의 딸」RAPPACCINI'S DAUGHTER, 1844도 이 전설을 바탕으로 쓰였어."

"마치 복어 같네요."

기석이 아는 척했다. 원래 복어의 몸에는 독이 없지만, 먹는 미생물의 독이 점점 몸에 쌓여서 물고기 중에서도 가장 위험한 종류가 되었다.

"그래도 불쌍하네요. 그런 여잔 사랑도 하지 못하고 죽겠어요. 자기가 좋아하는 사람에게 고백할 수도 없고…… 잘못하면 자기가 좋아하는 남자까지 중독시킬 테니까요."

해미가 고개를 저으며 흘끔 나를 흘겨보았다. 작년 크리스마스 이후, 그녀는 가끔 그런 눈으로 나를 쳐다보곤 한다.

"맞아, 베아트리체도 그래서 사랑을 못했지."

"베아트리체요?"

"「라파치니의 딸」에 나오는 여주인공 이름이 베아트리체잖아. 그 여자를 사랑하게 된 남자 주인공의 이야기거든. 배트맨 시리즈에 나오는 악당 포이즌 아이비나 데어데블 시리즈의 타이포이드 메리라는 캐릭터도 이 전설에서 모티브를 따서 만들었대."

"재미있네요."

"그런데 외삼촌이 얼마 전 자전거를 타고 가는데, 검푸른 옷을 입은 여자가 자기 앞을 가로질러 가더래."

광산 일이 워낙 힘들고 위험하기 때문에, 이곳 광부들 사이에서 전해져 내려오는 금기가 몇 가지 있다. 예를 들어 광부가 출근하기 전에 개고기를 먹으면 사고를 당한다, 광산 안에서 휘파람을 불면 굴이 무너진다 등이다. 그중 하나는 여자들이 들으면 기분 나쁘겠지만, 광부가 출근 중 앞에 여자가 가로질러 가면 재수가 없다는 말이다.

"거기다, 검푸른 옷을 입었는데 알지? 수녀복도 아니고 차도르라고……."

차도르, 이란에서 여자들이 몸을 가리기 위해 입는 우리나라의 장옷 비슷한 복장이다. 요즘은 이란 사람들도 그걸 입지 않는다고 하는데, 그런 옷을 입은 여자가 고 사장 앞을 가로질러 갔다니.

"그런 옷을 입었다면 눈에 띄지 않을까요?"

"왠지 이상해 따라가 봤는데 금방 사라졌다는 거야."

"어머나, 세상에?"

"그 여자가 외삼촌을 해치러 온 게 아닌가 하더라."

얼마 후, 우리는 만항재에 도착했다.

"여기에서 곧 야생화 축제가 열릴 거야, 그런데, 어?"

그때였다. 사람들이 웅성거리고 있었다. 자전거가 넘어져 있었고 한 사람이 쓰러져 있었다. 핸드폰을 들어 119를 부르는 사람들도 있었다.

"아니, 저기가 아닌데?"

재욱이 형이 말했다. 좌우간, 그는 차를 세우고 그리로 가 보았다. 그런데, 고 사장이었다. 나는 이제부터 시작인가 했는데, 재욱이 형의 얼굴을 보니 그렇지 않았다. 고 사장은 몸부림치며 토사물까지 뱉고 있었다.

얼마 후, 구급차가 고 사장을 싣고 갔다. 경찰서에서 온 형사들이 우리에게 왔다.

"추리마을 게임이었다고요?"

"그렇습니다."

밝혀야겠다. 재욱이 형은 추리마을 모니터링을 위해 우리 클루스 멤버들을 고한읍에 오도록 했다. 추리 상황극을 만들어 우리끼리 추리 콘테스트를 열기로 했다. 물론, 다른 멤버들은 모르는데 재욱이 형이 내게만 사실을 알려주었다.

북카페에서 고 사장이 마시는 커피에 누군가가 독을 탄다. 그 때문에 자전거를 타고 가다가 중독 증세를 일으키고, 그러다가 굴러 떨어져 바위에 머리를 부딪쳐 죽는다는 상황이었다. 물론 바리스타 송가영과 사서 최미정, 요리사 김다미까지 세 사람 모두 이 상황에 따라 연기를 했다. 그런데 이번에는 그가 '죽기로' 한, 그 바위와 떨어진 곳에서 쓰러졌기 때문에 재욱이 형이 이상하게 여겼던 것이다.

우리는 어처구니가 없었다. 상황극을 꾸미려는데 정말로 살인이 일어나다니, 이는 소설에서나 나올 수 있는 일 아닌가. 그동안 우리끼리 추리소설과 비슷한 상황을 설정하고 범인을 알아맞히는 퀴즈를 몇 번이나 했지만, 실제로 사건에 휘말리기는 처음이었다.

고한주 사장은 실제로, 추리마을의 후원자였다. 그 외 북카페의 바리스타 송가영, 사서 최미정, 요리사 김다미 모두 실명이었으며 직업도 같았다. 그들 중 한 사람이 고 사장을 죽였을까?

사실, 이 시나리오에서 범인은 바로 재욱이 형이었다. 고 사장에게는 자식이 없어서 그가 죽으면 재산의 상당 부분이 재욱이 형에게 가기 때문이다. 재욱이 형은 투구꽃 뿌리 분말을 준비해 고 사장의 설탕에 섞기로 한 것이다. 각설탕에 아코니틴 분말을 슬쩍 섞는 일이야 결코 어려운 일이 아니고, 고 사장은 커피에 각설탕을 세 개나 넣어 마시는 버릇이 있었다.

재욱이 형은 자신이 갖고 있던, 분말 주머니를 경찰에게 주었다.

"이걸 잘 검사해 보겠습니다. 당분간 여길 떠나지 말아 주셨으면 합니다. 그리고 당신은 경찰에 동행해야 될 것 같습니다."

경찰이 떠났는데도, 우리는 어떻게 해야 할지 알 수 없었다. 재욱이 형은 더욱 그랬을 것이다. 그가 범인이든 아니든, 살인에 이용된 것은 사실이다. 거기다 고 사장이 죽으면 상당한 재산이 재욱이 형에게 돌아가게 된다.

얼마 후, 재욱이 형은 정선 경찰서로 끌려가고 말았다. 그가 준비한 밀가루는 어느새 진짜 투구꽃 뿌리 가루로 바뀌어 있었다. 거기다, 그는 화학과 출신이라서 그런 독약을 만들거나 구할 노하우도 있으니 충분히 의심받을 수 있었다.

그나마 다행인 점은 고 사장이 의식불명이긴 해도 아직 살아 있다는 점이었다. 해미가 그때 얼른 그를 물에 담그자고 했기 때문이었다. 사람이 갑자기 얼음물에 뛰어들면 심장마비가 올 수 있는데 그래도 그 정도로 차갑지는 않았다. 해미는 그런 상황에서 매우 침착하게 대처해서 목숨을 살릴 수 있었다.

그건 그렇고, 나는 뭐라 할 수 없었다. 여기서 이렇게 사건에 휘말리다니, 그냥 돌아가는 편이 좋을 것 같았다.

"어떻게든, 우리가 해 봐야 되지 않을까요?"

소현이 나를 보며 말했다.

"재욱이 오빠가 그럴 사람이 아니라는 거, 다 알잖아요. 거기다, 이건 우리 클루스 자체의 이름이 걸린 문제가 될 수 있다고요. 재욱이 오빠가 이 동아리 유지하는 데 얼마나 애썼는지 알죠?"

소현이 평소와는 달리 강단 있는 모습으로 말했다. 그녀는 얌전한 성격이지만 나설 때는 이렇게 나선다는 점이 나를 반하게 했다.

"우리가 뭔가 할 수 있는 일이 있을 거야."

"언제, 독을 탔을까요?"

기석이 물었다.

"뭔가 방법이 있었을 거야. 독을 탔다면 고 사장이 북카페에 있었을 때뿐인데, 즉 게임 설정이 실제 사건으로 나갔을 거란 말이지."

문제는 이 사건은 명백히 계획 살인이라는 점이다. 투구꽃은 그리 귀하지도 않으며, 이곳이 야생화 축제가 열리는 곳인 만큼 식물을 아는 사람이라면 구할 수 있다. 누군가가 그것을 미리 심었을지도 모른다.

독살은 사실 매우 어려운 일이기도 하다. 몇 밀리그램 차이로 생과 사가 갈리며, 먹은 사람의 건강상태, 몸무게 등에 따라 효과가 다르기도 하다.

"그런데 북카페에서 만항재까지 가도록 독 효과가 나타나지 않았다는 게 이상하지 않아요?"

"원래 시나리오에는 만항재 바위에 쓰러지는 것이었는데, 고 사장님이 산악자전거를 꽤 잘 탄다고 하더라. 그래서 우리가 거기 도착할 때까지 근처를 한 바퀴 돌다가 쓰러진 거래."

야생화 축제 준비를 하던 사람들이 있었고, 특히 우리가 고 사장을 집어넣게 했던, 얼음통의 주인도 그 목격자 중 하나였다.

"내 생각인데, 범인이 투구꽃을 어딘가에 키우고 있지 않았을까? 이 사건이 계획 살인이라면 틀림없어."

내가 한 마디 했다.

"그러게 말이에요. 그리고 보니 독이 들어간 건 북카페일 확률이 높아요. 증상이 일어난 게 북카페에서 커피 마시고 나간 뒤 약 삼십 분 정도 후니까요. 그 전에 다른 곳에서 식사를 하지는 않았나요?"

"김 셰프를 고용했다는 그 식당에서 돼지고기 요리를 드셨어. 나도 같이 먹었고."

고 사장은 이 근방의 명물요리를 개발하기 위해 김다미 셰프의 요리를 먹었다.

"우리, 그 식당에 한 번 가 보는 게 어때?"

"북카페도 한 번 봐야 되지 않을까요? 그 사서나 바리스타도 그 근처에서 살고 있으니까, 혹시 그 둘 중 하나가 투구꽃을 몰래 키웠다든지 할 수도 있잖아요."

소현이 말했다.

"그래, 그러면, 나랑 소현이는 그 식당에 가 볼 테니까, 기석이랑 해미는 북카페를 다시 좀 보고 와."

나는 그 와중에도, 소현과 둘만 있고 싶은 생각이 들었다. 그러자 해미의 볼이 복어처럼 부풀어 올랐다.

"저기, 용의자는 셋이잖아요? 고 사장이 독을 먹은 건 북카페에 있었을 때니까요. 사서, 바리스타, 그리고 요리사까지요. 그러니 오빠들이 한 명씩, 저랑 소현 언니가 다른 한 명을 맡아서 조사해보면 어떨까요?"

"그래, 그게 낫겠다."

소현이 말했다. 나는 좀 아쉬웠는데, 해미는 나를 째려보았다.

"네, 풀드 포크 샌드위치랑, 등갈비랑, 그런 거예요."

김 셰프는 머리를 저으며 말했다. 식당은 아직 열지도 않았는데 그녀를 고용해 줄 사장이 독을 먹었으니. 그나마 다행인 점은 우리가 얼음 통에 처넣은 방법이 통하여 고 사장이 죽지는 않았다는 사실이다.

돼지 등갈비는 미국에서 지방마다 대회가 열릴 만큼 유명하다. 구운 돼지고기를 결대로 찢은 뒤 거칠게 다져서 만든 속을 넣은, 풀드 포크 샌드위치 또한 미시시피 지방의 명물이다. 고 사장과 재욱이 형은 이 식당에서 점심으로 그것을 먹었다.

"우리나라는 삼겹살과 목살을 주로 먹으니까 이색적인 돼지고기 요리를 하겠다고, 일부러 유학파인 저를 부르신 거예요."

김 셰프가 말했다. 나는 스마트폰으로 다운받은 투구꽃 사진을 들고 주변을 둘러보았으나 식당 주변에 그런 꽃은 없었다.

나는 슬쩍 물었다.

"이번 상황극에 대해 얼마나 알고 계셨습니까? '비슈 여자'의 전설에 대한 것도 다 아셨나요?"

"물론이죠!"

그녀는 당연하다는 듯 말했다. 사실 그 신상은 삼탄아트마인에 있던 입주 예술가가 만든 것이고, 검푸른 옷의 여자가 고 사장 앞을 지나갔다는 이야기도 역시 지어낸 말이었다.

"전설은 재미있지만 실제로 이런 일이 일어나다니 정말 끔찍해요. 제가 맡은 역할은 좀 의심받기 쉬운 거지만, 갑자기 카페에 뛰어들어서 이런저런 일 때문에 문제가 생겼다고 깽판을 치고, 김재욱 씨가 그 틈을 타서 독을 탄 각설탕이랑 원래 거랑 바꾸는 게 트릭이었죠."

"그런데 솔직히 고 사장님이 그런 일을 당해도, 뭐라 할 말 없네요."

"네? 고 사장님 덕에 여기 주방장까지 하시게 됐는데, 왜……?"

"고 사장님은 자기가 아는 사람만 끌어들여서 사업을 하시거든요."

하긴 그랬다. 앞서 언급했듯 방탈출 카페 제작업체 역시 재욱이 형이 고 사장의 조카였으니 이곳 사업에 선정되었을지 모른다. 재욱이 형으로서는 좋은 일이었겠지만 말이다.

"거기다, 고 사장님은 전당사까지 하고 계세요. 아시죠? 여기 카지노 있는 거."

전날, 우리는 재욱이 형의 안내로 카지노에도 들어가 보았다. 앉을 자리도 없었다. 사람들이 집중하는 모습을 보자 무서울 정도였다. 그들은 잃은 돈을 되찾기 위해 더 많은 돈을 걸다가 더 많이 잃고 있을 것이다.

이 무렵, 기석은 모자를 쓴 채 주변을 돌아다니고 있었다. 군인의 몸이니 여기를 돌아다녔다가는 금방 눈에 띌 것이다. 그가 미행하기로 한 사람은 바로 바리스타 송가영이었다.

그녀는 고한읍 구공탄시장에서 그리 떨어지지 않은 아파트에 살고 있었다. 근처에는 카지노 직원들이 주로 사는 아파트가 있었지만, 그녀는 거기보다는 떨어진 곳에 살았다. 기석이 보았을 때, 그녀의 집에는 뜰이 있었다. 몰래 투구꽃을 키우기 좋은 곳이다. 담장 너머로 보니, 구석진 곳에 꽃이 몇 송이 피어 있었는데, 바로 옆에 꽃삽이 놓여 있었다.

송가영은 집에서도 커피 연습을 하는지, 커피 볶는 냄새가 났다. 쓰레기통을 보니 원수커피를 담았던 자루와 고장 난 것으로 보이는 로스터기도 있었다. 그런데 바로 그 밑에 뭔가가 있었다. 분명히 가정용 믹서였다.

"서, 설마?"

기석은 금방 하나의 시나리오를 떠올렸다.

"어머? 무슨 일이세요?"

갑자기 웬 여자 목소리가 들렸다. 송가영이었다.

"무슨 일로, 우리 집 쓰레기통을 뒤져요? 보니까 아까 그 추리 동아리 분이신데."

"사, 사실, 저도, 바리스타가 꿈입니다. 쓰레기통 보니까 제가 전부터 갖고 싶었던 로스터기가 있어서요."

"그래요?"

그녀는 짙은 의심의 눈초리로 기석을 보았다.

"저 방금 경찰서 갔다 오는 길이거든요? 괜히 쓸데없는 의심하지 마세요. 추리 동아리라고……."

"우리 선배가 범인으로 몰렸어요."

"그렇다고, 직접 찾으려고 그러시는 건 아니죠? 현실은 소설과 달라요!"

송가영은 카페에서와는 달리 퉁명스럽게 말했다.

"저기, 그러면, 그 추리극에서는 무슨 역을 맡으셨죠? 사실 바리스타니 제일……."

"의심받기 쉽다고요? 네, 제가 커피를 거기까지 가져갔으니 그

렁겠죠. 하지만 지금 카페에서 한창 감식 중인데, 거기에서 독이 나온다면 제가 의심받겠지만, 저는 그런 적 없어요! 그리고 고 사장님 죽는다고 제가 무슨 득을 보나요?"

그녀는 완강하게 말했다. 하지만 기석은 한 가지 수상한 점을 느꼈다.

소현과 해미는 사서 최미정에게 갔다. 북카페에 갖춰놓은 책들을 보니 그녀 역시 추리소설에 조예가 깊어 보였다.

"아까 보니까 김재욱 씨 몸에서 독약 주머니가 나왔잖아요? 원래 밀가루 주머니였는데 그걸 각설탕에 섞어서 외삼촌에게 먹인다. 전에 어디서 보니까, 각설탕을 비소 용액에 살짝 담갔다가 뺀다음에 그걸 계속 차나 커피에 타서 서서히 죽이는 방법이 있지 않았나요?"

최미정의 태도는 전혀, 살인사건의 관계자 같지 않았다. 오히려 적극적으로 사건을 조사하고픈 것 같았다.

"어머, 왜 그런 말씀을 하세요?"

"용의자로 몰릴 것 같아서, 이렇게 된 거 나도 나름 생각해 보려고요. 추리 동아리라고 들었는데, 이상하지 않아요?"

소현과 해미도, 최미정의 그러한 태도에 놀라기보다는 황당했다.

"아, 물론 저도, 용의자라고요? 하지만 고 사장님 죽는다고 제가 이익 볼 건 없는걸요? 저는 추리 도서관 세운다고 해서 도서 프로그램 짠 거밖에는 한 일이 없는데요?”

“언제 여기 지원하셨어요?”

소현이 물었다.

“도서관 짓는다는 공고가 강원도 신문에 나서요. 취업하기도 힘
든데, 추리소설을 좋아하기 때문에 지원했다가 책 모으는 일을 맡
았죠.”

최미정은 보란 듯 발랄하게 말했다. 하지만 소현에게는 오히려
어색하게 느껴졌다. 사업을 하다 보면 여러 모로 적을 만들게 마련
이니, 경제적인 이익보다는 오히려 복수 혹은 은폐를 위해 사람을
죽였을 수도 있다. 하지만 작은 북카페의 책 담당이 고 사장과 무슨
원한이 있을까, 알기 어려웠다.

“이번 추리극에서, 무슨 역을 맡으셨어요?”

“무슨 역은요? 저는 도서 관리하는 역만 맡았죠. 가끔은 송가영
씨가 저를 돕고, 카페가 바쁘면 저도 서빙을 돕고…… 그런 일이죠.”

얼마 후, 우리는 다시 숙소에 모여서 각자 본 이야기를 발표했다.

“전처럼 결론을 하나씩 내 볼까요?”

기석이 말했다. 별 수 없었다. 누구부터 해야 할까, 모두의 시선
이 해미를 향했다.

“왜들 그러세요?”

“지금까지, 추리 콘테스트는 거의 늘 네가 우승이었잖아.”

"그래서, 제가 먼저 해야 되나요? 늘 하던 대로……."

해미가 주사위 두 개를 내밀었다. 그렇다. 우리는 우리끼리 추리 퀴즈 낼 때마다 주사위를 던져 큰 숫자가 나온 순서대로 한다. 이번에는 게임이 아니지만, 일단 그렇게 하기로 했다. 거 참, 습관이란 무서운 것이다.

기석이 주사위를 던져 나온 수를 합하니 10이었다. 그가 가장 먼저 하게 되었다.

"제가 보기엔, 바리스타가 범인이에요."

기석이 말을 꺼냈다.

"집에 화단이 있고, 최근에 뭔가를 뿌리째로 캐낸 흔적도 봤어요. 투구꽃일 거예요. 거기다 쓰레기통에 믹서기가 있었어요. 그걸로 꽃을 갈아서 분말을 만들었을 겁니다. 다른 데 처분하는지도 몰라요."

"사건 관계자로 조사받을 수도 있는데, 그걸 그렇게 그 자리에 버렸을 리는 없는데? 그랬다면 벌써 버리지 않았을까?"

내가 말했다.

다음 차례는 소현이었다.

"내가 보기에는, 그 사서가 수상해. 살인미수 사건이 발생했는데도 굉장히 쾌활해 보였어. 그게 오히려 게임인 것 마냥……."

"우리도 그렇잖아요. 따지고 보면, 실제 사건이라는 것만 다르지."

기석이 끼어들었다.

"잘하면 쾌락살인범일 수도 있잖아?"

"무엇보다도, 고 사장을 죽일 동기가 불분명하잖아? 어떻게든 알아 봐야지, 우리가 너무 짧게 생각한 거 아니야?"

내가 말하자, 소현이 나를 보았다.

"우리는 늘 동기보다도, 누가 범인이고 어떻게 했는지를 먼저 생각하곤 했잖아요? 상진이 오빠 차례네요. 오빤 누가 범인 같아요?"

나는 김다미를 용의자로 생각했다. 그녀라면 재욱이 형이 준비한 밀가루를 투구꽃 분말로 바꿔칠 수도 있었겠지만 그녀가 점심 식사에 독을 넣었다면, 고 사장은 북카페에 오기도 전에 죽었을 것이다.

더욱이, 그녀는 북카페에서도 고 사장이 앉아 있던 테이블에 접근하지도 않았다. 다른 사람들이라면 모두 그 커피에 독을 탈 틈이 있었지만, 그녀만은 예외였다.

"잠깐, 재욱이 형의 밀가루를 투구꽃 분말로 바꿔치기할 수 있는 사람은 그 사서, 최미정 씨뿐이잖아?"

내가 말했다. 재욱이 형은 양복을 벗어서 옷걸이에 걸어 두었다. 최미정이라면 잠깐 틈을 타 그 주머니에 접근할 수 있었다. 김다미는 그쪽으로는 아예 가지도 않았다. 거기다 그녀는 책을 정리하느라 장갑을 끼고 있었으니 지문을 남기지도 않았을 것이다.

"하지만, 그랬다는 증거가 있나요?"

"지문 대신 그 비닐봉지에, 장갑 흔적이 남았을 수도 있잖아. 면

장갑이라면 자국이 남았을 수 있어."

내가 말했다. 하지만 여기서 우리끼리 왈가왈부해봤자 과학적인 근거는 하나도 없다. 우리가 법의관도 아니고, 할 수 있는 게 있을 리가 없다.

다음은 해미 차례였다.

"간단한 방법이 있어요."

"응?"

다들, 해미의 얼굴을 보았다. 이런 추리퀴즈는 그녀가 가장 강했다.

"혹시, 용의자 중에 며칠 전 강릉이나 어디 연구소에 다녀 온 사람 없을까요?"

"강릉? 왜 강릉이야?"

내가 물었다.

"복어를 구하기 위해서죠! 강릉 주문진시장 같은 데 가면 복어를 구할 수 있으니까요. 아니면 훔쳤을 수도 있고요!"

"복어라니?"

"복어 독이랑, 투구꽃 독은 같이 섭취하면 서로를 중화시키기 때문에 효과가 훨씬 늦게 나타나잖아요."

전에 들은 적 있다. 몸속에서 나트륨 이온 형태로 전달되는 신경 전달물질은 신경의 나트륨 통로를 통해 전달되는데, 복어 독인 테트로도톡신은 이 통로를 막지만, 아코니틴은 반대로 오래 열어둔다. 그렇게 되면 신경 전달물질이 제대로 전해지지 못해서 호흡 곤란이나 근육 마비 등이 올 수 있다. 하지만 이 두 독은 작용이 반대라서, 함께 쓰면 효과가 훨씬 늦게 나타난다. 실제로 일본에서 이 방법으로 독의 작용 시각을 한 시간 사십 분이나 늦추는 바람에 범인이 알리바이를 확보했던 적이 있다.

"그렇다면?"

"네, 제가 보았을 때, 범인은 바로 그 김다미 씨예요."

"어떻게?"

셋이 거의 동시에 물었다.

"간단해요. 고 사장님에게 새로운 메뉴를 심사받고 싶다면서 점심때 오라고 했잖아요? 그다음에 풀드 포크 샌드위친가? 거기에 복어 독을 넣고, 재욱이 오빠가 미리 준비했던 밀가루랑 투구꽃 분말을 바꿔치기했죠. 그날 살인은 원래 상황극이라, 재욱이 오빠가 어디에 그 가루를 숨겼는지도 알고 있었을 테니까요. 샌드위치용 돼지고기는 양념을 많이 했기 때문에 독을 느끼기도 쉽지 않았을 거예요."

"왜 재욱이 형에게 누명을 씌워?"

"고 사장님에게 자식이 없기 때문에 그분에게 무슨 일이 일어나면 가장 이익을 보는 사람 중 하나가 재욱이 오빠라는 걸 알고 있었으니까요."

"저런 나쁜……!"

"그래서 북카페에 찾아갔을 때, 일부러 테이블에는 접근하지도 않았던 거예요! 다른 사람은 다 독을 탈 기회가 있었지만, 자기는 독을 넣을 수 없었다는 점을 은연중에 보여주기 위해서죠! 그러니, 만약에 김다미 씨가 복어 독을 손에 넣을 수 있었다면, 틀림없이 범인일 거예요!"

"저는 일부러, 그 사람에게 접근한 거라고요!"

김다미는 성을 내며 말했다.

해미가 옳았다. 김다미는 강릉 출신이었고 주문진시장에 아는 사람도 많았다. 그 때문에 횟집에서 복어 내장을 훔치는 일은 간단했다.

그녀는 어리석었다. 복어 독은 몸에 흡수되면 흔적을 거의 남기지 않는다고 알고 있었지만, 사실은 그렇지 않다. 그녀는 알리바이 조작에만 신경을 썼을 뿐, 복어 독 검출은 생각하지 않았다.

"저는 미국에서 돼지고기 전문점 공부를 하려고 했는데, 그것마저도 중단하고 와야 했어요! 그 고 사장이라는 자 때문에!"

"고 사장 때문이라고요?"

그녀의 눈에 눈물이 고였다. 그녀는 원래 강릉에서 꽤 유명한 돼지갈비 전문점 주인의 딸이었다. 바비큐를 배우고 싶어서 일부러 미국까지 갔는데, 그녀가 유학 가 있는 동안 고 사장이 그녀의 아버지에게 돈을 빌려주며 카지노 도박을 종용했다.

얼마 후, 김다미의 아버지는 도박에 미쳐서 집과 가게를 모두 팔아 버렸다. 그녀는 결국 미국 유학도 중단하고 한국에 돌아와야 했다. 그녀의 눈에 들어온 아버지는 예전의 그 자긍심 넘치는 고기 장인이 아니라, 돈과 도박판 외에는 아무것도 보이지 않는 도박 중독자였다. 그녀는 주문진시장의 아는 횟집에 들어가 몰래 복어 내장을 훔쳐 범행에 이용했다. 투구꽃은 자신만 아는 곳에 미리 심어 두었다.

"제가 돌아왔을 때 우리 아버지 얼굴 표정, 지금도 머릿속에서 떠나지 않아요! 집안 다 날리고, 모든 걸 다 잃게 한 건 바로 그 카지노예요! 저는 너무 기가 막혀서 여기까지 왔다가, 아버지가 그 고 사장한테 따지는 모습을 보았다고요! 그리고 얼마 후, 아버지는 자살하셨어요!"

그녀는 자신의 아버지가 도박으로 파산한 뒤 자살하자, 그렇게 만든 이가 옛 친구였던 고 사장임을 알고 앙갚음을 위해 일부러 그에게 접근하였다. 고 사장이 마침 돼지고기 전문점을 열려고 한다는 점도 이용했다.

"하지만, 외삼촌은 그러시지 않았어요."

재욱이 형이 말했다.

"뭐라고요?"

"아버님이 카지노에 오셨다가 도박 중독이 된 건 사실이고 딜러들이 외삼촌의 전당사를 소개해준 건 맞지만, 외삼촌이 일부러 아버님을 도박하게 한 건 아닙니다. 아버님이 담보도 없이 돈을 빌려 달라고 해서 싸웠을 뿐이에요. 오히려, 도박 중독 상담까지 소개해 주려고 했고, 아버님이 죽자 따님에게 일자리를 주려고 가게까지 마련했는데, 어떻게 그러실 수 있나요? 그 전당사에서 아버님 물건을 확인해 본 적이라도 있나요? 거기다, 왜 내게 누명을 씌우려고까지 했습니까? 자기 아는 사람한테 일을 맡기는 게, 그렇게 꼴사나웠습니까?"

"저, 정말인가요?"

김 셰프가 놀라며 물었다.

돌아오는 길, 우리는 모두 할 말이 없었다.

도박 중독이 그 사람은 물론, 그 사람 주변 사람들까지 다 망친다는 사실은 대중매체를 통해 여러 번 들었다. 사실 카지노에서 모든 것을 잃고 자살하는 사람도 꽤 많다고 한다. 이번에는 살인미수까지 일어나고 말았다. 고 사장이 목숨을 건졌으니 다행이었다.

"그나저나, 결국, 김 셰프는 도박 중독에 대한 분노를 고 사장에게로 돌리기 위해, 마음속에서 독초를 키운 셈이네."

그러자 해미가 끼어들었다.

"베아트리체의 정원이네요."

"응?"

"단편 「라파치니의 딸」에 나오는 주인공 이름이 베아트리체라고 했잖아요. 자기 독으로 독초를 키우면서 살아왔으니까요."

"그런가."

"좌우간 해미 넌 정말 대단하다. 어떻게 보자마자 그런 생각을 다 했니?"

소현이 부럽다는 듯 말했다. 나도 동의하지 않을 수 없었다. 해미는 늘 과학적인 증거 없이 추론만으로 진실을 알아내곤 하여, 마치 우리가 즐겨 읽는 소설 속 명탐정 같았다.

"뭘요. 단서가 있으면 진실도 따라오게 마련이죠."

해미는 가볍게 말했다.

"진실을 알아주지 않는 사람도 있기는 하지만요."

해미의 눈이 나를 슬쩍 향했다. 그녀는 가끔 이렇게 뜻 모를 말을 한다.

좌우간, 이번 일 때문에 추리마을 제작에 차질이 생길지도 모른다는 생각이 들어 조금 안타까웠다. 아니면 이 일이 매스컴에 올라 고한읍이 전국에 알려지게 되었으니 읍으로서는 오히려 좋은 일이 될지도 몰랐다. 우리 같은 추리 마니아들에게는 후자였지만.

조동신

2010년 『제12회 여수 해양문학상』 소설 부문에서 단편 「칼송곳」으로 대상을 수상하였다.
발표작품으로는 단편 「포인트」 「프레첼 독사」 「오를라」 「클루 게임」 「철다방」 등 다수와 장편소설로 「까마귀 우는 밤에」 「내시귀」 「금화도감」 등 다수가 있으며, 인문서로 「초중학생을 위한 동양화 읽는 법」 등이 있다.
「청동 연꽃」(2012년)으로 제1회 아라홍편 단편소설 공모에서 가작, 「보화도」(2013)로 추리작가협회 황금펜상, 「류엽면옥」(2017)으로 제2회 테이스티 문학상 공모에서 우수상, 「발륵에크맥」으로 제3회 부산 음식 이야기 공모에서 동상, 「세 개의 칼날」(2017)로 제2회 스토리야 주최 대한민국 창작소설 공모대전에서 우수상을 수상했다.

시체 옆에 피는 꽃

공민철

야생화마을 추리극장을 찾아주신 여러분, 반갑습니다. 이제 잠시 뒤 연극 〈시체 옆에 피는 꽃〉이 시작됩니다. 연극 도중 취식은 삼가해주시면 감사하겠습니다. 그리고 핸드폰 전원을 꺼주셨으면 합니다. 자, 서두르시진 마시고요. 혹시 지인들에게 못 보낸 문자가 있으면 보내신 다음 천천히 꺼주셔도 됩니다. 연극은 관객 참여형 연극으로 약 한 시간 정도 진행될 예정입니다. 극 중간마다 저와 소통할 수 있는 시간이 있는데요. 그때마다 적극적으로 이야기를 나눠주시면 감사하겠습니다. 핸드폰은 모두 끄셨나요?

　인사드립니다. 저는 대학로에서 일인 연극을 하고 있는 배우 박기설이라고 합니다. 대학로 정기공연이 없을 때는 고한에 와서 눌러 지내며 공연을 하곤 합니다. 실력이 그리 좋은 편이 아니라 스스로를 배우라고 소개하기 쑥스럽네요. 그래도 언젠가는 사람들 마음에 큰 감동을 주는 배우가 될 것이라고 믿고 있습니다. 나이는 얼마 정도로 보이시나요? 네에, 정확하시네요. 역시 더 어려 보이지는 않는군요. 올해로 딱 서른이 되었답니다.

오늘은 세상에, 열두 분이나 오셨습니다. 정말 감개무량합니다. 지난주 저녁에는 네 분이 오셨거든요. 그래도 공연은 늘 최선을 다하니 걱정하지 않으셔도 됩니다. 설령 한 명이 있더라도 연극은 진행됩니다. 아시다시피 고한읍에 사시는 분은 무료로 볼 수 있는 공연입니다.

네? 아하, 왜 무료공연을 하는지 궁금하시군요? 제게 고한은 아주 특별한 곳입니다. 아버지가 유년시절을 여기서 보내셨거든요. 아버지는 몇 년 전 병으로 돌아가셨습니다. 쉰이 채 되지 않은 나이였죠. 아버지가 상당히 젊죠? 맞습니다. 아버지는 어머니와 십 대 때 사고를 쳐서 저를 낳았어요. 어머니는 얼굴도 본 적 없지만요. 자식 된 도리로서 이런 말 하긴 뭣하지만, 아버지는 꽤나 망나니 같은 사람이었습니다. 청소년기에는 소년원을 여러 번 들락날락 할 정도로 온갖 범죄에 손을 댔죠. 저를 위로해주시는 건가요? 감사합니다. 많은 분들이 그런 아버지를 둔 제가 불행했으리라 짐작합니다만, 글쎄요. 그건 어떨까요, 후후.

그런 아버지라도 유언은 남기더군요. 하고 싶은 걸 하라는 것, 그리고 대신 고한을 찾아가 달라는 것이었습니다. 실은 전 이곳에서 만나고 싶은 사람이 있습니다. 그분이 제 공연을 보러 오실 때까지 계속할 생각입니다. 직접 찾아가서 만나면 안 되냐고요? 네, 맞아요. 찾아가서 만날 수 없는 사람입니다. 저는 그 사람의 얼굴, 나이, 직업, 그 외 상당히 많은 부분을 모르거든요. 아는 거라곤 1970년대부터 아마도 최근까지 고한읍에서 살았다는 것 정도일까요. 이건 비밀인데, 사실 이제부터 할 연극은 그 사람과 관련이 있답니다. 그리고……

이거 참. 알겠어. 그만할게.

여러분, 저기 맨 뒷줄에서 제게 인상을 쓰면서 팔을 엑스자로 교차하는 저분. 조명 때문에 조금 어둡긴 한데 보이시나요? 네, 지금 황급히 고개를 숙이는 저분이요. 제게 더 이상 말을 하지 말라고 하시네요. 소개하겠습니다. 이 극의 스토리를 쓴 공민철 작가이십니다. 여러분, 박수 부탁드립니다.

스토리는 고한읍에서 실제 일어난 사건을 바탕으로 쓴 것입니다. 이건 말해도 되지 않나요, 작가님? 팸플릿에도 나와 있는 내용이잖아요?

네에, 더 이상 반응이 없으시네요. 사실 작가님은 제 동갑내기 친구이기도 합니다. 워낙 게으른 작가라서 일 년에 한두 편밖에 작품을 못 써내는데요. 이번 연극은 제가 들들 볶은 덕에 제법 빠른 시간 안에 쓸 수 있었다고 합니다. 뭣보다 실제로 있던 일을 그대로 가져오기만 하면 됐으니까요.

그럼 지금부터 〈시체 옆에 피는 꽃〉을 시작하겠습니다. 야생화의 천국이라 불리는 함백산 밑에서 핀 끔찍하고도 가슴 아픈 꽃이지요. 부디 편안히 즐겨주시길 바랍니다."

배우의 말과 함께 극장 안은 순식간에 어둠에 휩싸였다. 노인은 끔벅끔벅 눈을 감았다 떴다 반복했다. 곁에 누가 있는지, 자신이 어디쯤 있는 건지 알 수 없을 정도의 완전한 암전이었다. 노인은 차라리 눈을 감았다.

길을 지나다 아주 오래전의 유행가를 들으면 잊고 있던 시절의 기억이 돌연 튀어나오기도 한다. 의식하지 못한 사이에 그렇게 과거 속에 빠져든다. 노인에게는 어둠이 그랬다.

노인은 어둠 속에서 종종 사십여 년 전, 삼척탄좌에서 광부로 일하던 시절을 떠올렸다. 정신을 차리면 개미굴처럼 복잡한 지하갱도의 어디쯤인지도 모를 곳에서 그저 시키는 대로 탄을 캐는 자신이 있었다. 막장 안은 굉장히 더워서 땡볕 아래 있는 것보다 더욱 숨이 차오르기도 했다. 산소가 부족해 숨도 제대로 쉴 수 없었다. 있는 힘껏 숨을 들이키고 싶지만 들이키는 만큼 석탄가루도 함께 들이킬 것이 분명했다. 석탄입자를 걸러준다는 호흡기를 차고 있어도 대다수의 광부들은 호흡기의 효과를 믿지 않았다. 언젠가 폐병으로 삶을 마감하리라는 불안감을 가지고 있었다. 물론 그런 불안감도 나중의 일이었다. 직접적인 공포는 매일 아침 광차를 타고 깊고 깊은 탄광 안으로 한 시간 넘게 들어가야 하는 것이었다. 무사히 살아 돌아올 수 있을까에 대한 의문이었다. 광부들은 언제라도 머리 위가 무너질지 모른다는 공포에 짓눌린다. 그럼에도 그들이 삶을 영위한 것은 저마다의 빛이 있었기 때문이다.

'아빠. 오늘 하루도 무사히.' 탄광 입구에 붙어 있는 문구였다.

광부들은 온종일 어둠 속에서 지냈다. 그래서 더더욱 빛의 의미를, 소중함을 실감했다. 사십여 년 전 노인에게도 그런 사람이 있었다. 바로 아내였다. 하지만 아내는……

순간 팟, 하고 무대 가운데에 불이 들어왔다. 노인은 한순간에 과거의 상념 속에서 현재로 되돌아왔다. 어디선가 어렴풋이 아기 울음소리가 난 듯한 착각이 들었다.

어둠 속에 있던 배우는 무대 위의 조명 안으로 쑥 들어왔다. 배우의 얼굴은 심각하게 굳어 있었다. 순식간에 그의 긴장감이 전염됐다.

배우는 다른 몇 사람을 오가며 극을 이어갔다. 헷갈리지는 않았다. 표정, 몸짓, 목소리의 미묘한 조정을 통해 전혀 다른 사람이 되었다.

노인은 점점 이야기 속으로 빠져들었다. 조사를 아주 자세히 한 티가 나는군. 솔직하게 그런 감상이 들었다. 배우가 연기하는 사건은 노인도 아주 잘 알고 있었다.

자, 여러분. 사건의 진상이 조금 보이시나요?

1974년 2월 26일 저녁 7시경, 고한시장 골목의 어느 창관 안 단

칸방에서 삼십 대의 남성이 칼에 목을 찔린 채 발견됩니다. 칼은 피해자가 평소 휴대하고 다니는 것이었습니다. 피해자는 창관 사장의 지인으로 교도소에서 출소한 지 얼마 되지 않은 사람이었다고 합니다. 현장은 창부들이 휴식처로 사용하던 곳으로 사실상 누구든 출입이 가능한 공간이었죠. 몸싸움의 흔적은 특별히 없었습니다. 경찰은 창관 관계자 중 한 명으로 용의자를 특정하지만 증거도, 참고인도 없었습니다. 사건은 미궁 속으로 빠집니다.

마음껏 생각을 말씀해주셔도 됩니다. 손을 들어주세요. 네, 안경을 쓰신 분. 아, 역시 그림에 주목하시는군요. 맞습니다. 당시 방 안의 화장대 거울 귀퉁이에는 립스틱으로 어떤 그림이 그려져 있었습니다. 하나의 동그라미를 네 개의 타원이 에워싼, 누구든 아아, 꽃 모양이구나, 하고 생각할 그림입니다. 누가 그렸는지 궁금하시죠? 피해자가 남긴 다잉 메시지였을까요? 그럼 피해자는 뭘 말하고자 한 걸까요?

참고로 그림을 그린 립스틱은 어느 창부의 립스틱이었다고 합니다. 하지만 온갖 사람들의 지문이 겹쳐서 묻어 있었죠. 지금이야 하나씩 본을 뜨듯 분리해낼 수 있는데요. 당시는 불가능했던 것 같습니다. 만약 립스틱을 사용해서 메시지를 남겼다면, 왜 하필 립스틱이었는지에 대한 의문도 문득 생기는군요.

아아, 그렇군요. 선생님 말씀대로 그림은 사건과 별개일 수도 있습니다. 그림이 그려진 시점이 사건 한참 전일 수도 있죠.

시시티브이가 없는 시대였습니다. 그리고 과학적 접근도 없는 시대였습니다. 형사들이 범인을 잡는 방법은 일단 서에 데려다가 취조를 하는 식이었죠. 자백을 받아내는 것이 가장 확실한 방법이었습니다. 폭력이 경찰수사의 주무기가 되는 시대였다고 합니다. 용의선상에 있는 이들을 꽤 거칠게 다뤘을 것이라 생각됩니다. 창관 사장도 예외는 아니었는데요. 겁에 질린 그는 한 사람을 지목합니다. 사 년 전에 고한읍을 찾아와 광부 일을 하게 된 사람이었습니다.

사장은 말합니다. 피해자는 무언가 그 광부의 비밀을 알고 있는 눈치였다고요. 광부는 당시 알리바이가 있었는데요. 형사들은 그럼에도 광부를 잡아다가 취조합니다. 혹독한 취조를 견디지 못한 광부는 어떤 사실을 자백하는데요. 결국 광부는 교도소를 가게 됩니다. 다만 죄목은 살인이 아닌 아동납치였습니다.

광부는 1970년에 한 살이 채 되지 않은 남자아이를 납치해 고한읍에 숨어듭니다. 네? 당시에는 고한읍이 아니었다고요? 아아, 고한읍이 사북읍에서 분리된 건 1985년이군요. 역시 주민분이라 잘 아시는군요. 어쨌든 광부는 아버지 행세를 하며 아이를 키우기 시작합니다. 그리고 사 년이 넘도록 잡히지 않죠. 당시는 광산 산업이 한창 커질 시기였고, 탄좌는 어떻게 해서든 인력이 필요했습니다. 그의 신원이 확실하지 않아도 채용이 된 배경이지요. 삼척탄좌가 가장 활성화되었을 때는 24시간 동안 3교대로 돌렸다고 합니다. 어쩌면 근로자를 늘이기 위해서 다소 의심스러운 점도 묵인해주었을지도 모르겠습니다. 사건과는 상관없지만 재미있지 않나요? 광부는 십일 년의 형을 받았다고 합니다.

광부가 왜 그런 일을 했는지 화가 나신다고요? 혹시 자녀가 있으신가요? 역시 그렇군요. 맞습니다. 그건 끔찍한 범죄였죠. 광부의 아내는 친구 부부에게 연대보증 사기를 당합니다. 광부는 한순간에 갚지 못할 빚더미를 끌어안게 되고, 광부의 아내는 충격으로 유산을 합니다. 그리고 얼마 뒤 그녀는 달려오는 트럭에 몸을 던집니다. 광부는 복수를 하기 위해 사기꾼의 아이를 납치한 것이었죠.

후후, 말씀대로입니다. 확실히 얘기가 딴 길로 새버렸네요. 그래도 이 이야기는 좀 더 하겠습니다. 당시 광부가 납치한 아이는 바로 제 아버지였으니까요. 한 살 때 납치된 아버지는 이곳 고한에서 다섯 살이 될 때까지 사 년간 살아갑니다. 아버지의 성함은 박기설입니다. 광부가 아버지에게 지어준 이름이었다고 합니다. 제 이름과 똑같죠? 사실 제 배우 이름은 가명입니다. 아버지를 기리는 의미에서 앞으로도 쭉 사용할 예정입니다.

아버지가 그 광부에 대해서 어떻게 말했냐고요? 물론 증오했습니다. 저주의 말을 퍼부었습니다. 돌아가시는 순간까지 그 사람 때문에 자기 인생이 망가졌다는 이야기를 입에 달고 사셨죠. 친부모에게 다시 돌아왔을 때는 다섯 살이었으니까요. 관계를 쌓는 가장 중요한 시기를 놓친 셈입니다. 아버지는 몇 달간 납치범한테 돌아가겠다고 난리를 쳤다고 합니다. 그런 자식을 부모는 사랑하기 곤란했겠죠. 다소의 학대도 있었다고 합니다. 청소년기에 가출을 한 아버지는 평생 친부모와 연을 끊고 삽니다. 그건 어쩌면 굉장히 자연스러운 일이었는지도 모르겠습니다.

혹시 만나고 싶은 사람이란 게 그 범인이냐고요? 후후, 이 연극의 끝에서 여러분도 알 수 있으실 겁니다. 그럼 이제 다시 사건으로 돌아가 볼까요? 납치사건은 해결되었지만, 살인사건의 범인은 잡히지 않았습니다. 이 사건은 꽤 오랫동안 사람들의 기억에서도 잊히게 되죠. 모두들 알지 못합니다. 이것은 단지 첫 번째 사건이었을 뿐이란 것을요.

연극은 배우가 연기를 한 이후 관객들과 대화를 나누는 식으로 진행되었다. 배우는 이야기 안과 밖을 자유자재로 들락날락했다. 관객들과 이야기를 하는 것 역시 극의 일부인 듯했다. 능숙하군. 노인은 생애 단 한 번도 연극을 본 적이 없지만 눈앞의 배우가 어느 정도의 실력을 가지고 있는지는 알 수 있었다.

한 달 전 노인은 구공탄시장의 어느 점포에서 무심결에 한 책자를 들춰보았다. 읍사무소에서 매달 지역 소식을 전하기 위해 무료로 배포하는 책자였다. 그 안에 연극에 관한 내용이 실려 있었다. 배우의 이름, 연극의 제목과 줄거리를 본 노인은 온몸을 타고 찌릿한 전류가 흐르는 느낌을 받았다.

박기설. 사십여 년 전 자신이 복수를 위해 납치한 아이였다.

이름이 같은 사람은 널리고 널렸다. 하지만 무엇보다 연극은 지난 사십여 년간 고한에서 일어난 사건을 소재로 삼고 있었다. 이게 우연일 수 있을까?

무언가의 함정이 분명하다고 생각한 노인은 추리극장을 찾지 않았다. 하지만 설마 이런 식으로 찾게 될 줄이야.

엉덩이를 들썩거릴 때마다 노인 양 옆의 사내는 노인을 힘으로 억눌렀다. 노인은 잠자코 연극을 관람할 수밖에 없었다.

배우가 연기한 첫 번째 사건을 노인은 아주 잘 알고 있었다. 그 시기의 기억이 놀라울 정도로 선명하게 되살아났다. 방 안 가득 흩뿌려진 피. 목에 꽂힌 칼. 몸부림치듯 죽어간 사내. 노인은 불쑥 튀어나온 기억 속 한 장면을 천천히 곱씹어 보았다.

배우는 두 번째, 세 번째 사건을 연이어 그려냈다. 노인은 오래전의 일인데도 마치 어제 일처럼 생생하게 기억이 났다.

내가 벌인 일이 바깥에선 저런 식으로 보이는구나. 그런 생각을 하자 노인은 가벼운 흥분이 일기 시작했다.

1985년 9월 3일, 고한시장의 어느 여인숙에서 일어난 일입니다. 여인숙 주인은 퇴실 시간이 지나도 투숙객이 나오지 않자 직접 방을 찾아갑니다. 문은 열려 있었습니다. 그리고 주인은 바닥에 누워 목에 칼이 꽂힌 채 죽어 있는 오십 대 남성의 시체를 발견합니다. 벽면 한구석에는 볼펜으로 그린 꽃그림이 아주 작게 남아 있었고요. 후후, 꼭 어디서 들은 적이 있는 사건 같죠?

　바닥에는 노끈이 떨어져 있었는데요. 처음에 경찰은 범인이 먼저 사망자의 목을 졸라 기절시킨 뒤 칼로 마무리를 지었다고 판단합니다. 그런데 현장이 다소 이상했습니다. 먼저 몸싸움의 흔적이 없었습니다. 또 시체의 멍울인데요. 목 위쪽으로 남은 멍울은 시체가 오히려 어딘가에 매달려 있던 것을 뜻했습니다. 실제로 벽면에 고정된 옷걸이에 노끈이 묶였던 흔적이 있었죠. 자, 어떻게 된 일일까요? 네, 앞의 남자 분, 말씀해주세요.

　그렇죠. 사망자가 자살한 후 누군가가 들어와서 끈을 풀고 피해자를 바닥에 눕히고 사망자의 목에 칼을 꽂아 넣는다는 거죠? 목적은요? 아아, 살인 현장처럼 보이게 하기 위해서요. 가장 그럴싸한 답이라 생각합니다. 하지만 어째서 그럴 필요가 있는 걸까요? 그것까진 모르겠다고요? 네, 저도 그렇답니다. 어쩌면 세 번째 사건에서 그 답이 나올지도 모르겠습니다.

　1996년 7월 12일 새벽, 고한시장 옆을 흐르는 내천에서 삼십 대 남성의 익사체 한 구가 발견됩니다. 내천의 수위는 평소 발목 정도지만 장마 때는 상황이 다른 걸로 압니다. 어느 정도인가요? 세상에, 많으면 성인 어깨높이까지도 물이 불어나는군요. 물살도 만만치 않게 거세지고요.

　시체가 발견되기 며칠 전부터 전국적으로 폭우가 쏟아졌다고 합니다. 안개 짙은 새벽, 점포 문을 열기 위해 마을 쪽에서 시장으로 나가던 상인은 다리 아래쪽에 삐죽 튀어나와 있는 사람 다리를 발견합니다. 혹시나 해서 다리 밑으로 내려가니 아니나 다를까, 퇴적된 흙더미 위에 시체가 있었죠. 시체의 목에는 칼이 박혀 있었고, 진흙 위에는 꽃그림이 그려져 있었습니다. 역시 어디서 본 광경이죠? 시체는 이틀 전 실종신고 된 사람이었습니다. 실종자는 유서를 남겨두었습니다. 가족들은 각오를 한 상태였지만 설마 시체가 그런 모습으로 나타날 줄은 상상도 못했다고 합니다.

　현장에 도착한 경찰은 시신의 상태를 살피곤 조금 의아해합니다. 피부 상태로 보아 시체는 하루 이상 물속에 있었던 게 분명한데, 칼은 한참이나 나중에 꽂힌 걸로 보였으니까요. 당시 현장을 지휘하던 수사반장은 시체 옆의 꽃그림을 발견하곤 십일 년 전인 1985년 여인숙에서 일어난 사건을 기억해냅니다. 여러분, 두 사건의 공통점이 있다면 무엇일까요? 맞습니다. 첫 번째는 자살한 시체의 목에 누군가 칼을 꽂아 넣은 것입니다. 두 번째는 시신 근처에 꽃을 표현한 그림이 있다는 점입니다. 경찰은 두 사건을 하나의 카테고리로 묶습니다. 시체 훼손 사건으로요. 그리고 공통분모를 찾아내는 과정에서 자연스럽게 다시 십일 년 전인 1974년의 사건을 되짚게 됩니다. 네? 그러면 첫 번째 사건도 범인이 같은 사람이냐는 말씀이시군요. 적어도 경찰은 동일인물로 생각합니다. 그리고 사건을 제한적으로 공표합니다. 시체 옆에 그려진 꽃그림은 어디에도 알리지 않은 상태로요. 머지않아 경찰은 자신들의 선택이 옳았다고 확신합니다. 왜냐하면 강원랜드가 영업을 시작한 2000년 이후에는 이 시체 훼손 사건에 대한 몇몇 모방범죄가 일어났으니까요.

노인은 복역 중 교도소로 온 한 통의 편지를 받았다. '김대성'이라는 이름도 모르는 사람이었다. 마치 아이 같은 글씨군. 그렇게 생각하며 편지를 뜯어본 노인은 깜짝 놀랐다.

"당신은 지금 알지도 못하는 누군가의 편지를 막 읽어 내려가려는 참입니다. 당신에게 편지를 쓸까말까 한참을 고민했습니다. 쓰고 나서도 보내야 하는지 또 한참을 고민했습니다. 하지만 가슴속에 있는 이 뜨거운 감정을 억누를 수가 없었습니다. 당신이란 사람이 미워서 참을 수 없었습니다. 당신을 아빠라 부른 옛날의 절 죽여버리고 싶을 정도입니다. 한 가지 묻고 싶습니다. 당신은 왜 나를 유괴한 건가요?

다섯 살 때 진짜 부모를 만난 저는 영문을 알 수 없었습니다. 왜 이 사람들은 나를 껴안고 우는 거지? 왜 나는 아빠를, 당신을 만날 수 없는 거지? 저는 당신에게 돌아가고 싶다고 떼를 썼습니다. 진짜 아빠에게 가고 싶다고 울부짖었습니다. 그럴 때마다 친아빠라는 사람에게 심하게 얻어맞았습니다.

심지어 저는 말을 할 때마다 얻어맞기도 했습니다. 어렸을 때부터 본 사람들이라고는 광부 아저씨들이랑 창녀 아줌마들이 대부분이었으니까요. 그들이 쓰는 거칠고 천박한 단어를 쓸 때마다 친부모는 도깨비처럼 변해 저를 야단쳤습니다. 벌로 참 많이 굶었습니다.

일 년 정도가 지난 후 저는 그 어린 나이에 깨달았습니다. 내 인생이 이렇게 불행한 것은 모두 당신이란 사람 때문이라는 것을요.

당신이 복수를 위해 저를 납치했다는 것을 친부모에게 들었습니다. 그야말로 수천 번 들었습니다. 지독한 넋두리였습니다. 그리고 저는 깨달았습니다. 이게 바로 당신의 복수였군요. 저희 가족의 인생을, 제 인생을 망가뜨리는 것이요.

십 년만 버티자고 생각했습니다. 이딴 집 중학생이 되면 바로 나가버리겠다고 결심했습니다. 나가서 가장 먼저 할 일은 당신을 죽여 버리는 일이었습니다. 진심으로 하는 말입니다. 당신은 아직 감옥에 있습니다. 당장은 실행하지 못하겠지만 일 년 뒤 찾아갈 것이니 각오해주시길 바랍니다."

편지를 받은 노인은 아이를 납치하던 순간을 떠올렸다. 당시 노인은 친구 부부의 집을 배회하며 그들이 오전 시간 가정부에게 아이를 맡겨두고 외출한다는 사실을 알게 되었다. 이런 큰 집에 살면서도 아내에게 사기를 치다니. 노인은 분노에 그대로 몸을 맡겼다. 마당에서 손바닥만 한 돌을 집어든 노인은 초인종을 누른 후 문을 열어준 가정부의 머리를 내려쳤다. 죽지는 않은 것 같았지만 어찌되든 상관없었다.

노인은 당당히 현관으로 걸어 들어갔다. 거실의 아기침대 위에 아이가 누워 있었다. 처음부터 납치할 생각은 아니었다. 물론, 죽일 생각이었다. 가느다란 목뼈가 부러질 때까지 양손으로 있는 힘껏 목을 조를 생각이었다. 하지만 아기를 본 순간 노인은 한순간 망설였다. 아내의 목소리가 귓가에 울렸기 때문이다.

아이는 노인을 보며 방긋방긋 웃었다. 무엇이 그리 즐거운지 까르르 소리를 내지르기도 했다. 아이는 노인을 향해 손을 뻗었다. 마치 안아달라는 듯이.

아내도, 아내 뱃속의 아이도 친구 부부 때문에 죽었다. 그들의 아이는 응당한 벌을 받아야 마땅했다. 그러나 노인은 홀린 듯 아이를 안아들었다. 그리고 서둘러 그 집을 빠져나왔다. 어디론가 도망쳐야 했다.

아이를 납치하는 것으로 고통을 주자. 죽이는 건 나중에 해도 늦지 않아. 노인은 그런 생각을 했다.

노인은 김대성에게 자신에 대한 것은 잊고 살라는 짧은 답장을 보냈다. 하지만 편지는 반송되어 다시 교도소로 돌아왔다. 주소는 원래부터 없는 곳이었다.

1985년, 출소를 한 노인은 다시 고한으로 돌아온다. 배우의 말대로 고한읍은 그즈음 사북읍에서 분리되었다. 당시 인구가 사만 명 가까이 되었고, 고한시장의 점포수도 이백여 개까지 늘었다고 한다. 노인에게도 그 기억이 있었다.

노인은 지난 십일 년 동안 너무도 많이 번영한 지역에 깜짝 놀랐다. 노인을 기억하는 사람도 없었다. 아니, 노인이 너무도 많이 변해버린 탓이었다. 노인은 차라리 잘 됐다고 생각했다. 다시 광부의 일을 하고 싶지 않았던 노인은 거리의 일용직 노동자로 나섰고, 수년 후 고물상을 열게 되었다. 수입 여부에 상관없이 가능하면 아주 오래도록 할 수 있는 직업이 필요했다.

노인은 머지않아 고한읍에 추리마을이 생긴다는 이야기를 들었다. 2001년 지역 탄광이 문을 닫은 이래로 여러 가지 일을 벌인 것으로 알지만, 이번에는 추리마을인가. 고한의 흥망성쇠를 지켜본 입장에서 노인은 과거만큼의 영광을 회복하기 어렵다는 것을 잘 알고 있었다. 고한시장의 불이 꺼지지 않을 정도로 사람이 넘치던 날이 되돌아올 수 있을까.

그나저나 하필 2018년이라니. 십일 년 주기로 일을 벌이는 입장에서 노인은 2018년에 추리마을이 들어선다는 것이 영 찜찜했다. 그럼에도 노인은 계획을 실행할 수밖에 없었다.

하긴, 그래서 지금 눈앞의 배우와 만난 것인지도 모르지. 노인은 참 묘한 운명이라고 생각했다. 자신이 그동안 벌인 일을 추리극장에서 연극으로 보다니, 연극의 배우가 박기설의 자식이라니. 노인은 자조적으로 쿡쿡 웃었다. 양 옆의 사내는 건조한 눈빛으로 노인을 쳐다보았다. 도망칠 생각은 없다고, 노인은 작게 말했다.

이번엔 2007년의 사체 훼손 사건을 연기했다. 다시 한 번 노인의 눈앞에서 그날의 광경이 되살아났다.

자, 슬슬 대단원이군요. 이번에도 앞선 극에 대해 짧게 정리를 해보겠습니다.

지금으로부터 십여 년 전, 고한읍에는 연쇄살인마에 관한 소문이 있었습니다. 범인은 사람의 목을 찔러 살해한 후 자살인지, 타살인지 불분명하게 현장을 꾸며놓는다고요. 여러분은 거꾸로 되셨다는 걸 아시겠죠?

도박으로 전 재산을 잃은 몇몇 사람들은 그런 식으로 보이게끔 자살을 택했습니다. 최소한 가족들에게 보험금이라도 돌아갔으면 하는 마음이었겠죠. 당연히 자살자들의 계획은 실패합니다. 사건 현장에 꽃그림이 없었기 때문입니다.

무엇보다 경찰은 사체 훼손 사건이 2007년에 일어날 것이라 예측합니다. 범인이 강박적으로 자신이 정한 규칙을 지키는 사람이었으니까요. 그리고 경찰의 예측은 맞아떨어집니다.

2007년 10월 18일, 정암사에는 이틀간 덩그러니 남겨진 차량이 있었습니다. 이상하게 느낀 사찰 관리인은 경찰에 신고를 하고 경찰은 대대적으로 수색을 합니다. 그리고 인근 숲 속에서 목에 칼이 찔린 채 죽어 있는 삼십 대 남성의 사체를 발견합니다. 경찰은 예의 사체 훼손 사건의 범인이라 판단합니다. 시체 곁에 꽃그림이 그려져 있었으니까요. 특이했던 점은 자살자가 스스로 목에 칼을 꽂아 넣었다는 점입니다. 아무래도 연쇄살인범의 소행처럼 보이게 하려던 모양이었습니다. 하지만 사체 훼손범은 그 칼을 뽑아낸 후 날을 비틀어 다시 시체의 목에 꽂아 넣습니다. 경찰은 또다시 당했다는 것을 깨닫습니다.

이 사건은 당시 뉴스에서 꽤 크게 보도가 되었습니다. 저희 아버지도 이 뉴스를 보고 고한에서 그런 사건이 지난 삼십삼 년 동안 일어나고 있다는 것을 처음 아시게 됩니다.

자, 그럼 여러분. 사체 훼손범의 목적은 뭘까요? 왜 이런 일을 해온 걸까요? 아하, 정작 살인자가 되긴 두려우니 죽은 사람한테 그런 짓을 하며 대리만족을 느낀다는 거죠? 현장에 자신만 아는 그림을 그려놓는다는 점도 뒤틀린 과시욕이라는 거군요. 그럴 듯합니다.

올해는 2018년입니다. 십일 년 주기로 사건이 반복된다면 범인은 같은 행동을 할 것입니다. 경찰은 함정을 팝니다. 그리고 며칠 전 범인을 검거했습니다. 경찰은 사건을 조사하던 공민철 작가에게 이 사실을 알립니다. 그리고 작가를 통해 저 역시도 그 사실을 알게 되었습니다.

저와 작가는 경찰에게 부탁했습니다. 단 한 시간만이라도 좋으니 그 사람을 이곳에 데려와 달라고요. 감사하게도 오늘이 연극의 마지막 날인 것 같습니다. 저는 드디어 이 연극을 끝낼 수 있게 되었습니다. 그리고 범인에게 한마디 해줄 수 있을 것 같습니다.

할아버지. 아버지는 당신을 원망하고 증오했습니다. 평생에 걸쳐서요. 하지만 동시에 너무도 그리워했습니다. 돌아갈 수 없는 먼 곳을 보는 듯 당신에 대한 이야기를 했으니까요.

그러니까 이제 그만해주세요. 그만하셔도 됩니다. 아버지는 돌아가시기 전에 제게 말씀해주셨습니다. 1974년, 잠자던 남자의 목에 칼을 꽂아 넣은 것은 바로 자신이었다고요.

아아, 그렇구나.

이 연극 〈시체 옆에 피는 꽃〉은 시체 훼손 사건에 대해서 이야기하는 추리극이 아니었다. 박기설과 그의 아버지의 삶을 이야기하는 일인극이었다.

며칠 전 노인은 구공탄시장의 길바닥에서 나뒹굴던 이십 대 후반의 남성을 발견했다. 머지않아 죽을지도 모르겠군. 술을 사주며 이야기를 들어준 노인은 생각했다. 도박으로 전 재산을 날렸다는 흔한 이야기였다.

스스로 목숨을 끊으려는 사람에게는 분노와 체념이 뒤섞인 특유의 음울한 기운이 있다. 가까운 사람의 죽음을 경험하고 자신 역시 죽으려 했던 노인은 그 기운을 단번에 알아볼 수 있었다. 이번에는 이 남자로 하면 되겠군. 노인은 사체의 목에 칼을 꽂아 넣는 상상을 했다. 두렵다든가, 흥분된다든가, 특별한 감정이 일지는 않았다. 노인에게는 그저 해야만 하는 일이었다.

청년은 여관방에서 장기투숙을 하고 있고 오늘이 그 마지막 날이라고 말했다. 투숙기간 동안 몇 번이나 강원랜드를 찾았지만 잘 풀리지 않은 모양이었다. 남은 것이라곤 담보로 얻은 빚뿐. 노인은 오늘이 고비일 것이라 생각했다.

노인은 청년이 묵고 있는 여관방을 찾았다. 문은 열려 있었고, 생각대로 청년은 욕실 수건걸이에 목을 매고 죽어 있었다. 노인은 청년의 목에 가지고 온 칼을 그대로 박아 넣으려 했다. 그때 갑자기 청년이 눈을 번쩍 뜨며 노인의 손을 비틀어 꺾었다. 등 뒤에서 몇 명의 남성이 달려들었다.

아차, 함정이구나. 노인은 분하거나 슬프진 않았다. 감이 많이 줄었다고 쓴웃음을 지었다.

1970년. 고한으로 들어가는 길은 비포장도로였고, 차량도 흔치 않았다. 가까스로 트럭을 얻어 탄 노인은 울고 보채는 아이를 어르고 달래며 고한으로 향했다. 도망치고 또 도망쳐보자고 생각했다. 어디까지 버틸 수 있을지 알 수 없지만 버틸수록 아이의 부모가 고통 속에서 몸부림칠 것을 생각하니 희열이 느껴졌다. 그들을 후회하게 만들어주고 싶었다. 아이는 경찰에 잡히기 직전의 순간에 죽이면 된다고 생각했다.

왜 나는 이 아이를 죽이지 못했을까. 왜 내 성을 딴 이름을 붙여주고 이렇게 키우고 있는 걸까. 자신에게 꼭 달라붙어 침을 흘리며 자는 아이를 보며 노인은 늘 생각했다. 나는 왜 이 아이의 머리를 쓰다듬고 있는 걸까. 스스로도 잘 알 수 없었다.

낮에는 창부와 시장 상인들에게 아이를 맡기고 저녁에는 자신이 돌봤다. 정신을 차리고 보니 그렇게 사 년이 지나 있었다. 노인은 언제부턴가 스스로도 놀랄 정도로 자주 웃었다. 모든 아이는 다 천사라는 아내의 말이 떠올랐다. 돌이켜보면 아이를 죽이기 위해 처음 찾아갔을 때 귓가에 들린 아내의 말은 바로 이것이었다.

기설을 납치하고 사 년간, 사정을 아는 몇몇 시장 상인들이 암묵적으로 도와줬지만 한계가 있었다. 주변 사람들을 범죄에 가담시킨다는 죄책감도 컸다. 그즈음 강산현이 찾아왔다.

사기죄로 교도소를 꽤 많이 다녀온 강산현은 역시 질이 좋지 않은 사람이었다. 노인에게 일주일을 줄 테니 경찰에 잡히기 싫으면 지금까지 모은 돈을 모두 내놓으라고 협박했다. 넌 이제 진짜 너희 아빠에게 돌아가는 거야. 기설이에게 그렇게 말하며 웃었다. 슬슬 여기까지인가. 그렇게 생각할 즈음 사건이 터졌다.

소일거리를 하던 노인을 급하게 찾은 사람은 평소에도 기설이와 잘 놀아주던 어느 창부였다. 무서울 정도로 심각한 얼굴이었다. 기설이가 사람을 죽였어. 발밑이 진동하는 그 감각을 노인은 지금도 잊을 수 없었다.

도대체 왜? 기설아, 왜 그런 짓을 한 거니?

자고 있는 사람의 목을 칼로 내리찍으면 아주 쉽게 죽일 수 있다는 것을 누가 알려줬는지는 알 수 없었다. 사람을 가려 뽑지 않는 광부 중에는 과거 살인을 한 사람도 몇 있었다. 머릿속에서 기설이에게 그런 걸 알려줄만한 사람을 찾다가 이내 포기했다. 지금 중요한 것은 그것이 아니었다.

방 안에서 울고 있는 기설이를 다른 곳에 옮겨두었다고 창관 사장은 말했다. 이제 다 같이 입을 맞추면 된다고 했다. 노인은 잠시 망설이다 고개를 저었다. 이 아이는 고한시장 모두의 아이였다. 모두들 힘이 닿는 데까지 도와주겠지만 노인은 원치 않았다. 가장 서둘러야 할 일은 우선 기설이를 이곳 고한에서 벗어나게 하는 것이었다.

경찰에게 취조를 받던 노인은 사 년 전 아이를 유괴한 사실을 밝혔고 그 자리에서 체포되었다. 법정에서 본 친구 부부는 상당히 초췌한 모습이었다. 부부는 노인을 거세게 비난하며 저주의 말을 퍼부었다. 판사에게는 사형을 요구했다. 노인은 아무런 말도 하지 않았다. 허무했다. 죽은 아내는 돌아오지 못하니까.

만약 기설이를 죽였다면 완벽한 복수를 할 수 있었을까? 아내의 한을 풀어주었을까? 피고석에서 그런 생각을 하다 문득 노인은 아주 오랜만에 아내를 떠올렸다는 것을 깨달았다. 노인의 마음속에 꽉꽉 들어차 있는 사람은 다름 아닌 기설이었다. 기설이 또한 자신에게 빛이었다는 것을 알게 된 노인은 자조적으로 웃었다.

형을 받고 교도소 생활을 하며 노인은 꿈속에서 몇 번이나 기설이를 만났다. 기설이는 아빠, 하고 달려와 노인에게 안기며 어리광을 부렸다. 눈에 익은 아주 익숙한 모습이었다. 어쩌면 기설이는 나를 위해서 살인을 한 건 아닐까? 그저 아빠를 괴롭히는 사람을 물리치고 싶었던 건 아닐까? 어느 날 새벽, 꿈에서 깨며 스치듯 든 생각이 날이 밝을수록 점점 굵은 확신으로 바뀌었다. 노인은 아침 해가 뜰 때까지 소리 죽여 눈물을 삼켰다.

같은 감방을 쓰는 죄수는 이런 말을 했다. 언젠가 살인에 대한 공소시효도 없어질 것이며 과학수사기술이 발전하여 미제로 남은 살인사건도 다시 재수사할 가능성이 높아진다는 것이었다. 죄수는 자신도 걸리는 게 많아 영 찜찜하다며 넋두리를 했다. 노인은 불안해졌다. 그렇다면 어떻게 해야 하는가. 노인은 먼저 시체의 목에 꽂힌 칼과 기설이가 장난삼아 그려놓은 꽃그림을 떠올렸다.

1985년, 출소한 노인은 고한으로 되돌아왔다. 그리고 자살한 시체를 찾기 시작했다. 망설임은 없었다.

할아버지를 찾기 위해 이 연극을 시작했습니다. 꼭 하고 싶은 말이 있었습니다.

여러분. 당시 열여덟 살 아버지와 동갑내기였던 어머니는 저를 버립니다. 아버지는 저를 혼자 키우셨습니다. 다섯 살 때까지 납치범의 손에 길러진 사람입니다. 친부모에게 학대를 당한 사람입니다. 청소년기부터 가출을 해 친부모와 연을 끊고 산 사람입니다. 그런 사람 손에서 저는 어떻게 자랐을까요?

역시 불행했을 거라고요? 아니에요. 저는 가슴을 피고 말할 수 있습니다. 저는 너무너무 즐거웠습니다. 세상에서 제일 행복했을 겁니다. 아버지는 제게 늘 말씀하셨습니다. 자신이 어렸을 때 보고 느낀 행복을 제게도 맛보게 해주고 싶었다고요.

아버지 역시 어머니처럼 저를 버릴 수 있었습니다. 하지만 저를 키우기로 합니다. 저는 아버지를 세상에서 제일 존경합니다. 사랑하기도 하고요.

품에 안기면 한가득 풍기는 텁텁한 탄가루의 냄새, 창부들의 독한 화장 냄새, 구불구불 미로 같은 시장골목, 어딜 가든 자신을 반겨주는 시장 사람들, 열악하고 처절한 환경이지만 그럼에도 웃음이 있는 곳. 행복한 곳. 아버지의 기억 속 고한은 그런 곳이었습니다.

저는 당신에게, 아버지를 키워준 할아버지에게 박기설이라는 이름으로 감사를 드리고 싶습니다. 왜냐면 제 행복은 당신이 준 것이기도 하니까요.

할아버지, 할아버지는 아버지를 살인자로 만들고 싶지 않았던 거죠? 그러니까…….

잠깐만요, 형사님들, 아직, 아직 극은 끝나지 않았어요. 잠깐만 기다려 주세요!

저를 지금 이곳에 서 있을 수 있게 해 준 사람이에요. 잠깐이면 돼요. 한 번만 안아보게 해주세요. 부탁드립니다.

노인은 형사들에게 얼른 가자며 재촉했다. 하지만 형사들은 노인에게서 멀찍이 떨어졌다. 더 이상 노인의 몸을 붙들지 않았다. 무대에 있던 청년은 관객석 계단을 뛰어올라 노인의 품에 안겼다. 청

166

년은 울고 있었다. 노인 역시 가슴 안쪽에서 뜨거운 무언가가 치밀어 오르는 것을 느꼈다. 관객석에서 작게 박수가 터져 나왔다. 누군가 훌쩍거리는 소리가 들렸다.

기설아, 하고 노인은 잘 나오지 않는 목소리로 아주 오랜만에 그 이름을 불러보았다.

공민철

2014년 『계간 미스터리』 가을호에 「엄마들」로 신인상을 수상했다.
발표작품으로 「도둑맞은 도품」, 「사월의 자살동맹」 등이 있다.
「낯선 아들」(2015년), 「유일한 범인」(2016년)으로 추리작가협회 황금펜상을 수상했다.

어둠 속의 신부

김주동

고한역 옆의 주차장에 차를 세웠다. 차에서 내려 역 건너편 도로로 걸어갔다. 고한시장을 지나 좁은 도로로 들어섰다. 폰의 메모장에 적힌 어느 원룸을 찾아가는 길이었다. 그 원룸에는 내가 찾고자 하는 어떤 남자가 머물고 있었다. 그는 내 고향 형님의 돈을 떼먹고 달아난 놈으로 안면은 없었다. 그런데 여기 재밌는 사연이 있다. 괜찮은 투자처가 있다며 형님에게 사기를 친 그는 그렇게 낚아챈 형님의 돈을 어떤 여자한테 몽땅 뺏기고 말았다. 그 여자는 놈의 애인으로 알려져 있는데 여자는 놈에게 수면제를 먹이고는 모조리 돈을 챙겨 달아나버린 것이다. 놈은 여자의 동성 친구한테서 여자가 도망간 곳을 비열한 방법으로 알아냈고, 그 친구의 입에서 나온 곳이 바로 강원도 정선에 위치한 고한이었다. 고한은 돈을 챙겨 도망친 여자, 숙희의 고향이었다.

숙희의 친구는 얼굴이 퉁퉁 부은 채로 술에 취해 내게 이 사실을 털어놓았다. 숙희의 친구 옆에는 제갈 형님도 동석하고 있었다. 머리를 잘 굴리는 양반이라 제갈공명에서 딴 별명이었다.

"내 돈도 찾고 숙희도 구해야 된다. 그 사기꾼 새끼가 숙희를 가만히 놔두겠나. 야, 이 얼굴을 봐라, 이 예쁜 얼굴을 완전히 못 쓰게 만들어놨잖아. 그 불곰 새끼 내 손에 잡히면 절대 가만 안 놔둔다. 원기야. 이건 내 돈뿐만 아니라 한 여자 인생도 구하는 일이다."

한 여자의 인생을 구한다. 형님은 내게 그럴싸한 명분을 안겨주고 있었다. 자신의 돈이 문제가 아니라는 식으로.

나는 피식 웃고 말았다. 형님은 섭섭지 않은 대가도 약속했다. 형님이 내게 이런 부탁을 하는 건 지금은 빌빌거리지만 한때는 그래도 내가 형사였기 때문이다.

나는 폰에 들어있는 딸아이의 사진을 보았다. 딸 지은이는 지금 보호 관찰소에 있다. 학교 폭력에 연루되었는데 가해자 쪽이었다. 나는 지은이를 보자마자 뺨을 후려쳤다. 지은이는 눈물 맺힌 눈으로 나를 노려보았다. 그 눈빛엔 나에 대한 원망, 세상에 대한 원망이 가득했다. 아빠가 나한테 해준 게 뭔데, 하는 그런 눈빛. 이럴 거면 왜 낳았냐는 원망. 엄마가 암으로 죽고 나서 외할머니한테 지은이를 맡겨두고는 그것으로 끝이었다. 세상의 쓰레기들을 마구 잡아들였지만 진짜 쓰레기는 내가 아니었나 하는 자괴감에 괴로웠다. 이 빌어먹을 세상의 구렁텅이에서 딸도 구하지 못했는데 숙희라는 알지도 못하는 여자를 구하라니. 나는 피식 웃음이 흘러나왔다.

술 취한 내 옆에서 숙희의 친구는 계속 같은 말만 반복했다.

숙희가 자기 때문에 죽을 거라고.

죽기는 누가 죽는데, 하고 소리를 꽥 질렀다. 숙희의 친구는 눈이 동그래져서 나를 빤히 바라보았다.

내게 주어진 임무는 놈보다 먼저 숙희를 찾는 것이었다. 놈이 먼저 숙희를 찾는다면 숙희를 죽이는 건 물론이고 형님의 돈으로 그 유명한 정선 카지노로 달려가 하룻밤도 안 돼 형님의 돈을 모조리 날려버릴지도 모를 일이었다. 형님이 가장 우려하는 점이기도 했다.

고한이란 곳에서 어떻게 숙희를 찾느냐고 푸념을 하니 숙희의 친구가 숙희와 며칠 전에 통화를 했다면서 어느 원룸을 알려준 것이다. 그런데 그 며칠 전 통화가 마지막으로 그 후 숙희와 통화가 안 된다며 그 친구의 걱정이 이만저만 아니었다.

고한시장을 지나 좁은 골목을 벗어나서 찾는 원룸을 발견했다.

원룸 주변을 기웃거리다 건물로 들어갔다.

여자가 묵고 있다는 곳으로 갔다. 이 층 끝이었다. 문은 꼭 잠겨 있었다. 문을 두드렸으나 안에서는 대답이 없었다.

원룸을 나와 건물 뒤편으로 가서 여자의 방 쪽으로 갔다. 창문이 살짝 열려 있었다. 이 층 창문 쪽으로 기어올라 철망 안으로 손을 넣어 창문을 반쯤 열어젖혔다. 그러고는 고개를 힘껏 쳐들어 방 안을 들여다보았다.

그때 손을 놓쳐 일 층 바닥으로 떨어졌다. 그럴 만도 한 것이 뜻밖의 장면을 목격했기 때문이었다. 다시 이 층 창문에 매달리다시피 해서 방 안을 들여다보았다. 짧은 시간이었지만 똑똑히 목격했다. 한 남자의 죽음을. 그는 장롱에 몸을 기대어 사지를 늘어뜨린 채 고개를 떨구고 있었다. 그의 주위로는 소주병들이 놓여 있었다. 무엇보다 내 눈을 사로잡은 건 오만 원짜리 지폐들이었다. 그의 옆에는 검은색 여행용 가방이 놓여 있었는데 열린 지퍼 속에도 오만 원짜리 지폐들이 언뜻 보였다. 나는 일 층으로 훌쩍 뛰어내렸다. 그 가방 속 돈은 형님의 돈이 분명해 보였다. 죽어 있는 놈은 형님이 사진으로 보여준 불곰이 맞았다. 큰 덩치에 얼굴이 항상 술에 취한 듯 불그스름해 붉은 곰, 불곰이라 불렸다. 그는 사각 팬티만 덜렁 걸친 채로 죽어 있었다. 숙희가 불곰의 돈을 훔쳐갈 때도 수면제를 썼다는데, 이번엔 수면제만 쓴 게 아닌 모양이었다. 그 큰 덩치를 무너뜨리려면 독살이 가장 좋을 테니까. 불곰의 옆에 놓인 빈 소주병만 봐도 짐작할 수 있는 일이었다.

불곰이 숙희를 처리할 것이라고 걱정했는데, 숙희가 불곰을 처리해버렸다니.

이제 제갈 형님의 돈만 찾아내면 되었다. 불곰을 상대하지 않아 다행스러웠다. 불곰이 죽어 있는 방에 놓인 돈 가방. 그 가방만 가져오면 된다.

숙희는 어디로 간 것일까. 돈을 놓고 간 것을 보면 어디 멀리 간 건 아니다. 약간의 돈을 챙겨 카지노에라도 간 것일까. 거기서 즐거운 시간을 보내고 있을지도 모를 일이다. 어쨌든 방으로 들어가서 돈 가방만 들고 나오면 된다. 방 열쇠는 숙희가 가지고 있다.

불곰이 죽어 있는 이 층 방을 빤히 보았다. 우선은 숙희가 돌아올 때까지 기다릴 작정이었다. 근데 숙희는 왜 돈 가방을 챙기지 않고 나간 것일까.

원룸 맞은편 차 안에서 숙희를 기다렸다. 숙희를 기다리는 시간은 끝이 없었다. 형사 생활 시절에도 잠복을 할 때면 마냥 기다리고 있어야 할 때가 많았다. 먹이를 낚아챌 그 순간만을 기다리며.

기다리기 심심하기도 해서 숙희의 친구에게 전화를 했다.

"숙희 찾았어요?"

다짜고짜 친구는 그렇게 물었다.

"아뇨. 아직. 하지만 안심해도 될 것 같은데."

"무슨 말이에요? 그게?"

불곰이 죽었다는 말을 하려다 그만뒀다.

"뭐, 크게 걱정 안 해도 될 것 같아서요. 보기보다 똑똑한 여자 같더라고."

"그렇죠? 숙희가 좀 그래요."

숙희를 알아봐준 것에 친구는 기분이 우쭐한 모양이었다.

"숙희한테는 연락 같은 거 안 왔죠?"

"예. 오늘도 몇 번 해봤는데 신호만 가고 전화를 안 받네요."

"그래도 계속 해보고 연락되면 그 즉시 알려줘요."

"예. 그렇게 할게요."

여자는 사근사근한 목소리로 전화를 끊었다.

나는 창문을 열고 담배를 피웠다. 그러기를 얼마나 있었을까. 숙희의 친구한테서 전화가 왔다.

나는 얼른 받았다.

"숙희한테 연락이 왔어요."

"어디랍니까?"

"마음이 복잡해서 생각할 게 있다고, 절에 간 모양이에요. 걔 엄마가 숙희 어릴 때 절에 자주 데려갔거든요."

"어디 절인데요?"

"정암사요."

"정암사?"

"예."

전화를 끊자마자 정암사라는 곳으로 차를 몰았다.

추적추적 하늘에서는 비가 내리고 있었다.

가랑비가 내리는 사찰은 마음을 축 가라앉게 했다. 아무 생각도 없이 마음 편하게 왔더라면 꽤나 괜찮았을 곳이었다. 갖가지 다양한 우산을 쓴 사람들이 사찰 주변을 어슬렁거리고 있었다. 지나가는 여자들이 소설에 나오는 장소로는 그만일 거라면서, 특히 어울리지 않게 살인에 대한 얘기를 무척 즐겁게 하면서 지나갔다.

검은 우산을 쓴 덩치 큰 짧은 머리의 남자가 여자들 앞에 서서 절에 대한 역사를 신나게 들려주고 있었다. 나는 그들이 소설 쓰는 작가라는 걸 알았고, 현장 답사라도 온 모양이라고 생각했다. 검정 슈트 차림의 남자는 사찰 여기저기를 폰으로 찍고 있었다. 그 남자가 들이대는 카메라의 방향을 따라 시선을 옮기던 나는 멀리서 한 여자를 보았다. 숙희였다. 그녀는 수마노탑으로 가는 등산로를 오르고 있었다.

그녀를 따라갔다.

갈색 롱코트에 우산을 쓴 채 그녀는 계단을 올라가고 있었다. 계단을 내려오는 여자들을 비켜 숙희 뒤를 밟았다. 숙희한테 들킬 염려는 전혀 없었기 때문에 나는 마음 편하게 단지 수마노탑에 들르는 사람들 중의 한 명처럼 나 자신을 생각했다.

숙희는 붉은 핸드백을 한 손에 든 채 수마노탑의 아래쪽으로 시선을 두고 있었다. 나는 그녀 옆을 지나쳐 다른 곳을 보는 것처럼 하면서 그녀의 얼굴을 살폈다. 한눈에 봐도 평범한 외모는 아니었다. 차가운 분위기가 사람의 마음을 얼어붙게 하는 듯했다. 왜 불곰이 그녀 앞에서 그렇게 허무하게 나가떨어졌는지 알만했다.

그녀는 나 같은 건 관심도 없다는 듯 눈길조차 주지 않았다.

수마노탑에 대해 읽어 내려갔다. 신라 선덕여왕 때 자장율사가 정암사를 창건했고 칠 년 후 건립했는데 탑의 내부에는 부처님의 사리가 봉안되어 있다는 설명이었다.

도대체 왜 그녀는 이곳에 온 것일까.

그녀는 천천히 걸음을 옮겨 계단 쪽으로 내려갔다.

나는 딴 곳을 보는 척하면서 그녀를 의식하고 있었다.

계단을 내려가는 그녀를 따라 나 역시 계단을 내려왔다.

옆에서 내려오던 조금 전의 남자는 폰으로 연방 탑 아래를 찍어 대고 있었다.

사찰을 지나 주차장 쪽으로 그녀가 걸어갔다. 나는 그 뒤를 밟았다. 정암사의 풍경에 감탄을 하며 이 풍경을 소설에 쓰면 좋겠다는 사람들 사이에 끼어 그녀 뒤를 따랐다.

숙희는 하얀색 아반떼 차량으로 다가갔다. 차량에 올라탄 그녀가 시동을 걸었다. 나 역시 내 차로 와서 다급히 차에 올랐다.

그녀의 차량이 출발했고 나는 그 뒤를 따랐다.

숙희의 차량은 삼탄아트마을에 도착했다.

그녀는 사 층 카페로 들어가 커피를 시킨 뒤에 창가 옆에 앉았다. 나는 그녀 뒤편에 앉아 그녀 쪽을 보았다. 그녀는 휴대폰으로 누군가와 통화를 했다. 그녀의 통화 내용을 들으려 애를 썼으나 그녀는 듣기만 할 뿐 말을 거의 하지 않았다. 그녀는 얼마 뒤 전화를 끊었고 창 쪽을 보았다. 나는 경계를 풀고 그녀의 뒷모습을 지켜보고 있었다. 갑자기 그녀가 고개를 돌려 나를 보았다. 나는 놀랐지만 애써 태연한 척 그녀 쪽을 보고 있었다. 그녀는 내게서 시선을 돌리지 않았다. 나도 그녀를 바라보았다. 그녀는 내 시선을 피하지 않았다. 나는 뭔가 잘못되었다는 걸 깨닫고 출입문으로 갔다. 웬 남자가 나와 시선이 마주쳤는데, 기분이 찜찜했다.

그를 무시하고 건물 밖으로 나와 숙희의 친구에게 전화를 했다.

신호가 가는 중에 카페 안을 보고 있었다. 남자의 시선 방향이 숙희 쪽을 향하고 있었다. 뭔가 이상하다는 느낌이 들던 차에 숙희의 친구가 전화를 받았다.

"숙희한테 얘기를 했어요."

"내 얘길 했단 말입니까?"

"예. 숙희는 만났나요?"

"만났습니다. 근데 무슨 얘길 한겁니까?"

"불곰이 숙희를 죽이려 한다는 거하고 당신이 숙희를 도와주려 한다는 걸."

"그런 얘길 왜 해요?"

"그걸 알아야 숙희가 원기 씨한테 협조도 잘할 거고 그래야 일도 빨리 풀릴 거 아니에요. 정 사장님도 숙희가 불곰한테서 빼앗은 돈만 돌려주면 숙희한테도 사례를 한다고 했단 말이에요. 빨리 숙희 데리고 서울로 오세요."

나는 전화를 끊어버렸다.

숙희는 정암사로 오는 차 안에서 친구와 전화를 했을 것이다. 누군가 자신을 미행한다는 걸 알고 엉뚱한 곳으로 왔을 것이다. 숙희는 나를 탐색하고 있었다. 이렇게 된 마당에 그녀와 직접 부딪혀야겠다고 생각했다.

나는 카페로 들어와 숙희에게 걸어갔다.

"저기요."

숙희가 나를 보았다.

"여기 고한이란 데 참 좋죠? 서울에서 오신 것 같은데, 혼자 오셨어요?"

웬 어설픈 남자가 수작을 부린다고 생각했는지 그녀가 대꾸를 하지 않았다.

"혼자 왔으면요?"

숙희가 톡 쏘았다.

나는 다짜고짜 그녀의 맞은편에 앉았다.

"그러고 보니, 아까 정암사에서도 본 것 같은데요."

숙희가 의심스러운 눈초리로 말했다.

"그랬나요? 실은 제 아내하고 여기 왔었거든요. 작년에 아내가 저 세상으로 가는 바람에 생각이 나서 왔습니다."

숙희가 피식 웃었다.

정말 뻔한 수작이라고 생각하는 모양이었다.

숙희는 팔짱을 낀 채로 야릇한 눈길로 나를 보았다.

"나한테 무슨 볼일이라도 있으세요?"

나는 대꾸하지 않았다.

"이봐요. 나한테 원하는 게 뭐죠?"

"친구한테 들어서 알겠죠."

"무슨 말을 하는지 모르겠네요. 도통."

"시치미 떼지 마시죠. 친구하고 통화했으니까."

그녀는 대꾸하지 않았다.

"불곰을 찾으려 했는데, 불곰은 못 찾게 됐더군요. 다 압니다. 불곰이 어떻게 됐는지."

숙희는 대답 대신 커피를 한 모금 마시고 잔을 내려놓았다.

"당신 짓이죠?"

내가 대뜸 그렇게 물었다. 여자는 긍정도, 부정도 하지 않았다.

"정암사에는 왜 갔습니까?"

"수마노탑에 갈려구요."

"거기는 왜요?"

그녀가 대답을 하지 않고 빤히 나를 보았다.

"동수 씨를 처음 만난 곳이에요."

동수는 불곰의 이름이었다.

"카지노에 갔다가 돈을 다 잃었다고 하더군요. 죽을 사람처럼 보였어요. 그런 거에 끌렸죠. 내 인생도 엉망이었거든요. 되는 일도 없고."

불곰을 죽인 뒤 그를 처음 만난 곳으로 갔다는 여자의 말을 온전히 믿을 수 없었다.

"사랑한 사람이었죠."

"사랑한 사람을 죽입니까?"

그녀가 나를 무섭게 쏘아봤다.

"당신 형님이란 사람 돈도 다 날렸을 거예요. 내가 아니었으면."

"그걸 말이라고 합니까? 거기 간 진짜 이유가 뭡니까?"

"몰라요. 그냥 가고 싶었어요."

"그냥요?"

"거긴 어렸을 때부터 갔던 곳이에요. 참 웃긴 게, 아빠 같은 사람
은 만나고 싶지 않았는데, 동수 씨는 내가 싫어한 아빠하고 똑같은
사람이었어요. 거긴, 아빠를 피해 어렸을 때 엄마랑 같이 자주 갔던
곳이에요. 거기 가면 마음이 편해지니까."

"괜한 걸 물었군요."

그녀가 시선을 아래로 내렸다.

"엄마가 거기서 죽었어요."

나는 아무 대꾸도 할 수 없었다.

"그냥 방 열쇠나 넘겨요. 모든 걸 덮어줄 테니까, 나하고 같이 서
울로 갑시다. 돈은 얌전히 형님한테 돌려주고."

그녀가 한숨을 쉬었다.

"생각처럼 쉽지는 않을 것 같은데요."

"무슨 말입니까?"

숙희가 뒤쪽으로 고갯짓을 했다.

나는 숙희가 가리키는 쪽으로 시선을 던졌다.

검정 슈트 차림의 남자가 내 쪽을 보다가 시선을 급히 피했다.

어떻게 하면 그놈을 따돌릴까 생각했다.

그때였다.

제갈 형님이었다.

이럴 때 하필.

나는 실례한다는 뜻으로 고개를 끄덕이고는 폰을 귀에 대고 밖으로 나왔다.

"숙희 찾았어? 숙희 안전하다면서."

"아니요."

"빨리 찾아."

"재촉하지 마세요. 곧 좋은 소식 들려드리겠습니다."

서둘러 통화를 마치고 카페 안으로 들어왔다.

그 사이 숙희는 사라졌다.

숙희를 찾아 주변을 두리번거렸다.

복도 중간 비상구로 사라지는 검정 슈트를 보았다. 그 남자였다. 숙희를 보던. 그때야 생각났다. 그 남자를 어디서 봤는지. 정암사였다. 그는 정암사 여기저기를 폰으로 찍으면서 돌아다니던 자였다.

그를 뒤쫓아 계단으로 내려갔다. 광부들의 모습이 담긴 벽화를 지나 삼 층으로 내려왔다.

현대미술관 CAM을 휘둘러보다 눈에 익은 백남준의 초상과 마주했다. 방향을 바꾸어 탄광 자료실로 향했다. 광부들의 역사를 보여주는 오래된 서류 뭉치들이 쌓여 있었다. 어디에도 숙희의 모습은 보이지 않았다.

이 층으로 내려온 나는 세계미술품수장고라는 곳에서 괴이한 형상을 한 고미술품들을 접했다. 비대칭적인 신체 모형의 아프리카 고대 조각상들이 유리문의 단절된 세상 안에 갇혀 있었다. 낯선 풍광에 온통 사로잡혀 통로 끝으로 빨려 들어갔는데 진시황 병마전시관이었고, 나는 즉시 나왔다.

옛날 광부들의 흑백 사진을 빠르게 스쳐 지나가다 저 멀리서 숙희를 보았다. 그녀는 옛 광부들의 샤워장이었던 마인갤러리 1에서 나왔다. 아프로디테 여신상들이 띄엄띄엄 서 있는 〈태양의 후예〉라는 드라마를 촬영한 곳이었다.

걸어오던 그녀가 내 쪽을 보았다. 그녀가 나를 보고 멈칫했다. 그런데 그녀 뒤편에서 그 남자가 나타났다. 그녀를 쫓던 검정 슈트. 그녀가 남자를 보고는 재빨리 내 쪽으로 뛰어오기 시작했다. 그녀는 계단으로 빠져나갔다. 나도 숙희를 따라 뛰었다. 저쪽에서도 남자가 달려오고 있었다. 나는 먼저 숙희 뒤를 따라 계단을 후닥닥 내려갔다.

광부들이 장화를 씻던 세화장에는 하얀 웨딩드레스가 검은 허공에 걸려 있었다. 지금은 없는 광부들의 아내가 실제로 입었던 웨딩드레스. 힘들었을 삶을 살았을 광부들에게도 그들의 아내들에게도 잊을 수 없는 기쁨의 순간이 있었을 것이다. 그 모순된 순간의 기억들이 교차되는 바로 그 지점.

그 웨딩드레스 뒤쪽에 숙희가 서 있었다.

숙희는 얼굴을 찡그린 채 나를 보고 있었다. 얼굴을 비스듬히 기울인 채 차갑게 굳어 있는 그녀의 모습은 미술품수장고에서 본 적 있는 기괴한 조각상의 모습과 닮아 있었다.

그때 그녀가 옆으로 걸음을 옮겼다.

나도 그녀 쪽으로 움직이려다 고개를 돌렸는데 무엇인가 내 얼굴로 날아왔다.

나는 얼굴을 감싼 채 쓰러졌다.

검정색 슈트의 남자가 나를 뒤로 하고 뛰어갔다.

나는 일어나 그를 따라갔다.

통로를 지나는 숙희의 발걸음 소리가 내 심장을 재촉했다.

슈트 차림의 남자가 그녀를 쫓아갔고 내가 뒤쫓았다.

발소리들이 권양기가 있는 조차장 건물을 시끄럽게 울렸다. 통로를 빠져나와 철제계단을 밟고 아래로 내려갔다. 레일 바일 뮤지엄이었다. 잿빛 레일 위에는 분홍색 꽃 장식들이 여기저기 불쑥 솟구쳐 있었다.

〈글루미 선데이〉란 노래가 조차장 안을 잔잔하게 채우고 있었다. 빗소리와 철제 계단을 밟는 소리가 뒤섞이는 가운데 나는 다급히 계단을 내려왔다.

계단 중간에 쓰러져 있는 숙희를 보았다.

숙희는 배를 움켜잡은 채 숨을 가쁘게 몰아쉬고 있었다. 그녀가 가지고 있던 핸드백은 없었다.

그녀는 대답 대신 눈길로 검정 슈트의 남자가 간 곳을 가리켰다.

깨진 유리창으로 조차장 밖을 뛰어가는 남자를 보았다.

조차장을 막 빠져나온 나는 그의 뒤를 쫓았다.

'기억의 정원', 갱도 내 사고로 사망한 광원들의 넋을 기리는 곳. '석탄을 캐는 광부'의 추모탑을 지나 막다른 길로 뛰어가던 그가 방향을 틀었다.

그와 마주했다.

나는 그에게 달려들었다. 그가 나를 껴안고 뒤로 나자빠졌다. 주먹을 내지르는 내게 발길질을 했다. 나는 뒤로 넘어졌다. 그가 내 위로 올라타 얼굴에 주먹을 날렸다. 비가 계속 내 눈으로 들어왔고 그가 내지르는 주먹을 몇 차례나 맞았다. 점점 힘이 빠져나갔다. 모든 게 틀려먹었다는 생각이 엄습했다.

그가 툭 일어나서 바닥에 떨어져 있던 숙희의 핸드백으로 걸어갔다. 나는 엉거주춤 일어나 그에게 달려들었다. 그가 무릎으로 내 턱을 가격했고, 나는 벌러덩 뒤로 나뒹굴었다.

그가 피식 웃었다.

핸드백을 거머쥐며 나를 지나쳐갔다.

내리는 비가 내 얼굴을 적셨다.

나는 거친 숨을 내쉬면서 힘겹게 일어났다.

숙희가 나를 보고 있었다.

나는 찡그린 채 빗속에 흐르는 입가의 피를 손등으로 훔치며 그녀를 보았다.

그녀는 모든 걸 포기하라는 듯 부질없다는 얼굴로 나를 보고 있었다.

그녀가 그렇게 나를 볼수록 그럴 수 없다는 생각이 꿈틀거렸다. 아무것도 하지 못하는 무력한 존재로 나란 존재가 비치는 게 싫었다. 죄를 저지른 딸 앞에 무력한 아빠로 서 있었던 그때처럼 나는 그런 무력한 존재에서 벗어나고 싶었다.

숙희에게 살인은 자신의 삶을 옥죄던 남자로부터의 해방이었으며 한때는 그녀에게도 있었을 찬란한 삶으로의 복귀일 수 있었다. 수마노탑에서 행복한 시절을 꿈꾼 것처럼, 엄마와 함께 했던 수마노탑에서의 돌아올 수 없는 아련한 추억처럼.

그녀는 내게 아무것도 기대하지 않는다는 눈길을 보내고 있었다.

그녀의 그 눈빛이 나를 도발했다.

나는 뛰었다.

사 층으로 올라가는 엘리베이터에 올라 타 카페에 도착했다.

그가 붉은 핸드백을 조수석으로 던졌다. 그는 즉각 출발하지 않았다. 차 안에서 가방 안을 살피고 있었다.

나는 내가 세워둔 차로 뛰어갔다. 시동을 건 뒤 엑셀을 밟았다.

남자의 차로 내 차가 질주했다. 그가 자신의 차량으로 달려오는 차를 보고 놀란 눈을 치떴다. 내 차는 그대로 그의 운전석 문을 들이박았다. 그 충격으로 남자가 조수석 쪽으로 쓰러졌다.

나는 다리를 절뚝거리며 그의 차 조수석으로 다가갔다. 조수석 문을 열었다. 그가 나를 올려다보았다. 내가 그의 머리칼을 낚아채 앞으로 잡아끌었다. 비명을 지르며 내 쪽으로 딸려왔다.

그를 차 밖으로 끌어내어 얼굴을 무릎으로 짓밟았다. 그가 차에 반쯤 몸을 걸친 채 내 다리를 붙잡았다. 그의 머리를 차 문에 연거푸 박았다. 그가 차 밖으로 나가떨어졌다.

차 안에 놓여 있던 숙희의 핸드백을 챙겼다.

"너, 뭐야? 경찰이야?"

그가 쓰러진 채로 물었다.

"경찰이 이러는 거 봤어? 넌 뭐하는 새끼야?"

"그년한테 받을 돈이 있어."

"받을 돈?"

"제갈 형님이 너한테만 제안했을 것 같냐?"

놈이 비열하게 웃었다.

"그렇지. 우리 모두는 누구한테든 갚아야 될 빚이 있지. 너도 그렇고."

놈의 머리를 잡아끌어 차에 다시 처박아버렸다.

나는 차에 올랐다.

숙희를 찾으려 삼탄아트마인 건물을 돌아다녔다. 우뚝 솟은 권양기와 추적추적 내리는 비, 반복적으로 움직이는 와이퍼 소리뿐 그 어디에서도 숙희는 보이지 않았다.

숙희의 핸드백을 뒤적여 원룸 열쇠를 찾았다.

백 안에는 숙희의 신분을 증명할만한 건 아무것도 없었다. 거울이랑 파운데이션 같은 화장품 외에는.

백 안에는 작은 병이 있었다.

병에는 투명한 액체가 반쯤 담겨 있었다.

그것이 무엇인지 짐작이 갔다.

병 안의 내용물을 마시면 이 세상과 영원한 작별을 하겠지.

이것을 어떻게 처리할지 고민하다 주머니 속에 넣었다.

숙희의 핸드백에 넣으면 왠지 숙희가 병 속의 액체를 마셔버릴 것만 같았다. 언젠가 만나면 백은 돌려줄 것이다. 어찌됐든 이 병을 챙김으로 해서 숙희의 목숨을 구한 셈이었다. 일차적으로 제갈 형님한테 한 약속은 지킨 것이다.

원룸에 도착했다. 이 층으로 올라가서 열쇠로 문을 열었다. 물론 차에서 가져온 손수건을 감싼 채로.

불곰은 거기 그대로 있었다.

모든 걸 내려놓은 불곰을 잠시 보았다. 처량한 기분이었다.

바닥에 흘린 돈을 검은 여행용 가방 안에 쑤셔 넣고 지퍼를 닫았다.

그리고 들어왔던 것처럼 조심스레 문을 닫고 원룸을 빠져나왔다.

담배 한 갑을 편의점에서 산 다음 차로 돌아왔다. 돈 가방을 조수석에 툭 놓았다. 제갈 형님한테 전화를 했다.

형님이 전화를 받았다.

"그래, 원기야."

"돈, 찾았습니다."

"그래?"

"지금 서울로 갈려구요."

"그래그래. 기다리고 있을게."

"숙희는 못 찾았습니다."

"걔는 어차피 상관없고, 내 돈만 찾았으면 됐지."

"그렇죠, 형님. 근데 형님, 나 말고도 다른 놈한테도 돈 얘기를 했던 모양입니다."

"워, 원기야. 그게, 있잖아."

"절 못 믿으셨겠죠?"

"무슨 그런 섭섭한 말을."

"형님. 생각 좀 해보겠습니다."

"이 새끼. 내 돈에 손이라도 대기만 해봐라!"

나는 전화를 뚝 끊어버렸다.

애타게 내 이름을 부르고 있을 제갈 형님에게 시원한 욕을 내갈

기며 가방을 열어젖혔다. 돈다발에 손을 쓱 밀어 넣었다. 돈의 느낌이 나쁘지 않았다. 속을 태우고 있을 형님을 생각하자 통쾌한 기분이 들었다.

"이봐, 죽은 사람 신분 나왔어?"

중년의 형사가 차 안을 들여다보다가 팀원 형사에게 물었다.

"예."

"누구야?"

"김원기라고 주소는 서울로 되어 있고."

"고한에는 왜 왔대?"

"그건 아직."

"카지노에 온 거겠지."

"그럴 가능성이 큽니다."

"사인은?"

"독살입니다."

"독살?"

"예."

"조수석에 돈 가방이 있던데."

"예. 근데 전부 위조된 거예요. 게다가……."

"게다가 뭐?"

"게다가 위조된 돈에는 독이 발라져 있었습니다."

고한, 사북 시외버스터미널에 택시 한 대가 멈췄다. 한 여자가 택시에서 내렸다. 숙희였다. 숙희는 검은 여행용 가방을 한 손에 들고 터미널 안으로 들어갔다.

매표소로 그녀가 다가섰다.

"동서울 하나 주세요."

"시간은요?"

"제일 빠른 거로요."

매표원이 내미는 표를 받은 그녀는 터미널 의자에 앉았다. 무표정한 얼굴로 버스가 대기하고 있는 곳을 보고 있었다.

그녀는 휴대폰을 꺼내 하릴없이 인터넷 뉴스들을 보다가 어디론가 전화를 했다.

신호가 가고 난 다음 누군가 전화를 받았다.

"숙희니?"

"응. 엄마. 지금 서울 가고 있어. 좀 늦어서 도착하니까 걱정 말고 먼저 주무시라고."

"그래, 알았다. 밥은?"

"밥은 내가 알아서 먹을게. 걱정은."

"그래, 조심해서 오고."

숙희가 살짝 웃으며 전화를 끊었다.

잠시 후 서울행 버스가 도착했다.

그녀는 여행용 검은 가방을 들고 건물을 나왔다.

버스 문이 열렸다.

그녀는 버스에 올라타 중간 좌석 창가에 앉았다.

검은 가방을 좌석 아래에 뒀다.

버스가 출발하기 시작했다.

무척 피곤한 하루였다.

창가에 머리를 기댄 채 그녀는 어둠이 내리는 고한의 창밖을 물끄러미 보고 있었다.

김주동

2008년 『계간미스터리』에 「동성로」로 신인상을 수상했다. 발표 작품으로 「탈출」 「강박관념」 등이 있다.

고한 추리학교

윤자영

1

    교원 임용고시에 합격한 기쁨도 잠시였다. 남궁준은 컴퓨터로 '고한고등학교'를 검색하였다. 3월 2일부터 강원도 정선군 고한읍의 고한고등학교에서 근무해야 한다. 합격에 자신이 없어 살고 있는 서울보다는 합격점수가 낮은 강원도에서 임용고시를 치렀다. 강원도도 춘천, 원주, 강릉 등 대도시가 있기 때문에 서울과 별다름 없는 학교생활을 할 수 있을 거라 생각했기 때문이다.

    하지만 합격자 명단의 이름 옆에는 정선교육지원청 고한고등학교라고 쓰여 있었다. 정선군은 강원랜드 때문에 많이 들어봤지만 고한고등학교가 위치한 고한읍은 처음 들었다. 고한읍 검색결과 옛날 탄광이 있었던 시절에는 인구가 많았지만 폐광된 지금은 낙

후된 시골일 뿐이라는 것을 알게 되었다.

남궁준은 고한고등학교 홈페이지를 클릭했다.

세계 최초 추리시범학교 고한고등학교에 오신 걸 환영합니다.

다음 힌트를 보고 비밀번호를 유추하여 입력하십시오

육개장, 라오스, 해삼, 칠판, 원숭이, 지구본

□ □ □ □ □ □

간단한 추리를 맞춰야 홈페이지에 들어올 수 있습니다.

여느 학교 홈페이지와 다르게 생뚱맞은 화면이 나왔다.

"뭐야? 이게 무슨 시추에이션이? 추리학교라고 홈페이지 들어갈 때부터 추리냐? 여섯 자리 비밀번호를 누르라는 것 같은데…… 육개장, 라오스, 해삼, 칠판, 원숭이, 지구본 무슨 공통점이 있을까?"

남궁준은 고민에 빠졌다. 일단 앞으로 근무할 학교의 정보를 얻으려면 비밀번호를 알아내야 하는데 언뜻 떠오르지 않았다.

"나 참, 하다하다 추리시범학교라니. 이 학교에서는 셜록 홈즈라도 키우려는 것인가? 영어면 영어! 숫자면 숫……."

숫자라고 외치는 순간 답이 보였다. 각 단어에서 숫자가 보였다. 육개장의 육(6), 라오스의 오(5), 해삼의 삼(3), 칠판의 칠(7), 원숭이의 이(2), 지구본의 구(9) 즉, 비밀번호는 653729가 된다. 비밀번호를 빈칸에 입력하자 홈페이지가 열리고 화면은 학교전경으로 바뀌었다.

시골학교답게 학생 수는 칠십 명에 못 미친다. 더욱이 올해 신입생은 열여섯 명으로 매년 학생 수는 줄어들 것으로 보였다. 다만 고한읍에서 유일한 고등학교로 폐교는 되지 않을 것이다.

홈페이지 이곳저곳을 검색하는데 '추리형 기숙학교'라는 탭이 보였다. 탭을 누르자 추리 학교의 목적과 배경이 나왔다.

학교가 위치한 고한읍은 전 세계 최초로 마을전체를 추리형 관광지로 구성하였다. 고한고등학교도 이에 발맞추어 추리형 기숙학교를 만든 것이다. 다만 학교에서는 소설에서 나올법한 추리를 배우는 것이 아니라 소규모 학교인 만큼 추리 동아리와 추리 독서 활동을 강화하여 학생들의 창의력을 키우고, 경쟁력을 갖추어 추리 마을을 이끌어갈 차세대 리더를 키우는데 그 목적을 두고 있었다.

남궁준의 입가에 미소가 지어졌다. 홈페이지에 들어올 때, 추리 암호도 그렇고 추리 학교 자체가 재미있는 발상이라고 생각되었다. 자신도 어렸을 적, 셜록 홈즈나 아르센 뤼팡을 읽느라 시간 가는 줄을 몰랐기 때문이다. 그때 스마트폰에서 알 수 없는 번호로 전화가 왔다.

"여보세요?"

"네, 남궁준 신규 선생님이시죠? 저는 고한고등학교 교감입니다."

강원도 억양이 느껴지는 중저음의 목소리였다. 아무튼 발령 받은 지 얼마나 됐다고 고한고등학교에서 벌써 연락이 왔다.

"네, 제가 남궁준입니다."

"다름이 아니라 언제 학교에 오실 예정입니까? 정선교육청에서 받은 개인 자료를 보니 댁이 서울이던데 출퇴근은 불가능할 겁니다."

물론 출퇴근을 생각하고 있지는 않다. 원룸이나 오피스텔이라도 얻을 수 있을까?

"저도 거기서 자취를 해야 할 것 같은데 다른 선생님들은 주로 어디서 살고 계시죠?"

"어디긴요. 사택이죠. 교장선생님 이하 모든 교사는 사택에서 살고 있습니다. 다만 아직 미혼인 선생님들은 학생들과 같이 기숙사에서 생활합니다."

예전 군대에 있을 때, 간부들은 부대 내에 있는 BOQ나 근처의 관사에서 살았다. 시골 학교라 군대처럼 교사의 거처를 마련해주나 보다.

"그럼 저도 사택 아니 미혼이니 기숙사에서 살아야겠죠?"

"맞습니다. 언제 오실 겁니까? 3월 2일에 새 학기가 시작하니 그 전에 와서 기숙사에 짐도 풀고, 마을 사람들과 인사도 하면 좋겠네요."

"그럼 27일쯤 가겠습니다. 제가 잘 몰라서 그런데 고한에 가려면 서울에서 버스를 타면 되나요?"

"27일 좋습니다. 그리고 교통편은 버스를 타면, 사북공용터미널에 내려서 다시 택시를 타야 합니다. 그러니 웬만하면 기차를 이용하세요. 태백선을 타고 고한역에서 내리면 플랫폼에서 저 멀리 학교가 보일 거예요. 걸어오시면 됩니다."

그렇게 남궁준은 신규 교사로서의 기대감과 시골학교 생활에 걱정되는 마음을 품고 강원도 고한으로 가는 열차를 예매하였다.

2

청량리역에서 하루에 네 번 밖에 없는 태백선을 타고 무려 네 시간을 달려 고한역에 도착했다. 역 주변엔 연탄재가 버려져 있었고, 돌담에는 녹색 이끼가 가득했다. 아담한 시골역 풍경이 시골학교 근무에 대한 기대감을 더욱 크게 했다. 대합실에서 나오니 마을 전체가 눈에 들어왔다. 아침에 비가 와서 그런지 저 멀리 보이는 산중턱에 하얀 안개가 끼어 있었다.

남궁준은 시야를 더욱 멀리했다. 교감선생님의 말대로 시장 뒤편으로 강이 흘렀고, 강 건너 저편에 학교 건물이 보였다. 건물에는 크게 '고한초등학교'라고 쓰여 있었다. 고한고등학교는 고한초등학교 뒤편에 있다고 했는데 언뜻 보기에는 보이지 않았다. 초등학교 뒤로 고속도로가 지나가고 더 뒤편 산중턱 안개 사이로 학교 건물이 보였다. 고한고등학교일 것이다.

"자, 남궁준 힘을 내자. 네가 그토록 원하던 선생님이 되었잖아.

이제 아이들에게 신나는 과학을 가르치자고."

역 앞은 구공탄야夜한시장이다. 시장 입구는 탄광으로 들어가는 갱도 모습을 연상시켰는데 마을의 특징을 잘 살린 것 같았다. 시장을 지나서 강을 건넜다. 멀리서는 몰랐는데 고한고등학교로 올라가는 언덕의 경사가 보통이 아니었다. 몇 분 올라가지도 않았는데 숨이 차고 종아리가 당겼다. 가쁜 숨을 헉헉거리며 올라가는데 저 앞에 젊은 여자가 자기 몸집만한 캐리어 두 개를 양손으로 끌며 가고 있었다.

이 언덕 위로 올라가면 고한중·고등학교밖에 없다. 캐리어를 끌고 학교에 가는 거라면 자신과 같은 신세라고 할 수 있다. 남궁준은 신규 배정 현황에서 자신 말고 신규로 배정받은 영어교사가 기억났다. 마침 여자는 힘에 부치는지 쉬고 있었다. 남궁준은 말이나 붙여 보자고 힘을 내서 언덕길을 올라갔다.

"안녕하세요?"

남궁준이 인사하자 여자가 경계의 눈빛으로 쳐다봤다.

"저는 고한고등학교에 신규로 배정받은 남궁준이라고 합니다. 혹시 신규로 발령받는 영어선생님이 아닌가 해서요."

남궁준의 예상이 맞았는지 여자의 얼굴에 미소가 지어졌다.

"네, 맞아요. 신규 교사가 저 말고도 또 있었는데 기억나요. 남궁준 선생님, 아마 화학 선생님이셨죠?"

"맞습니다. 죄송하지만 전 선생님 이름까지는 기억하지 못해요."

"반가워요. 송다연이에요."

"그나저나 학교가 정말 높은 곳에 있네요. 등산하는 거랑 마찬가지에요."

남궁준은 아직도 저 위에 있는 학교를 손가락으로 가리켰다.

"그러게요. 아직 반밖에 못 올라왔네요."

송다연은 자신의 커다란 캐리어를 원망스러운 눈빛으로 바라봤다. 남궁준은 송다연의 캐리어 하나를 들며 말했다.

"제가 선생님 캐리어 하나를 끌고 갈게요. 교감선생님이 기다린다고 했으니 빨리 가시죠."

"고맙습니다."

두 사람이 2월의 매서운 추위에도 불구하고 교문에 도착했을 때는 이마에 땀이 맺혀 있었다. 학교에 오는 것만으로 숨이 턱까지 올라왔다. 송다연이 가쁜 숨을 내뱉으며 말했다.

"우리가 머물 곳이 기숙사라고 하던데 학교 안에 있겠지요? 마을에 있다면 매일 등산을 해야 하니 큰일이네요."

"기숙사인데 학교 안에 있을 겁니다. 후아, 그래도 경치 하나는 끝내주네요."

학교가 높은 곳에 있어서 그런지 산 아래쪽으로 흐르는 강물과 미로 같이 다닥다닥 붙어 있는 집들이 장난감처럼 보였다.

그때 건물에서 셜록 홈즈 모자를 쓴 뚱뚱한 아저씨가 뛰어나왔다.

"아이고, 어서들 오세요. 세계 최초의 추리학교에 오신 걸 환영합니다. 여기는 추리학교! 교문에 들어서면 추리가 시작됩니다. 그럼 제가 누구일까요? 추리해 보세요."

전화기 저편에서 들렸던 중저음의 강원도 억양이 기억났다. 고한고등학교 교감이었다. 하지만 송다연이 조금 빨랐다.

"교감선생님! 저번에 전화통화했지요?"

"허허, 빙고!"

남궁준은 홈페이지 선생님 소개란에서 본 교감의 이름을 떠올렸다.

"박수만 교감선생님."

"오호, 일부러 시험을 위해 전화통화에서 제 이름을 말하지 않았는데 남궁준 선생님은 홈페이지 접속 암호를 푸셨군요? 대단합니다. 대단해요. 일단 들어가시죠. 교장선생님께서 기다리고 있습니다."

교감이 앞서서 운동장 정면에 있는 삼 층짜리 건물로 향했다. 학생 수는 68명인가 그랬던 것 같은데 학교가 필요 이상으로 큰 것 같았다. 둘은 일 층에 있는 교장실로 안내되어 들어갔다. 교장의 키는 거의 백팔십의 장신이었다. 깔끔한 정장에 염색을 했는지 모르겠지만 까만 머리를 하고 있어 오히려 교감보다 젊어 보였다. 아니 실제로 나이는 더 젊을 수 있겠다. 교장은 바쁜지 손목시계를 보며 가운데 소파에 앉았다.

"어서 오세요. 신규 선생님들 앉으세요."

자리에 앉자 교복 입은 여학생이 커피가 든 종이컵을 앞에 놓았다. 학생도 맞은편 소파에 앉았다.

"자, 모두 모인 것 같군요. 일단 저는 이 학교 교장 윤인문입니다. 교감선생님은 이미 소개가 된 것 같고, 이 학생은 앞으로 그러니까 3월 2일부터 고한고 학생회장을 맡게 된 학생입니다."

남궁준과 송다연이 학생을 바라보자 학생은 잇몸까지 보이며 활짝 웃었다.

"선생님들 환영합니다. 제 이름은 한채린입니다."

"그래 반갑다."

"잘 부탁해요."

남궁준과 송다연도 반갑게 인사했다. 인사를 마치자 교장은 모두가 귀찮은지 다시 손목시계를 보며 말했다. 빨리 마무리 지으려는 듯했다.

"자, 그럼 교감선생님께서 사택…… 아니죠. 두 분 모두 미혼이니 기숙사로 안내를 해주시고, 다음에 채린 학생이 학교 소개를 하면 되는 것이죠?"

"맞습니다. 교장선생님."

교감이 일어서며 말했다.

"신규 선생님들 일어나시죠? 차는 이동하면서 마시자고요."

넷은 자리에서 일어났다. 교감을 따라 건물 뒤쪽으로 갔다.

"저기가 후관이에요."

교감이 손가락으로 가리킨 뒷산에 후관이 있었다. 후관은 한눈에 보기에도 오래된 건물처럼 보였다. 세 개 층이지만 급한 경사의 산길로 더 올라 가야 해서 매우 높아 보였다. 후관까지는 삼 분 정도 걸렸지만 급경사는 다리 근육을 떨리게 했다.

"후관은 개교할 때 건설된 건물이에요. 신관을 지으면서 지금은 기숙사로 개조해 활용하고 있습니다. 학생들은 전원 기숙사 생활을 하는데 개학 하루 전인 3월 1일에 입소할 예정입니다. 그럼 선생님들 방을 배정해드리겠습니다."

교감은 들고 있는 서류를 들쳐보더니 말했다.

"남궁준 선생님이 201호, 송다연 선생님은 202호네요. 참고로 일 층은 여학생들이 쓰고, 이 층은 남학생들이 쓰고 있어요. 도시학교와는 다르게 학생들이 적으니 가족 같은 분위기를 느끼실겁니다."

후관은 오래된 건물이라 페인트가 군데군데 벗겨져 있었고, 담쟁이덩굴의 줄기가 거미줄처럼 엉켜 있었다. 더욱이 삼 층 창문에는 보안철창과, 검은색 암막커튼이 달려 있었다. 지금도 삭막하고 등줄기가 서늘한데, 여름에 담쟁이 잎이 건물을 뒤덮으면 기숙사 건물은 더욱 공포스러운 분위기를 만들 것 같았다.

그때 송다연이 건물을 올려다보며 마른침을 꼴깍 삼키며 말했다

"교감선생님, 삼 층은 왜 쇠창살과 커튼이 쳐있죠?"

송다연의 질문에 교감은 잠깐 당황하는 기색이 보였다.

"뭐, 아무것도 아닙니다. 현재 삼 층은 사용하지 않아요. 그래서

학생들이 침입하지 못하게 막아둔 것뿐입니다."

삼 층을 통제하다니 남궁준은 이상한 생각이 들었다. 둘은 다시 무서운 건물을 올려다보았다.

"뭐 하세요? 여기 열쇠 받으세요."

교감은 각 호수가 적인 열쇠를 건넸다.

"일단 여기 한채린 학생회장이 학교를 소개할 겁니다. 그 소개를 받으시고 저녁 7시에 구공탄시장에 있는 ○○식당으로 오세요. 제가 저녁을 살게요. 거기서 소개할 사람들도 있고요."

교감은 한채린 학생에게 잘 부탁한다고 말하고 경사를 빠르게 내려가 신관 건물 속으로 사라졌다. 남궁준과 송다연은 이 층으로 올라가 자신이 배정받은 방에 짐을 넣었다. 작은 방에 책상 하나, 침대 하나 삭막한 방 풍경과 다르게 창문으로는 고한 시내가 보였다. 유유히 흐르는 강과 장난감 같은 집들이 마음을 평온하게 해주었다. 문밖에서 한채린 학생이 부르는 소리가 났다. 남궁준은 짐을 대충 정리하고 나왔다. 두 신규 교사는 한채린의 안내로 구관을 나와 신관 건물로 들어갔다.

"선생님, 학교가 좀 크죠? 사실 여기는 고한중학교와 고등학교가 붙어 있어요. 하나의 건물을 같이 쓰고 있는데 이 층부터는 복도를 임시벽으로 막아 구분했답니다. 후관 기숙사도 마찬가지고요. 기숙사 건물 저쪽에도 입구가 있는데 거기가 중학교 입구예요."

남궁준은 학생에 비해 건물이 큰 이유를 이해했다.

"아, 그래서 학교가 넓은 거구나. 입학생이 열여섯 명이던데 교실이 너무 많지 않니?"

"저도 이해가 되지 않는 거지만 한 학년이 두 개 반으로 나뉘어 있어요. 중학교 세 개 학년, 고등학교 세 개 학년이니 건물에는 총 열두 학급이 있어요. 도시에는 한 학급이 삼십 명도 넘는다고 하는데 신기할 따름이에요. 여기는 한 학급에 여덟 명이에요. 그것도 초, 중, 고를 모두 같이 다녀 정말 친하답니다."

한채린 학생은 똑똑했다. 그러니 전교 회장으로 뽑혔겠지만 말이다. 전교 회장의 안내에 따라 신관 건물의 이곳저곳을 다니면서 설명을 들었다. 시골 학교지만 오히려 교육부 지원이 좋은지 넓은 강당에 ICT 기자재까지 잘 갖추어져 있었다.

"자, 신관 설명은 얼추 끝난 것 같습니다. 궁금한 점이 있나요?"

남궁준이 송다연 선생을 보자 지금은 없다는 표정을 지었다.

"고맙다. 오늘은 이 정도면 됐어."

"맞아요. 앞으로 생활하시면서 하나하나 익히세요. 그럼 기숙사로 다시 안내해 드릴게요."

후관 입구에 도착하자 한채린은 뒤를 돌아보며 말했다. 이번에는 밝은 표정이 아니었다. 어딘가 어두운 표정을 지었다.

"모든 학교가 마찬가지지만 고한고등학교에도 학교 괴담이 있어요. 학교 괴담 한번 들어보실래요?"

'이 녀석 신규 교사라고 겁을 주려는 거구만' 남궁준은 학생회장의 뜻을 간파했다. 남궁준의 눈에는 어색한 표정을 짓는 한채린이 그냥 괴담을 좋아하는 소녀처럼 보였다.

"그럼 얼마나 무서운지 들어볼까?"

"따라오세요."

한채린은 이 층으로 올라가서는 삼 층으로 올라가는 계단 옆 벽 부분을 손으로 두들겼다.

퉁 퉁.

울리는 소리가 났다. 벽이 아니라 합판으로 막아 놓은 것이다.

"아까 밖에서 보실 때는 건물이 삼 층이었잖아요. 여기가 원래 삼 층으로 올라가는 계단이 있는 곳이었어요. 개교 당시에 삼 층에는 과학실, 음악실, 미술실 등 특별실이 있었대요. 처음 신관이 생기고, 구관을 기숙사로 개조했을 때, 삼 층은 선생님들이 썼는데 선생님들이 자주 귀신을 봤어요. 특히, 신규 선생님들이 귀신을 많이 보았는데 일 년 만에 모두 도망치듯 다른 학교로 떠나셨죠. 학교에서는 특단의 조치로 삼 층 입구를 이렇게 막아 두었어요. 학생들 사이에서는 예전에 어떤 학생이 과학실에서 자살했다는 소문도 있고, 살해당했다는 소문도 있어요. 그 원혼이 삼 층에서 돌아다니는데 선생님들이 그 원혼을 만난 것이죠. 더욱이 기가 약한 학생들은 이 층 기숙사 건물에서도 귀신을 본 학생이 있었어요."

어디에나 있는 학교 괴담에 남궁준은 피식 웃었다.

"그런데 귀신을 실제로 만났다는 학생은 여기 없겠지? 소문만 있고, 누가 들었더라, 이런 카더라 통신 말이야?"

"선생님 말이 맞아요. 그런데요. 귀신 말고, 괴상한 현상은 실제 있었어요. 가끔 기숙사에서 자던 학생이 이상한 곳으로 끌려 간 거예요. 눈을 떠 보니 어둡고 불길한 곳이었다고 해요. 거기가 어디일까요?"

"설마 삼 층은 아니겠지?"

"그 설마예요. 우리 학교 학생 중 세 명이 삼 층에서 깨어나는 기묘한 현상을 겪었답니다. 거짓이 아니에요. 그 학생을 개학하면 만날 수 있어요. 학생들은 귀신의 소행이라고 생각하고 있어요. 그래서 겁 많은 여학생들이 일 층을 쓰고, 선생님들과 남학생들이 이 층을 쓰는 거예요."

송다연의 동공이 지진이 난 것처럼 빠르게 움직였다. 학생의 괴담을 믿는 눈치였다. 송다연은 떨리는 목소리로 물었다.

"마, 만약 삼, 삼 층에서 깨어나면 어떡해야 하지?"

"송다연 선생님, 그 말을 믿어요? 그냥 괴담이라고요."

"아니요. 그래도 해법을 알아두면 좋잖아요."

한채린 학생은 아까부터 계속 무표정이었다. 잇몸 미소가 부담스럽다고 생각했는데 무표정이 더 부담되었다.

"그 학생들은 소리소리 질렀어요. 학기 중이니 룸메이트가 없어진 것을 알고 급히 찾아다녔는데 삼 층에서 소리 나는 것을 듣고 금방 구조할 수 있었어요. 여기 보세요. 합판을 여러 번 뜯고 다시 못

질한 자국이 보이죠?"

한채린이 가리킨 곳을 보자 정말 못 자국이 군데군데 있었고 합판의 가장자리가 뜯어지고 벗겨져 있었다. 정말 합판을 뜯고 다시 못질한 자국이었다. 남궁준도 더 이상 반박할 말이 없었다.

"자, 저의 임무는 이상이에요. 그럼 추리학교 고한고등학교에 오신 것을 환영하고, 저는 집이 시장 옆이라 오늘은 집으로 돌아가겠습니다. 고한고등학교 학생들을 오랜 시간 부탁드려요."

굳이 오랜 시간이라고 말할 필요가 있었을까? 한번 발령을 받으면 오 년은 있어야 하는데 말이다. 남궁준은 돌아가려는 한채린 학생을 불러 세웠다.

"한채린 학생! 교사는 학교에 발령받으면 오 년은 근무해야 해. 당연히 오래 근무할 거야."

"제가 이제 삼학년인데 일이 학년 때 신규로 발령받은 선생님들은 모두 떠났어요. 그래서 하는 말이에요."

한채린은 다시 잇몸 미소를 보이며 인사했다. 송다연은 몸이 떨리는지 자신의 팔을 감쌌다.

"송다연 선생님, 걱정하지 마세요. 귀신 이야기는 일부러 우리를 놀리느라고 하는 말일 거예요."

학생회장의 노림수가 제대로 통했는지 송다연은 넋이 빠진 사람처럼 자신의 방 202호로 들어갔다. 이게 뭐냐? 추리학교에 학교 괴담까지 앞으로 이 학교에서 잘 버틸 수 있을까? 남궁준은 자신마저

괴담에 넘어가지 말자고 고개를 흔들었다. 그리고 송다연이 들어
간 202호에 대고 소리쳤다.

"송다연 선생님, 걱정 마시고, 무슨 일 생기면 소리치세요. 제가
바로 달려가겠습니다."

3

구공탄시장 ○○식당에 들어가자 셜록 홈즈 모자를 쓴 세 남자
가 보였다. 남궁준은 아무리 추리 마을, 추리 학교라도 하루 종일
저 모자를 쓰고 다닐까, 하고 혀를 찼다. 제발 저 모자를 자신에게
는 강요하지 말라고 속으로 기도했다. 신규 선생들을 알아본 교감
이 손짓한다. 교감과 같이 있던 두 남자 모두 배가 볼록 나와 있었
고 전형적인 시골 사람처럼 보였다.

"어서 오세요. 앞으로 고한에서 생활하시면 많이 보실 분들입니
다. 두 분을 소개해 드리겠습니다. 먼저 고한추리마을 운영회 회장
김경준입니다."

김경준은 명함을 하나씩 주더니 구수한 강원도 사투리로 말했다.

"선생님들 반가워요. 저도 고한고등학교를 나왔어요. 여기 교감
이랑 동기예요."

교감과 김경준은 하이파이브를 하였다. 고등학생처럼 즐거워 보

였다.

"그럼, 다음 소개할게요. 여기 이분은 고한읍 상가번영회 이인화 회장님이십니다."

이인화는 두 사람보다 나이가 많아 보였다. 마찬가지로 명함과 함께 강원도 사투리로 말했다.

"어서들 오시래요. 저는 여기 고한 토박이예요. 구공탄시장에서 치킨집을 하고 있으니 치킨이 드시고 싶으시면 언제든 오세요. 선생님 두 분에게는 무료로 제공해 드릴게요."

치킨이 무료라니 통도 크다. 송다연 선생은 여태 불안했던 기색이 한꺼번에 사라지는 표정을 지었다. 치킨이 많은 사람을 살리는구나. 삽겹살이 불판 위에 올려졌고, 소주잔에 술을 따랐다. 교감이 술잔을 들고 말했다.

"환영합니다. 이렇게 번영 회장님과 추리마을 회장님이 선생님들을 초대하는 것은 모두 마을 발전을 위한 것입니다. 마을이 발전하려면 학교가 발전하고 학생들의 교육이 제대로 되어야 하는데 오시는 선생님들마다 일 년이면 떠나 버리니 교육의 연계성이 없어요. 이번에는 잘 좀 부탁하는 의미로 이렇게 모신 것입니다."

교감의 말에 추리마을 회장이 말을 이었다.

"우리 고한 애들 잘 좀 부탁드려요."

건배를 하고 술잔을 털어 넣었다. 송다연은 치킨 무한 제공 때문인지 기분이 좋아보였다. 남궁준은 새로운 걱정이 피어올랐다. 아까 한채린 학생이 거짓말을 한 줄 알았는데 선생님들이 진짜 일 년 만에 떠났다니 남궁준도 기분이 묘해지기 시작했다. 하지만 생각을 정리하기도 전에 교감이 다시 술잔을 따라주었다.

세 사람은 고한의 탄광 역사부터 시작해서 어려움에 처한 현재, 그리고 이를 극복하기 위한 세계 최초 추리마을 구성과 고한 초, 중, 고등학교에서의 추리학교 운영을 설명했다. 마을의 발전을 위해 노력하는 모습에서 마을을 사랑하는 마음이 느껴졌다.

사실 추리마을, 추리학교를 우습게 생각했는데 마을의 생존을 걸고 노력하는 사람들을 보니 마음이 짠했고, 적극적으로 도움을 주고 싶은 마음도 생겼다.

"선생님들은 우리 고한 애들을 사랑하고, 열심히만 교육해주면 돼요."

다시 술잔을 들었다. 시골 사람들이라 그런지 술을 물처럼 마셨다. "어서와요", "반가워요", "잘 부탁해요" 등등으로 술잔을 부딪쳤다. 2차는 번영 회장님이 운영하는 치킨집으로 가서 맥주를 마셨다. 거부할 수도 없이 술잔을 받아 마셔 남궁준과 송다연은 만취 상태에 도달했다.

"선생님들 정신 드세요? 이제 돌아가자고요. 제가 기숙사로 데려다 드릴게요."

남궁준은 평소에 술이 세다고 생각했는데 시골 술에는 당할 수가 없었다. 다리가 풀려 비틀거리고 주위 사물들이 왜곡되어 보였다. 오랜만에 겪는 만취 상태였다. 교감은 "정신 차리세요"를 연발하며 양쪽 팔에 두 사람을 부축하면서 산길을 올랐다. 남궁준은 혀 꼬부라진 소리로 말했다.

"왜 하꾜가 이러케 노픈 곳에 있어요?"

"강원도가 원래 그렇잖아요. 여기가 해발 칠백 미터예요. 칠백!"

도로를 따라 올라가다 산길로 접어들었다. 저 위에 기숙사 건물이 보였다. 남궁준은 정신을 차리려 고개를 세차게 흔들었다.

"기숙사 건물에 다 왔어요. 이 층에 올라갈 수 있겠어요?"

송다연도 혀 꼬부라진 소리를 냈다.

"치킨 칙오. 교감쌤 빠이!"

"그럼, 정신 차리고 들어가시고, 내일 제게 연락하세요."

둘은 비틀거리며 기숙사 입구로 들어가 난간을 잡고, 힘겹게 이 층으로 올라갔다. 송다연은 손을 허공에 흔들며 202호로 들어갔다. 남궁준도 그제야 201호로 들어가 일인용 침대에 엎어졌다. 만취 상태는 금방 깊은 잠의 세계로 끌어들였다.

낮에 들었던 학교 괴담 때문일까? 남궁준은 악몽을 꾸었다. 학교에 귀신이 나타나 여학생들이 비명을 지르며 살려달라고 아우성이었다. 남궁준 자신도 귀신에 쫓기며 눈을 떴다.

어두운 방, 낯선 곳이다. 일어나 검은색 커튼을 걷고 창문을 보니 가파른 산이 보인다. 그제야 남궁준은 기숙사에 들어와 있는 것을 알았다. 그때 날카로운 비명이 멀리서 들렸다.

꺅! 살려줘!

비명은 꿈이 아니라 현실이었나 보다. 남궁준은 재빨리 일어나 문을 열고 밖으로 나갔다. 왠지 새로운 장소에 온 것 같은 기분이었다. 송다연을 깨우려고 옆 방 문을 두드리려는 순간 남궁준의 손은 허공에서 멈추고 말았다.

어젯밤 송다연이 들어간 옆방에는 202호 팻말이 아니라 302호라고 적혀 있었다. 남궁준은 재빨리 자신이 나온 방의 문을 닫고 팻말을 보았다. 301호라고 적혀 있었다. 고개를 돌리자 멀리 과학실 팻말이 보인다. 순간 생각난 것이 어제 학생회장이 말한 순간이동이었다.

남궁준의 심장의 떨리기 시작했다. 눈을 감고 잠시 심호흡으로 안정을 되찾은 후 눈을 떴다. 아침이 온 것 같지만 복도는 어두웠다. 검은색 암막커튼 때문이었다. 있을 수 없는 일이 일어나고 말았다. 학생회장이 말한 대로 삼 층으로 이동해버린 것이다.

"있을 수 없는 일이야. 이성을 찾자."

남궁준은 어제의 기억을 더듬었다. 1차 식사자리에서 술을 들이부어 기억이 가물가물했다. 띄엄띄엄 생각나는 기억의 단편들. 삼겹살집에서 나와 치킨집에 가고, 언덕길을 올라오고, 건물로 들어와 분명히 한 개 층만 올라왔다. 만취 상태였지만, 분명히 이 층으로 올라와 방으로 들어간 장면은 똑똑히 기억난다.

남궁준은 송다연이 들어간 방을 다급하게 두들겼다.

"누, 누구세요."

송다연의 긴장한 목소리가 들렸다. 다행이 자신만 이동된 것은 아닌가 보다. 남궁준은 한숨을 내쉬고 말했다.

"저예요. 남궁준. 선생님 나와 보세요. 큰일 났어요."

송다연은 문을 살짝 열고, 밖의 동태를 살폈다. 남궁준임을 눈으로 확인하고 문을 열었다. 방금 일어났는지 머리가 부스스했다.

"남궁준 선생님, 제 짐이 든 캐리어가 없어졌어요."

"지금 그게 문제가 아닙니다. 복도로 나와 보세요."

송다연이 쭈뼛거리며 복도로 나왔다.

"선생님, 놀라지 마세요. 여기는 기숙사 건물 삼 층입니다."

송다연의 동공이 커졌다 작아지기를 반복했다. 남궁준의 말을 선뜻 이해하지 못한 것 같았다.

"학생회장이 말한 대로 우리가 삼 층으로 순간이동했다고요."

"네? 정말요?"

"이 문에 붙어 있는 302라는 숫자를 보세요. 그리고 저 멀리 과학실 팻말을 보시라고요."

그때, 다시 과학실 쪽에서 비명이 들렸다.

꺅! 누구 없어요?

"엄마야. 귀신인가요?"

송다연이 펄쩍 뛰며 남궁준의 팔에 매달렸다.

"진정하세요. 선생님. 저런 소리를 내는 것은 분명 사람일 겁니다. 과학실 쪽에서 들리는 것 같으니 같이 가보시죠."

"일단 신고부터 해요. 잠깐 휴대전화가 어디 있지?"

송다연은 자신이 깨어난 방에 들어가 휴대폰을 찾았지만 없었다. 물론 남궁준도 자신의 방을 뒤졌지만 아무것도 없었다. 삼 층으로 이동해 버렸으니 원래 물건은 모두 이 층 방에 있을 것이다.

"남궁준 선생님, 물건이 아무것도 없어요."

"저도 마찬가지입니다. 일단 소리가 난 곳으로 가보시죠."

남궁준도 귀신은 무서웠다. 자세를 낮추고 한 걸음씩 천천히 옮겼다. 뒤에서 송다연 선생이 옷을 꽉 잡아 가슴이 답답했다. 남궁준은 과학실 문 앞에 도착해 안에 대고 소리쳤다.

"과학실 안에 누구 있어요?"

남궁준의 말을 들었는지 과학실 안에서 긴박한 목소리로 대답이 들려왔다.

"살려주세요. 여기 사람 있어요."

긴장을 놓지 않고 문을 천천히 열었다. 과학실 구석에 여자가 있었다. 여자는 둘을 보고 반가웠는지 한숨을 크게 내쉬고 말했다.

"남궁준 선생님? 송다연 선생님이세요?"

학생회장 한채린이었다. 송다연 선생이 먼저 달려가 채린이를 안았다. 한채린이 울음을 터뜨렸다. 한채린은 플라스틱 케이블타이로 의자에 묶여 있었다. 남궁준은 한채린을 묶고 있는 케이블타이를 끊고자 팔꿈치로 과학실 벽에 있는 실험장 유리를 깼다.

유리창은 오래되어 쌓인 먼지를 날리며 와장창 깨졌다. 조각을 하나 들어 채린이의 살이 베이지 않게 조심히 케이블타이를 끊었다. 몸이 자유로워진 채린이는 송다연의 품에 안겨 한참을 울었다. 한채린이 진정되었을 즈음 송다연이 물었다.

"채린아, 어떻게 된 거야?"

"모르겠어요. 이게 소문으로만 있던 삼 층 이동 현상인가 봐요. 무서워요 선생님."

한 번에 세 명이나 이동한 것이다. 남궁준은 심호흡으로 뛰는 심장을 진정시켰다. 자신마저 무너져 버리면 혼란이 올 것 같아서였다. 한채린이 남궁준을 보면서 말했다.

"선생님 손에서 피가 나요."

오른손가락에서 피가 스며 나와 바닥에 똑똑 떨어졌다. 케이블타이를 자를 때, 힘을 주면서 베었나 보다.

"선생님, 어떡해요? 저를 구하다가 그랬나 봐요."

"괜찮아."

남궁준은 애써 진정하며 피가 나는 손을 주먹으로 꽉 쥐었다. 긴장이 풀리니 손가락 끝에서 통증이 팔을 타고 올라왔다. 한채린은 자신의 교복 넥타이를 풀어 건넸다.

"선생님, 이걸로 지혈하세요."

남궁준은 넥타이를 받아 손가락에 꽉 말아 쥐였다. 그리고는 과학실 안쪽의 검은색 암막 커튼을 걷었다. 쇠창살이 나타났다. 삼 층이 틀림없다. 삼 층 창문 전체는 안전 창살을 설치했기 때문에 창문으로는 나갈 수 없다.

"자, 모두 진정하고 우리 이성적으로 생각합시다. 일단 여기는 기숙사 건물 삼 층이 틀림없습니다. 어떻게 이동했는지는 모르지만 지금은 일단 여기서 나갈 생각부터 하자고요."

한채린이 불안한 목소리로 말했다.

"무서워요. 선생님. 돌아다니다가 귀신이 나타나면 어떡해요?"

"선생님들이 있잖아. 걱정 마."

송다연이 채린이를 안심시킨 후 말했다.

"남궁준 선생님 이게 어떻게 된 일일까요? 분명히 어제는 취했지만 드문드문 기억나요. 분명히 계단을 통해 이 층으로 올라왔단 말이에요."

그건 남궁준도 마찬가지다. 분명히 한 개 층만을 올라와서 방으로 들어왔는데 방문에 붙어 있는 호수를 보았는지 기억에 없다.

"송다연 선생님, 어제 방에 들어올 때, 방문에 붙은 호수를 본 기억이 나나요?"

"네, 분명히 202호를 확인한 기억이 나요."

"하지만, 우리는 어제 만취했어요. 저는 술에 취하면 사물이 흔들려 보이죠. 3자가 2자로 보였을 가능성은요?"

그렇게 말하자. 송다연 선생은 확답을 하지 못했다.

"그건 그래요. 그렇지만요. 제가 아무리 취했다 하더라도 누가 옮기는 것도 모르지는 않을 거예요. 이 층에서 저를 안고 삼 층으로 올라오는 것을 눈치채지 못하지는 않았을 거라고요.”

그건 남궁준도 마찬가지다. 그럼 혹시 약물을 이용했을까? 그럼 범죄가 된다. 누가 이런 범죄를 저지를까? 설마 교감이 그랬을까? 마을과 학교를 사랑하는 교감이 그랬을 리 없다.

“그건 저도 마찬가지지만…… 일단 그 문제는 나중에 생각하자고요. 채린 학생, 언제 학생들이 기숙사로 돌아오지?”

“학생들이나 선생님들이나 3월 1일 저녁이 돼야 기숙사에 들어올 거예요. 오늘이 2월 28일이니 오늘밤은 여기서 보내야겠네요.”

밤을 보내야 한다는 말에 송다연은 제자리에서 벌떡 일어났다.

“이건 진짜 귀신의 소행이라고요. 빨리 구조를 요청해야 해요. 그렇지 않으면 밤에 귀신이 나타날 거예요.”

송다연 선생은 흥분해서 과학실 창문에 대고 신관 건물 쪽으로 소리쳤다.

“구해줘요. 여기 사람 있어요. 아무도 없나요?”

한채린 학생이 송다연 선생에게 다가가 뒤에서 안았다.

“선생님, 소용없어요. 신관에는 아무도 없어서 아무리 소리쳐도 소용없어요. 우리 학교는 기숙학교의 특성상 개학 전날인 3월 1일에 입소하기 때문에 사실상 그 전날은 모두 휴가*라고요.”

---

* 2월은 28일까지 있으므로 다음 날은 3월 1일이다.

송다연 선생은 한채린의 말을 듣고 체념했는지 과학실 책상에 걸터앉았다. 한채린은 남궁준에게 다가와 말했다.

"선생님, 나갈 수 있는 방법이 있을지 몰라요."

"그래? 어떻게 나갈 수 있지?"

"중학교로요. 여기 기숙사 건물도 고한중학교랑 나누어 쓰고 있어요. 어쩌면 복도가 열려 있을지도 모르잖아요. 중학교 쪽에는 아래층으로 내려가는 길이 있을 거예요."

처음과는 반대로 한채린은 이성을 찾았고, 송다연 선생이 공포에 빠졌다.

"음. 그래 한번 가보자. 네가 송다연 선생님을 부축해줄래?"

"네, 알겠어요."

남궁준은 과학실에서 나와 어두운 복도를 걸었다. 송다연 선생과 한채린은 남궁준의 뒤를 따랐다. 남궁준은 자신이 깨어난 301호 문 앞에서 멈췄다. 그리고 301호라고 쓰여 있는 아크릴 문자를 매서운 눈빛으로 째려봤다.

"선생님, 왜 그러세요. 중학교 영역은 저기 복도 끝까지 가야 해요."

"그래 알아. 잠시만 기다려봐."

남궁준은 문을 열고 안으로 들어갔다. 커튼이 걷혀 있는 창문으로 다가가 밖을 내다 봤다. 보이는 것은 산등성이뿐이었다. 절망적인 상황이었지만 남궁준의 눈이 반짝였다.

'그래, 그런 거였어. 순간 이동 비밀을 알아냈다. 그럼 누가 이런

짓을 저질렀을까? 음······.'

송다연과 남궁준은 순간이동이라고 할 수 있는 이동이 있었고, 한채린은 의자에 묶여 있었다. 집에 가서 잔다고 한 학생이 왜 교복을 입고 있을까? 이번 일은 한채린 학생도 가담했다고 할 수 있을까? 생각에 잠겨 있는 남궁준을 한채린이 깨웠다.

"선생님! 빨리 가자고요."

"그래, 알았다."

복도 끝에 도착하자 벽으로 막혀 있고, 문이 하나 있었다. 이 문이 중학교로 넘어가는 문일 것이다. 하지만 야속하게도 문에는 두툼한 번호 자물쇠 세 개가 달려 있었다. 자물쇠는 다이얼을 돌리며 비밀번호를 넣으면 열리는 구조였다. 1번 자물쇠는 3자리 숫자, 2번 자물쇠는 4자리 영문, 3번 자물쇠는 5자리 영문이었다.

"뭐야. 자물쇠로 잠겨 있잖아. 이래서는 탈출할 수 없을 텐데."

그때 한채린이 막혀 있는 벽에서 무언가를 찾아냈다.

"선생님! 여기 벽에 무언가 쓰여 있어요."

복도가 어두워서 잘 보이지 않았던 것이다. 벽에는 '자물쇠 비밀번호 힌트'라고 쓰여 있었다.

1번 자물쇠 힌트 Help me.

2번 자물쇠 힌트 미소의 반대말

3번 자물쇠 힌트 이것, 박하맛, 세븐, 전자, 더하기

이게 무슨 상황이란 말인가? 자물쇠로 문을 막아놓고, 그 힌트를 여기 써놔? 이놈의 추리학교는 지겹지도 않나? 남궁준은 비밀번호를 한 번 훑어보았다. 3번 자물쇠 비밀번호는 알 것 같았다.

'도대체 왜 이런 짓을 하는 것일까?'

사실 남궁준은 순간이동 트릭과 이런 짓을 벌인 범인을 대충 추리할 수 있었다. 하지만 지금은 그것을 밝힐 때가 아니라고 생각하고는 퀴즈를 받아들이기로 했다. 남궁준은 1번 자물쇠를 만지며 말했다.

"자, 그럼 우리 힘을 합쳐서 자물쇠 비밀번호를 알아내보자고. 먼저 1번 자물쇠의 비밀번호는 3자리 숫자입니다. 힌트는 헬프 미 Help me이고요. 헬프 미가 세 자리 숫자로 변해야 합니다."

두 여성은 눈을 껌벅거리며 남궁준의 얼굴만 볼 뿐이었다.

"자, 여러분, 헬프 미하면 지금 우리와 같은 상황에서 구해달라는 것입니다. 뭔가 생각나는 것이 없나요?"

송다연이 못 미더운 척 작은 소리로 말했다.

"헬프 미, 구해줘요. 에스오에스. 살려줘요. 그리고 또⋯⋯."

"잠깐!"

남궁준이 송다연의 말을 끊었다. 순간 답이 보였기 때문이다.

"답을 찾았어요. 이렇게 조난 상황에 에스오에스라고 구조 신호를 보내죠. 에스오에스 영어를 기계식으로 쓴다면 숫자가 보입니다."

송다연도 답을 찾았는지 크게 말했다.

"SOS는 숫자 505로 보여요."

"정답!"

남궁준이 문에 달린 1번 자물쇠의 다이얼을 돌려 숫자 505를 맞추자 철컥 소리를 내며 자물쇠가 열렸다. 그것을 보고 송다연과 한채린이 박수를 치며 좋아했다.

"자, 좋습니다. 그럼 2번 자물쇠를 열어보죠. 미소의 반대말은? 영어 네 자리입니다."

첫 번째 힌트를 맞춘 것에 자신감을 얻었는지 송다연이 대답했다.

"미소의 반대는 찡그림, 걱정이 될까요? 걱정은 영어로 worry네요."

"하지만 자물쇠 비밀번호는 네 자리 영어입니다."

"하, 문제네요. 그럼 남궁준 선생님 세 번째 자물쇠 비밀번호 먼저 하시죠?"

남궁준은 한채린을 곁눈질로 보았다. 이 상황이 재미있다는 듯이 둘을 지켜보고 있다. 처음 구조될 때에는 울상이 되어 있다가 지금은 웃고 있다. 이유는 단 하나, 이런 일을 꾸민 용의자 가운데 한채린도 포함되어 있기 때문이다. 방금 전까지 케이블타이로 몸을 묶인 무서운 상황이었다. 저렇게 웃을 수 있는 이유는 지금 상황이 안전하다고 느끼기 때문일 것이다.

남궁준은 3번 자물쇠의 답을 알고 있으니 한채린을 이용해 2번 자물쇠 비밀번호를 알아내야겠다고 생각했다. 일부러 불쌍한 척하며 오답을 말했다.

"이 3번 자물쇠 비밀번호는 홈페이지에서 본 것과 비슷한 유형이네요. 영어 다섯 자리에 단어 다섯 개. 이것은 디스This, 박하맛은 민트Mint, 세븐은 그냥 세븐Seven, 전자는 일렉트론Electron, 더하기는 플러스Plus 각 단어의 첫째 단어인 TMSEP가 비밀번호가 되겠습니다."

남궁준은 세 번째 다이얼을 돌려 맞추었다. 당연하지만 자물쇠는 열리지 않았다. 남궁준은 일부러 과장되게 표현했다.

"이런, 정답이라고 생각한 답이 틀렸어! 이제 여기서 갇혀 밤에 귀신을 만날 수밖에 없어. 2번 자물쇠는 더 모르는데 말이야."

귀신이라고 말하자 송다연이 울상이 되어 펄쩍 뛰었다. 작전상 좋은 반응이었다.

"싫어. 귀신은 싫단 말이야."

난감해 하는 송다연을 본 한채린 학생이 고민하는 표정으로 바뀌었다. 한채린을 압박하기 위하여 남궁준도 비관의 소리를 늘어놓았다.

"아, 이제 틀렸어. 여기서 포기하고 죽기를 바래야 해. 3번은 어떻게 될 것 같은데, 2번 비밀번호는 전혀 모르겠어. 2번 자물쇠 때문에 포기해야 해."

한채린 학생이 결심했는지 손을 들고 말했다.

"선생님, 2번 자물쇠는 비밀번호 힌트요. 혹시 사투리가 아닐까요?"

걸려들었다. 2번만 알면, 모든 자물쇠를 풀고 문이 열리는 것이다.

"그래? 비밀번호를 알겠어?"

한채린은 손으로 문을 여는 흉내를 내며 말했다.

"네, 선생님. 미소가 문을 열다는 뜻의 미소 아닐까요? 그럼 반대 말은 당기소가 되는 거죠."

"하, 그렇게 되는구나. 그럼 밀다 푸쉬Push의 반대는 당기다 풀Pull 이 되는 것이지."

남궁준이 2번 자물쇠에 비밀번호를 맞추자 철컥하고 열렸다. 송 다연 선생은 기쁜 듯 한채린을 껴안았다.

"잘했어. 채린아. 역시 똑똑해."

남궁준은 3번 자물쇠 비밀번호를 알고 있으니 이제 문을 열고 나 가면 된다. 하지만 유력 용의자인 한채린에게 트릭을 밝히고 이런 짓을 하는 이유를 알아내기로 했다.

"송다연 선생님, 한채린 학생, 순간이동 트릭을 알아냈어요."

얼싸안고 좋아하던 두 여성이 어리둥절한 표정으로 남궁준을 보 았다.

"처음 깨어났을 때는 정신이 없어서 몰랐지만, 과학실에서 나오 면서 순간이동 트릭을 알아냈습니다."

"트릭을 알아냈다고요?"

"네, 맞아요."

"그 트릭이란 것이 뭐예요?"

한채린의 눈이 반짝였다. 정말 순간이동 트릭을 알아냈는지 말해보라는 눈빛이었다. 남궁준은 송다연에게 고개를 돌렸다.

"송다연 선생님께 묻겠습니다. 어제 기숙사에 처음 와서 짐을 정리하실 때, 창밖 풍경을 보셨나요?"

"네, 봤죠."

"그때 뭐가 보였습니까?"

"신관 건물과 흐르는 강인 지장천, 그리고 마을이 보였지요."

"맞아요. 저도 경치가 참 좋다고 생각했습니다. 그런데 오늘 일어난 곳의 창문으로는 산 쪽만 보였어요. 즉, 우리가 깨어난 곳은 구관 건물의 뒤편이라는 것이죠. 아까 문에 붙은 301호라고 쓰인 아크릴 문자를 자세히 보니 주변에 손자국이 나 있었습니다. 여기는 실제 사람의 출입이 없는지 곳곳에 먼지가 쌓여 있었습니다. 하지만 아크릴 문자에 손자국이 나 있다는 것은 얼마 전에 누군가 손을 댄 것이죠. 즉, 바꿔치기를 한 것입니다."

송다연도 이해했다는 듯이 말했다.

"그러니까 누군가가 어젯밤에 삼 층에 201호, 202호를 붙여놓았던 것이고, 우리는 술에 취해 그 팻말을 보고 들어간 거네요."

남궁준은 손가락을 딱 하고 튕겼다.

"정답."

"하지만 그 이론에는 문제가 있어요. 저는 분명히 이 층으로 올라간 것을 기억한단 말이에요."

"맞아요. 우리는 이 층으로 올라갔죠."

"그게 무슨 소리에요. 그럼 모순되잖아요."

"우리는 건물 앞쪽이 아닌 뒤쪽으로 들어온 거예요. 이 건물은 산기슭에 지어서 앞쪽은 삼 층이지만 뒤쪽은 이 층인 건물입니다. 아까 창문에서 확인했습니다. 우리는 분명 이 층으로 올라갔지만 앞쪽에서는 삼 층이 되는 것이죠. 술에 취한 우리를 교감선생님이 건물 뒤로 유도한 것입니다."

송다연도 이상한 구조의 건물을 알고 있다.

"그럼 교감선생님이 범인이라는 것인데…… 어째서 이런 일을 저지른 것이죠?"

"간단합니다. 이 학교가 추리학교이기 때문입니다. 교감선생님은 셜록 홈즈 모자를 휴일에도 쓰고 다니셨어요. 처음 우리가 교문에서 만났을 때, 이 학교에 들어오는 순간 추리가 시작된다고 했어요. 아마 이것은 추리를 좋아하는 교감선생님만의 이벤트? 장난이 아닐까 생각됩니다."

"그렇다면 참 고약한 장난이 되겠네요."

그때 한채린이 옆에서 의문을 제기했다.

"선생님, 저는요. 저는 어떻게 이동한 거예요?"

남궁준은 한채린 학생의 눈을 지그시 보았다. 한채린은 아직도 장난기 가득한 눈을 하고 있었다.

"넌, 교감선생님과 한패야."

"네? 무슨 소리예요. 억울해요."

"내가 설명해주지. 넌 아까 과학실에서 소리소리 질러서 우리에게 발견되었어. 맞니?"

한채린은 고개를 끄덕였다.

"왜 그랬지?"

"그야. 삼 층으로 이동하는 현상을 겪으면 소리 질러야 하니까요. 그래야 구조되죠."

남궁준은 손가락으로 한채린을 가리켰다.

"바로 그거야. 넌 모순을 저질렀어. 아까 송다연 선생이 창문에서 살려달라고 소리 지를 때, 넌 같이 소리 지르지는 못 할망정 오히려 말렸어. 휴일 어쩌구 이유를 대면서 말이야. 교감선생님과 한패인 넌 일을 꾸미고는 어제부터 작업을 시작했지. 괜히 학교 괴담이라면서 삼 층으로의 순간이동을 알렸고, 교감선생님은 구관 뒤쪽 문으로 들어가는 것을 속이기 위해 번영 회장님과 추리마을 회장님을 불러 우리가 만취하도록 술을 먹인 거고, 아마 3번 자물쇠를 풀고 이 문을 열면 거기에는 교감선생님이 기다리고 있을 거야."

모든 것이 간파되었는지 한채린이 박수를 쳤다.

"선생님 대단해요. 정말 셜록 홈즈가 따로 없네요. 선생님 말이 모두 맞습니다. 자, 하지만요. 선생님. 마지막 자물쇠를 열어야 모든 시험에 통과하는 거예요."

"왜 이런 일을 꾸민 거지?"

"문을 열고 교감선생님께 물어보시죠?"

남궁준은 문 앞으로 가서 설명했다.

"이 3번 자물쇠 비밀번호는 한눈에 알았어. 아까는 네게 2번 비밀번호를 알아내기 위해 잠시 연기를 했을 뿐이야. '이것'과 '더하기'는 한꺼번에 봐야해. 송다연 선생님 '이것 더하기'를 영어로 하면 뭐죠?"

"그야 디스 플러스This Plus죠."

"맞아요. 디스 플러스는 우리나라의 대표 담배입니다. 나머지 힌트 설명을 한다면 요즘에는 전자담배를 많이 피고, 일본산 마일드 세븐이라는 담배도 있죠. 박하맛은 멘솔을 뜻하는 겁니다. 제가 흡연자라 쉽게 알았네요. 그러므로 비밀번호는 담배를 뜻하는 Cigar입니다."

남궁준이 마지막 자물쇠에 비밀번호를 맞추자 철컥 소리를 내며 자물쇠가 열렸다.

"자, 모든 자물쇠가 열렸습니다. 이제 이 문을 열고 교감선생님을 만나 왜 이런 장난을 했는지 따져볼까요?"

남궁준이 문을 열자 예상외의 광경이 펼쳐졌다. 팡파르가 울리고 박수소리가 들렸다. 팔십여 명의 학생들과 십여 명의 선생님들이 있었다. 교복을 입은 남녀 학생이 환호성을 지르며 박수를 쳤다. 학생들이 들고 있는 플랜카드에는 '환영합니다', '발령 축하' 등이 쓰여 있었다.

학생들 사이에서 박수를 치던 교감선생님이 앞으로 한 발 나와 말했다.

"남궁준, 송다연 선생님의 본교 발령을 축하드립니다."

와! 하는 아이들의 함성이 더욱 커졌다. 그제야 상황 파악이 된 송다연 선생은 눈물을 흘리며 교감선생님의 팔을 때렸다.

"교감선생님, 못됐어요."

교감선생님은 셜록 홈즈 모자를 벗고는 허허허 웃었다.

"추리학교에서 이 정도는 예상했어야지요."

학생회장 한채린이 꽃다발을 가져왔다. 먼저 송다연 선생에게 전달하고 남궁준에게 왔다.

"선생님이 아무리 추리가 뛰어나셔도 이건 모르셨죠? 이건 우리 고한 추리학교만의 환영식이랍니다."

여기까지는 정말 예상하지 못했다. 처음 배정받은 학교에서 요상하지만 전교생과 모든 교직원이 환영을 해주다니 남궁준의 눈에 눈물이 모였다.

"선생님, 유리에 베이신 손은 괜찮아요? 이번 추리게임으로 학생을 사랑하는 선생님의 마음을 알 수 있었어요. 고맙습니다."

남궁준은 자신의 손가락을 보았다. 어느덧 피는 멈춰 있었다.

"선생님이라면 당연한 일을……."

남궁준은 꽃다발을 받았다. 박수를 치는 학생들의 눈망울은 깨끗했다. 순수한 학생들의 마음이 보이는 것 같았다. 남궁준은 고한

232

고등학교 학생들과 오랜 시간 함께하기로 마음을 먹었다.

2015년 『계간 미스터리』 여름호에 「 습작소설 」로 신인상을 수상했다.
발표작품으로 단편 「육개장 전쟁」「외계인의 최후」이, 장편 전자책 「사건의 탄생」「살인 게임」이 있다.
「피 그리고 복수」(2014년)로 제2회 엔블록 미스터리 걸작전에 당선되었고, 같은 작품이 KBS라디오 문
학관에 방송되었다.

잊을 수 없는 죽음

박상민

1

중년의 사내가 골목의 입구에 접어들었을 때, 그는 두 손을 잠바 주머니에 파묻고 있었다. 헐떡거리는 숨소리는 이 싸늘한 밤에 그가 이미 먼 거리를 걸어왔다는 사실을 암시하고 있었다.

누구든지 골목에서 그 사내를 마주쳤다면 연민의 눈길을 던져주었을 것이다. 그의 발소리는 매우 불규칙해서 듣기에 거북했다. 벌겋게 달아오른 거무튀튀한 얼굴과 쉴 새 없이 비틀거리는 걸음걸이는 영락없는 술주정꾼의 모습이었다.

사내는 힘겹게 걸음을 옮기다 말고 골목의 중간 어귀에서 멈춰 섰다. 그는 주머니 깊숙이 박아놨던 왼손을 끄집어내더니 손목에 두른 낡은 시계를 내려다봤다. 그러고는 다시 주머니에 손을 찔러 넣었다. 술에 취했으나 아직 의식은 흐릿하지 않은 모양이었다.

꽤 오랜 시간이 지나서 사내는 아담한 크기의 벽돌집 앞에 이르렀다. 대문 앞에서 걸음을 멈춘 그는 여전히 숨을 헐떡이고 있었다. 열쇠를 꺼내드는 손은 경련이 인듯 미세하게 떨리고 있었고, 두 다리는 어느새 심하게 구부러졌다.

옆집의 노부인은 먼발치에서 그의 모습을 유심히 살피고 있었다. 그녀는 마침 애완견 미키와의 즐거운 산책을 끝내고 집으로 돌아온 참이었다. 사내는 여전히 열쇠를 구멍 속으로 밀어 넣기 위해 필사적으로 더듬거리고 있었다.

그녀가 한심하다는 듯 혀를 차며 중얼거렸다.

"그렇게 반듯한 젊은이가 한밤중에 술에 취해 다니는구면."

노부인의 기억 속에 사내는 예의 바르고 심성이 올곧은 젊은이였다. 사내는 그녀가 이곳으로 이사왔을 때 트럭에서 짐을 옮기는 것을 적극적으로 도와줬다. 또한 그녀가 일주일 동안 일본으로 여행을 떠났을 때는 미키를 대신 맡아주기도 했다.

이대로 지나칠 수는 없다고 생각한 노부인이 사내를 부축하기 위해 다가가려던 그때, 가까이에서 발소리가 들려왔다. 고개를 돌려 소음의 정체를 확인한 그녀의 몸이 뻣뻣하게 굳었다. 불과 백 미터도 안 되는 거리에서 미키를 상습적으로 괴롭히는 세 아이가 축구공을 들고 다가오고 있었기 때문이다.

그녀의 머릿속에 일주일 전의 악몽이 다시 떠올랐다. 한밤중에 아이들이 미키에게 먹인 아이스크림 때문에 미키가 갑작스러운 복통을 호소했고, 결국에는 읍내에 위치한 동물병원까지 찾아갔다. 그때의 일을 떠올리자 그녀의 마음속에 공포의 물결이 밀려왔다. 그녀는 사내를 도와주는 것을 포기하고 그의 집에서 멀리 떨어지지 않은 자신의 집으로 들어갔다. 곧 그녀의 집 거실에 불이 환하게 켜졌다.

그와 거의 동시에 사내는 힘겹게 대문을 열고 마당으로 들어섰다. 이제 그는 다리 하나를 옮기는 것도 어려워 보였고 숨소리는 전보다 더욱 격렬했다.

잠시 후, 그의 아내로 보이는 여자가 마당에 모습을 드러냈다. 여자는 고통스러워하는 사내를 발견하고는 서둘러 그에게 다가갔다. 자신을 향해 다가오는 여자를 알아본 것인지 그의 입술 사이로 다급한 목소리가 흘러나왔다. 불분명한 발음 때문에 알아듣기는 어려웠지만 요지는 근처 병원의 의사 선생님을 불러달라는 것이었다. 처음에는 사내의 말을 이해하지 못했지만 곧 알아듣고는 전화를 걸기 위해 집 안으로 달려 들어갔다. 순간 사내의 입가에 쓸쓸한 미소가 번졌다가 가라앉았다. 곧 그의 두 눈이 천천히 감겼다.

정확히 오후 열 시의 일이었다.

무릎을 꿇고 있던 의사가 천천히 몸을 일으키며 입을 뗐다.

"김종한 씨는 이미 운명하셨습니다. 아무래도 테트로도톡신에 중독된 것 같습니다."

그는 울음을 터뜨리고 있는 고인의 아내와 딸을 안쓰럽게 쳐다보며 충고했다.

"부인, 경찰에 연락해보시는 게 어떻습니까?"

전화를 걸기 위해 집 안으로 들어간 두 사람을 뒤로 한 채 의사는 마당을 빠져나왔다.

담배를 꺼내 물고는 그의 눈앞에 펼쳐진 벽돌집의 전경을 가만히 응시했다. 얼마 전까지만 해도 서울의 대형병원 원장으로 근무했던 그에게 이런 집은 시골의 전형적이고 개성 없는 하찮은 집으로밖에 여겨지지 않았다.

의사는 이 가정에 들이닥친 불행에 대해 생각했다. 이 집의 주인인 김종한 씨가 막대한 빚을 떠안고 있었다는 사실을 알고 있었다. 고한읍과 같은 한적한 시골에서 살다 보면 얼굴도 모르는 사람들의 집에 강아지나 고양이를 몇 마리 키우는지, 아이가 돌잔치 때 무엇을 잡았는지도 알게 되기 마련이었다.

생각에 잠긴 채 바닥을 내려다보던 그는 대문 앞에 웅크려 앉은 생쥐를 발견하고는 왠지 모를 위화감으로 몸을 떨었다. 그는 담배를 끈 다음 다시 사건 현장으로 돌아갔다.

2

최태광 형사가 소파에 기다랗게 누워 있었다. 그는 어젯밤 사건 현장에 다녀와서 온몸이 뻐근했다.

어제 정선군 축구대회 1차전에 공격수로 출전해 두 골을 넣어 극적으로 팀을 구해낸 그는 2차 숯불갈비 회식자리에서 사건 소식을 전해 듣고 축구회 동료들의 원성을 뒤로 한 채 식당을 나왔다. 현장에 도착한 것은 그로부터 십 분 뒤였다.

그가 도착했을 때는 이미 소문을 듣고 나온 마을 사람 여럿이 집 주위를 둘러싸고 있었다. 야심한 시각 깊은 잠에 빠져 있어야 할 평화로운 마을이 온통 환하고 시끌벅적했다. 그를 기묘한 기분에 젖게 했다.

사람들의 틈새를 비집고 들어선 그는 문가에 서서 주변을 둘러보았다. 그보다 먼저 도착한 세 명의 부하들과 의사 그리고 그 집에 사는 것으로 보이는 모녀가 시야에 차례로 들어왔다. 그리고 마지막으로 바닥에 누워 있는 사내의 시체에 시선을 고정했다. 구역질이 올라오는 것을 참으며 시체의 머리부터 발끝까지 찬찬히 살펴보았다.

입에서 흘러나온 침은 죽은 사내의 목과 가슴을 타고 내려 온몸을 적신 상태였고, 양팔은 경련이 인듯 조금씩 뒤틀려 있었다. 더이상 뛰지 않는 심장 때문에 가슴은 오르내리지 않고 잠잠했으며,

두 다리 역시 팔과 마찬가지로 기이한 자세를 유지하고 있었다. 사망하기 직전 격렬하게 발버둥을 쳤는지 오른쪽 신발이 벗겨져 있었다.

그 참혹한 광경 앞에서 한동안 아무런 말도 꺼낼 수 없었다. 죽음 앞에서 한없이 무기력해지는 인간에 대한 회의가 아무런 말도 할 수 없게 만들어버린 것이다. 그때, 그를 부르는 목소리가 귓가에 울렸다.

"형사님!"

정신을 차린 그가 돌아보자 사체의 검안을 담당했던 의사가 자신을 진지한 눈빛으로 바라보고 있었다. 자신의 의식이 어느 순간 잠에 빠져들어 있었음을 깨닫고는 고개를 좌우로 흔들었다. 아무래도 오후에 축구를 한 다음 마셨던 술의 취기가 온몸을 내리누르는 듯했다.

의사가 차분한 어조로 설명을 시작했다.

"제가 이 집 부인의 연락을 받고 10시 15분에 도착했을 때, 김종한 씨는 이미 세상을 떠난 뒤였습니다. 부인의 진술을 통해 고인의 의식이 이미 흐릿했고 호흡곤란, 손발의 경련, 다한 등의 증상이 있었던 것을 확인할 수 있었습니다. 자세한 독의 종류는 검시를 통해 확인할 수 있겠지만……."

그가 잠시 말을 멈추었다가 다시 이었다.

"고인에게 나타난 임상 증상으로 미루어 봤을 때, 아무래도 원인은 테트로도톡신이 분명한 것 같습니다. 일반적인 경우라면 독이 체내에 들어가고 이십 분 이내에 증상이 나타나겠지만, 예외적인 경우도 있기 때문에 정확히 언제 테트로도톡신이 그의 몸속에 들어갔는지 지금으로서는 단언하기 어려울 것 같습니다."

의사의 입에서 튀어나온 독의 이름은 생소했지만 어디선가 들어본 적이 있었다.

"테트로도톡신?"

"네, 일명 복어독이라고도 불리죠."

의사가 담담하게 대답했다.

최태광 형사는 그제야 자신이 어디에서 그것을 들어봤는지 깨달았다. 바로 얼마 전 우연히 채널을 돌리다가 보게 된 요리 프로그램에서였다. 푸근한 인상의 셰프는 복어의 내장에 사람에게 치명적으로 작용하는 신경독이 함유되어 있으므로 주부들이 함부로 요리하면 안 된다고 경고했다.

강력계 형사라고는 하지만 독극물에 대한 어떤 전문적인 지식도 갖추지 못하고 있었다. 이곳 고한읍에 발령된 이후로 지금까지 그가 취급한 중독 사건이라고는 고작해야 농약이 전부였기 때문이다. 어렸을 적 종종 읽었던 추리소설에도 스트리키닌, 비소, 청산가리 정도가 등장했을 뿐 테트로도톡신은 접해본 기억이 없었다.

의사의 검안 소견을 바탕으로 수사에 착수하기로 했다. 일단 고인이 어떤 경로로 테트로도톡신에 중독되었는지를 파악하는 것이

급선무였다. 이번 사건이 어쩌면 단순한 중독이 아닌, 독살 사건일지도 모른다고 생각했다. 그는 부하들에게 지시해 탐문 수사를 개시했다.

최태광 형사는 소파에서 몸을 일으켜 똑바로 자세를 고쳐 잡았다. 그리고 두 팔을 번쩍 들고 뒤로 젖혔다. 며칠 전 인터넷 카페에서 목과 어깨에 좋다는 스트레칭을 알게 된 이후로 그는 항상 그 방법을 사용해 잠들어 있는 근육을 풀어줬다.

스트레칭을 마치고 식탁으로 다가가 앉은 그는 어제의 기쁨을 다시금 떠올렸다. 어제 저녁 그의 경기력은 모든 사람의 뇌리에 강렬한 임팩트를 남길 만큼 인상적이었다. 특히 오십 미터를 드리블하며 수비수 넷을 차례로 따돌린 후 골키퍼마저 마르세유 턴으로 제치고 가볍게 인사이드로 밀어 넣은 마지막 골은 환상적이었다. 그 골로 인해 그의 팀은 2:1로 역전에 성공했고, 그는 경기 MVP로 선정되었다. 흐뭇한 마음으로 식탁 위에 놓여 있던 물 컵을 들이마셨다. 개운해지는 것과 동시에 지금까지 잠시 잊고 있던 현실이 머릿속으로 비집고 들어왔다. 그는 혼자서 중얼거렸다.

"재수 없게 회식하고 있는데 사건이 발생하다니. 그것도 살인 사건이⋯⋯."

그는 자신의 형사 경력을 되짚어 보았다. 어느덧 형사로 일한 지도 오 년이 넘었다. 그리 긴 시간이 아니었지만 그렇다고 짧은 시간도 아니었다. 그의 입에서 저절로 한숨이 새어나왔다. 처음 이곳에 발령되었을 때만 해도 잠시 거쳐 가는 곳이라고만 생각했다. 하지만 어느새 별다른 성과도 없이 오 년이라는 시간이 흘렀다.

사실 그는 형사가 아닌 탐정이 되기를 원했다. 학창 시절 읽었던 추리소설에는 언제나 멋진 탐정이 등장해서 미궁에 빠진 사건을 해결하고 범인을 포획했다. 어린 그에게 범죄를 척결하는 탐정이라는 직업은 동경의 대상이었다. 그런 분야로 일찍이 진로를 설정한 것도 무리는 아니었다.

그가 현실을 깨닫게 된 것은 대학 입시를 준비할 무렵이었다. 우리나라에는 탐정 제도라는 것이 존재하지 않을뿐더러, 사설탐정이 하는 일이라고는 고작해야 사례금을 받고 남의 뒷조사를 하는 게 전부일 뿐이라는 것을 알게 된 이후로는 그의 꿈도 눈 녹은 듯이 사그라들고 말았다. 현실은 그가 꿈을 꾸는 것조차 허락하지 않았다.

그러나 자신의 오랜 소망을 쉽게 포기하지 않았다. 추리소설에서 범인을 포획하는 탐정과 유사한 역할을 하는 것이 형사라는 것을 안 이후로, 경찰 공무원 시험 준비에 집중했고 결국 합격했다. 그리고 고한읍 파출서로 발령을 받았다.

이상과 현실의 괴리를 이곳에서 몸소 체감하게 되었다. 고한읍뿐만 아니라 정선군은 살인사건은커녕 절도사건도 거의 일어나지 않는 평온한 동네였다. 신고를 받고 출동해보면 닭 한 마리가 마당에서 죽어 있는 경우도 다반사였다. 살인과는 어울리지 않는 곳이라는 것을 그는 발령 일주일 만에 깨닫게 되었다. 심지어 일 년 동안 발생하는 살인 건수 평균이 세 건밖에 되지 않는다는 점은 충격으로 다가왔다.

언젠가부터 추리소설을 읽지 않게 되었다. 한때 셜록 홈즈, 에르큘 푸아로, 도르리 레인과 같은 멋있고 개성적인 탐정들을 동경했던 그가 이제 그들과 같은 사람은 이 세상에 실제로는 존재할 수 없다는 것을 깨닫게 된 것이다. 그리고 허상의 세계에서 벗어나 현실의 세계에 차츰 적응해 나가기 시작했다.

더 이상 형사로서의 성공은 꿈꾸지 않았다. 이미 식어버린 열정은 경찰 업무가 아닌 다른 곳으로 옮겨갔다. 그중 하나가 축구였다. 학창시절부터 좋아했던 축구를 더 갈고닦기 위해 또래들과 함께 축구 클럽에 들어갔고, 지금은 그곳에서 주장을 맡아 축구 대회는 가리지 않고 출전했다. 퇴근한 후에는 집으로 가는 길에 편의점을 들러 유럽 축구 경기의 승무패에 따른 배당을 확인하고 토토를 했다. 얼마 전에는 프리미어리그의 모든 경기의 승무패를 완벽하게 맞춰서 삼천만 원에 달하는 거금을 하루 만에 벌기도 했다.

그는 매일 밤마다 술을 마셨다. 대학 때는 모임에 가도 술을 꺼려했던 그가 형사가 된 이후로는 술로 뒤덮인 생활을 하게 된 것이다. 사건 때문에 스트레스를 받는 일도 별로 없었지만, 술을 마시지 않고는 잠에 들 수 없었다. 간혹 술을 마시지 않는 날이면 어린 시절 꿈꾸었던 허상의 세계가 그의 꿈에 비집고 들어와 눈물을 흘리게 만들었기 때문이다. 그가 발을 딛고 있는 현실은 조금도 변할 것 같지 않았다. 오 년이라는 시간이 흐르면서 이제는 너무나 친숙한 일상이 되어버린 것이다.

그런 그에게 이번 사건은 형사 생활을 다시금 돌아보게 하는 계기가 되었다. 냉장고로 다가가서 오렌지주스를 꺼내 한 손으로 들이켜며 다시 어제의 사건 현장을 떠올렸다.

3

그는 정황 조사를 시작했다. 고인의 아내와 딸과 함께 주방으로 들어가 본격적으로 질문을 던졌다.

"김종한 씨가 사망하신 당시 상황을 자세하게 설명해주십시오."

부인이 울음을 참으며 말했다.

"아직도 그이가 어쩌다가 그렇게 된 건지 모르겠어요. 거실에서 마늘을 까고 있는데 갑자기 마당 쪽에서 이상한 소리가 나는 거예요. 그이가 회식을 마치고 이제야 들어오는 거라고 생각하고 얼른 밖으로 나갔어요. 그런데……."

눈물 한 줄기가 그녀의 뺨을 타고 흘러내렸다. 그녀는 손수건으로 눈물을 닦으면서 말을 이었다.

"그런데 문에서 열쇠 소리는 계속 나는데 문이 열리지 않는 거예요. 갑자기 두려워져서 문 쪽으로 갈 엄두가 나지 않았어요. 요즘

티브이에서 강도 얘기로 하도 떠들썩해서 혹시 누가 우리 집에 침입하려고 그러는가 싶었거든요. 그래서 거실 쪽 문을 잠그고 유리창으로 계속 대문 쪽을 지켜보고 있었어요. 그렇게 오 분인가 십 분이 지나니까 대문이 열리더군요. 그이였어요. 저는 소파에 누워서 잠들어 있던 딸아이를 깨운 다음에 마당으로 나갔어요."

그가 고개를 갸웃하며 재차 확인했다.

"문을 여는 데 그렇게 오랜 시간이 걸렸다고요?"

"네."

"이미 그때는 온몸에 독이 퍼져 있었던 모양이군요. 계속해주십시오."

"제가 나가자 그이가 저를 똑바로 쳐다보더니 쓰러졌어요. 저는 순간 공포영화를 보는 기분이었어요. 지금까지 본 그이의 표정과는 너무나 달랐거든. 입에서는 침이 새어나오고 이마는 땀범벅이 되어 있었어요. 숨은 어찌나 거칠게 내쉬던지…… 제가 가까이 다가가니까 그이가 뭐라고 중얼거리더군요. 잘 들리지 않아서 귀를 쫑긋 세우니까 그이의 말이 작게나마 들렸어요. 저희 집에서 얼마 떨어지지 않은 희망병원 원장 선생님에게 전화하라는 것이었어요. 일 초라도 빨리 전화를 걸려고 뒤도 돌아보지 않고 집으로 달려갔죠."

멈춘 줄 알았던 그녀의 눈물이 다시 손등으로 떨어져 내렸다. 그는 수첩에 그녀의 말을 옮겨 적다 말고 그녀의 얼굴을 올려다보았

248

다. 나이상으로는 사십 대인데도 피부는 여느 젊은 대학생 못지않게 탄력이 있어 보였다. 그는 괜스레 연민의 심정을 느끼면서 질문했다.

"그러면 김종한 씨는 그때 사망하신 겁니까?"

그녀가 잠시 생각에 잠기는 눈빛으로 바닥을 응시하더니 대답했다.

"그건 아닐 거예요. 제가 전화를 걸기 위해서 집으로 뛰어가던 순간에도 뜨거운 숨을 내쉬는 소리가 들렸거든요.

"그렇군요. 계속 말씀해주십시오."

"네. 저는 그이의 말대로 희망병원 유진수 원장님께 전화를 걸기 위해 집으로 달려갔죠. 그분은 저희가 단골로 찾는 분이었기 때문에 개인적으로도 친분이 깊어서 연락처도 가지고 있었어요. 그분에게 다급한 목소리로 사정을 이야기하니까 당장 오겠다고 말씀하시더군요. 제가 전화를 마치고 다시 마당으로 돌아가자 그이는 여전히 바닥에 누운 채로 꼼짝도 하지 않고 있었어요. 저는 어떻게 해야 할지 몰라서 발만 동동 굴렀죠. 그때는 워낙 겁에 질려서 제가 뭘 했는지 기억조차 안 나네요. 마침 마당에 저를 따라 나온 딸아이가 그이를 발견하고는 소리를 꽥꽥 질러대서 그 아이를 데리고 집으로 들어가서 달랜 기억이 나네요. 하여튼 그렇게 꽤 시간이 지나서 의사 선생님이 도착했어요."

부인은 말을 마치더니 발작적으로 기침을 하기 시작했다. 더는 말을 이어나갈 수 없는 상태에 이른 것 같았다. 그때 옆에 있던 딸이 말했다. 딸은 생각보다 냉정한 태도로 말했다.

"그 이후부터는 형사님이 아시는 그대로예요. 의사 선생님이 진찰을 하셨고 사망 선고를 내리셨어요. 이름은 기억나지 않는데 어떤 독에 중독된 것 같다고 말씀하셨어요. 그리고 빨리 경찰을 부르는 것이 좋겠다고 말씀하셨어요. 저와 어머니는 다시 집으로 들어가서 경찰에게 전화를 걸었어요. 그게 끝이에요."

그렇게 사건의 대략적인 정황은 파악되었다. 그는 고인의 부인과 딸에게 의례적인 위로의 말을 건네고는 경찰관 두 명에게 지시를 내렸다.

"김 순경, 이 순경은 사건이 발생한 무렵에 목격자가 있나 알아봐."

두 순경이 마당으로 나가는 것을 확인한 뒤 그는 취조를 재개했다.

"어젯밤의 상황을 조금 더 자세하게 말씀해주십시오. 김종한 씨가 친구들과 모임을 가졌다고 하셨는데 그게 몇 시쯤이었습니까?"

그녀가 눈을 살며시 뜨고 허공을 응시하며 천천히 말했다.

"어제 그이는 오랜만에 동료 선생님들과 함께 회식을 할 거라고 오후 네 시 정도에 연락했어요. 아마 여섯 시쯤에 회식을 한다고 말했던 것 같아요."

어쩌면 자신과 같은 음식점에서 식사를 하고 있었을지도 모른다고, 생각했다. 이런 조그마한 동네에서 단체 회식을 할 곳은 으레 정해져 있기 마련이었다. 김종한 씨가 회식을 가졌을 만한 음식점을 떠올려 보았다. 일 인분에 팔천 원 하는 닭갈비집, 열 명 이상이 단체로 가면 이 인분만큼의 양을 무료로 제공하는 삼겹살집, 무한 으로 리필해주는 샤브샤브집. 그리고⋯⋯.

순간 그는 멈칫했다. 머릿속에서 무엇인가 떠올랐기 때문이다. 지금껏 이런 당연한 사실도 생각해내지 못한 자신의 아둔한 머리를 탓하면서 말했다.

"부인, 혹시 김종한 씨가 횟집에서 회식을 한다고 하시던가요?"

"네, 그랬던 것 같아요. 싱싱한 회 어쩌구 얘기했으니까요. 그런데 어떻게 아신 거죠?"

"검안을 하신 의사 선생님께서 말씀하신 테트로도톡신이란 게 복어 독이라서 추측한 대로 여쭤본 겁니다."

그는 계속해서 말을 이었다.

"그러면 그때 누구랑 함께 가셨는지 아십니까?"

"그이는 물리 선생님이었어요. 어제는 과학 과목 선생님들끼리 회의도 할 겸 회식을 한 거라서 아마 화학, 생물, 지구과학 선생님들이 거기 계셨을 거예요."

사건의 대강적인 내용이 파악되는 듯했다. 그는 세 명의 주변 인물들을 조사해 볼 필요가 있다고 생각했다. 만약 이들에게도 테트로도톡신 중독의 증상이 나타났다면, 횟집의 복어 요리에 문제가 있었던 게 되고, 책임은 횟집의 요리사에게 있을 것이다. 반면에 나머지 세 명에게 중독의 증상이 나타나지 않았다면 그것은 범죄의 가능성이 있을 것이라고 생각하면서 수첩에 메모했다. 혹시 모를 가능성에 대비해 기본적인 사항을 물어보기로 했다.

"김종한 씨와 선생님 세 분은 어떤 관계였습니까? 아니, 혹시 김종한 씨에게 적의를 품고 있을만한 분은 없나요?"

"글쎄요. 학교 선생님들끼리 뭐 그렇게 적의를 가질 만한 일이 있을까요? 기껏해야 아침에 가서 애들 몇 시간 가르치고 일찍 퇴근하는 게 전부인데요. 게다가 그이는 다른 과목 선생님들과 함께 당구장도 가고 주말에도 따로 모여 놀면서 굉장히 친하다고 알고 있어요."

그가 고개를 끄덕이고 있는데 김 순경이 커다란 안경을 걸친 노부인을 모시고 왔다. 김 순경이 그녀를 가리키며 말했다.

"이 할머니께서 김종한 씨를 보셨답니다."

노부인은 하얀색 털로 뒤덮인 귀여운 강아지를 매단 줄을 손에다가 쥐고 있었다. 어디에나 꼭 한 명씩은 있는 부류의 사람이었다. 아마 그녀의 자식들은 진작에 서울로 올라갔을 것이고, 그녀는 혼자서 동물들과 수다를 떨며 외로움을 달래는 데 익숙해졌을 것이다.

노부인이 추운 듯 양팔을 감싸 안고 이야기를 시작했다.

"아이고, 어제는 너무 추웠어요. 미키가 얼마나 벌벌 떨던지 제가 다 마음이 아팠다구요. 산책로에서 이십 분 정도 걷다가 다시 돌아 왔지 뭐예요. 미키! 거기 떨어진 거 먹으면 안 돼. 또 저번처럼 배탈 나려고 그래?"

그녀가 떨어진 과자 부스러기에 관심을 보이고 있는 강아지를 향해 허리를 굽혔다. 슬슬 짜증이 몰려오기 시작했다. 그는 단도직입적으로 물었다.

"저기…… 피해자를 어디에서 보셨습니까?"

그녀가 허리를 펴며 말했다.

"아, 내 정신 좀 봐. 그 젊은이가 죽었다면서요? 그걸 어쩌나 쯧쯧, 그렇게 술 좀 작작 마시지 그랬어. 술은 만병의 근원이라고 내가 얼마나 충고를 했는데…… 예의 바르고 착실했는데 안타깝구만……."

"어제 김종한 씨가 술에 취해 있었다는 건 확인된 사실입니다. 혹시 그분을 어디에서 보셨습니까?"

"추워가지고 미키랑 집에 들어오려는데, 그 양반이 자기 집 앞에서 문도 제대로 못 열고 있더라니까요. 어쩌나 헤매던지 내가 대신 열어주고 싶을 지경이었어요. …… 그런데 갑자기 그 천방지축 자식들이 오지 뭐야. 그래서 빨리 집으로 들어갔지."

"천방지축은 누구를 말하는 건가요?"

"아, 그 저기 책방 주인집 아들놈하고, 또 포장마차집 아들놈하고. 에잉, 또 하나 더 있는데 어쨌든 세 명이라오. 그놈들이 얼마나 나쁜 놈들인지 우리 미키한테 아이스크림을 먹였지 뭐예요. 내가 잠깐 시장에 장 보러 간 사이에."

그는 자신의 인내심이 바닥에 가까워졌다는 것을 느끼고 그녀의 말을 끊었다.

"감사합니다. 수사에 많은 도움이 되었습니다."

취조가 길어졌지만 유용한 사실 하나는 건질 수 있었다. 그것은 김종한 씨의 부인과 딸의 진술이 거짓이 아니라는 것이었다. 부인과 딸에게 인사를 하고 사건 현장인 집을 나섰다. 이미 새벽 한 시가 넘어 있었고 바깥은 달이 환하게 비추고 있었다.

잠시 후, 돌아온 이 순경은 아무런 소득도 없었다. 아무래도 사건 당시 김종한 씨를 목격한 동네 사람은 노부인과 세 아이가 전부인 듯했다. 그는 김종한 씨가 회식을 가졌던 횟집으로 가기 위해 두 순경과 함께 차에 올라탔다.

4

오렌지주스 두 컵째. 이렇게 오래 걸려서 마시는 것도 처음인 것 같았다. 그만큼 그는 지금 생각을 많이 하고 있었다. 그런데 하면할수록 즐거움이 솟는 기분이었다. 그들이 추리를 할 때 이런 기분이었을까. 소설 속에 나오는 명탐정들이 추리를 할 때면 어떤 생각을 하는지 궁금했다. 과연 사건 생각으로 가득 차있을까, 다른 잡생각도 할까, 아니면 엉뚱한 생각을 하다가 진상을 떠올리고 사건을 해결할까. 보통 추리소설을 보면 수사를 할 때 엉뚱한 질문인 것 같아도 그 속에 어떤 의도를 숨기고 질문을 하는 경우가 많았다. 물론 끝 페이지를 펼쳐 보기 전까진 전혀 눈치채지 못하지만…… 하지만 그건 어디까지나 소설이다. 현실이 아니란 말이다. 그는 그것으로 위안을 삼으며 주스를 쭉 들이켰다. 새벽에 들어와서 소파에 누워 계속 잤다. 아침 열 시, 우선 어제 그 마을에 가봐야겠군. 그는 어제의 사건을 기록한 가죽수첩을 펼쳐보았다.

피해자 - 김종한(45, 고등학교 선생)

6시~ ?시 피해자 회식.

10시 피해자 집 도착, 잠시 후 사망.

10시 20분 의사 도착.

10시 30분 연락받음.

10시 45분 사건현장 도착.

- 피해자의 아내와 딸 그리고 이웃집 할머니의 증언이 있었음.

- 독성분은 테트로도톡신으로 추정됨.

- 피해자는 학교 동료들과 저녁에 횟집에서 회식을 하였음(언제까지? 조사하기!).

- 다섯 명의 아이들에게 피해자를 보았는지 물어봐야 함.

- 학교 선생님 세 명과 횟집 직원을 조사해야 함.

그는 자신의 정리 능력을 항상 만족스럽게 생각했다. 오 년 전 고한읍뿐만 아니라 정선군 일대를 휩쓴 절도사건을 얼마나 멋지게 처리했던가! 범인의 출몰지역을 지도에 표시하고 범행 방법을 일목요연하게 정리하여 논리적으로 추론했다. 그것을 바탕으로 일주일 만에 범인을 현장에서 체포했다. 그 건으로 특별 진급을 했지. 비록 살인사건은 아니었으나 나름대로 형사의 길로 접어든 것에 보람을 느꼈다. 그리고 오 년 만에 다시 특별한 기회를 잡은 것이다.

차에서 내렸다. 이미 그의 부서에서 일하는 부하들을 학교, 횟집에 분산시켜서 그가 도착하기 전까지 대략적인 수사를 진행하도록 지시해놓았다. 그는 아직 마을에서 조금 더 조사를 할 게 남아 있었기 때문에 혼자서 다시 온 것이다. 사실 몇 명의 부하들과 올 수 있었지만 혼자서 탐정의 기분에 심취하고 싶었다. 아이들을 먼저 찾아야겠군, 이 마을은 초등학교가 둘밖에 없지 아마.

몇 분 뒤 갈래초등학교 교문에 들어선 그에게 소박하게 지어진 학교 건물이 눈에 들어왔다. 운동장 한쪽에서는 남학생, 여학생이 편을 나눠서 피구를 하고 있고, 어떤 남학생들은 구석에서 야구공으로 캐치볼을 하고 있었다. 8대 8로 축구를 하고 있는 남자애들도 눈에 띄었다. 그 꼬마들은 어디에 있을까, 아무래도 교실로 들어가봐야 하겠지…… 그는 전날 아이들의 이름을 알아놓았다. 그때 교문으로 꼬마들이 손에 빵을 쥐고 아이스크림을 물고 들어왔다. 다섯 명…… 직감적으로 이 아이들일 것이라고 생각했다.

"야 인마! 그 스티커 내한테 줘, 내 피카츄 스티커 줄게."

"안 돼! 이 고라파덕은 내 공책에 붙일 거야."

소리를 지르며 그 꼬마는 자기가 이때까지 수집해놓은 스티커들을 붙여놓은 공책을 자랑하듯이 내보였다. 어린애들은 어쩔 수 없나보군…… 나도 옛날에 저랬던 시절이 있었지. 그는 어린 시절의 추억에 깊이 잠기기 전에 아이들에게 다가가서 물었다.

"너희가 강아지한테 아이스크림을 먹였다는 그 애들이니?"

"네? 아 그 이상한 할머니 집에 못생긴 강아지 말이에요?"

눈이 동그란 아이가 무심하게 되물었다.

"아저씨는 누구세요? 왜 그런 걸 물어요?"

"너희들 어젯밤에 어떤 아저씨가 돌아가신 거 아니? 지금 그걸 조사하는 중이란다."

이렇게 말하면서 그는 자신의 직설적인 수사방식을 자책했다. 이런 멍청한 놈 같으니라고 이러면 애들이 부담을 느낄 텐데…… 하지만 그것은 기우였다.

"아 그 아저씨요? 네, 어제 저희들이 봤을 때도 진짜 힘들어보였어요 절뚝거리더라고요, 술을 엄청 마셨나 생각했어요. 저희 아빠도 술 마시고 들어오면 엄청 휘청거리거든요. 그런 날은 그냥 티브이 보지 말고 조용히 방에서 숙제하는 게 좋죠. 그 아저씨가 심하게 마셨나 봐요? 술을 많이 마셔서 돌아가시다니. 우리 아빠도 술 좀 그만 마시면 좋겠는데."

시골마을에서 잘못된 소문이 퍼진 것이 웃기기도 했지만 다행이라고 생각했다. 하긴 독살된 거라는 소문이 퍼지는 것보다야 훨씬 낫지.

"너희들도 그 아저씨가 문 앞에서 헤매고 있는 걸 봤구나? 어제 그 강아지 키우는 할머니도 그걸 봤다고 하던데."

갑자기 조용히 아이스크림을 빨고 있던 노랑머리 애가 아이스크림을 입에서 쏙 빼고 코맹맹이 소리로 말했다.

"그 아저씨 마을 입구에서도 봤어요. 우리 어젯밤에 축구했었거든요, 끝나고 집에 가다가 그 아저씨를 본 거예요 몸이 엄청 불편해 보였어요. 그때도 술에 취하셨는지 비틀거렸어요. 우리는 조금 걷다가 옆에 있는 떡볶이 집에 가서 떡볶이랑 순대를 먹고 달리기 시합을 했어요. 마을광장에 있는 동상까지요. 그런데 시합이 엉망이 됐어요. 뛰다가 옆에서 갑자기 이상한 게 튀어나왔거든요, 알고 보니까 그 사람이었어요. 만날 깡통같이 못 쓰는 물건들 수거하러오는 사람이요."

그 꼬맹이가 말을 멈추고 아이스크림이 녹는 걸 보고 다시 물어서 이번엔 깔끔하게 해치웠다. 그리고 이어서 말했다.

"그 아저씨 때문에 너무 놀라 우리 모두 그 자리에 얼어붙었지 뭐예요. 그리고 계속 걸어가다 보니 술에 취했던 아저씨가 자기 집 앞에서 문을 열고 있는 게 보였어요. 근데 그 아저씨가 사는 집은 이제 어떻게 되요? 마을 떠나요? 그러면 예쁜 누나 이제 못 보는 건가……."

슬픈 듯이 아이가 말했다. 초등학생도 그런 눈은 있구먼…… 그는 잠시 생각했다. 어제 본 그 집 딸은 대학생인 것 같던데 분명히 애인이 있을 거야. 그렇게 예쁘니. 삼십 대인 자신이 그런 생각을 한다는 것에 잠깐 민망함을 느낀 그는 다시 아이들을 보고 말했다.

"아니야 비록 이번에 불행한 일이 있었지만 그 집에서 계속 엄마와 딸이 같이 살 거야. 그러니까 걱정 마. 그런데 너희가 아까 말한 그 이상한 아저씨는 어디 가면 볼 수 있니?"

그 애가 안심한 표정으로 대답했다.

"그 아저씨는 광장에 가면 거의 항상 있어요, 뭐 어쩌다가 없을 때도 있지만요. 그 아저씨 좀 이상해요. 강아지 키우는 할머니하고 우리 마을에서 이상하기로 손꼽혀요, 조심하는 게 좋을 걸요?"

어린애들이란, 하고 생각하며 웃었다. 아이들에게 뭐라도 사먹으라고 만 원짜리 지폐를 꺼내준 후 아이들의 환호성을 들으며 학교를 나와 광장으로 향했다.

방금 전 부하직원 하나가 전화를 걸어와서 용의자인 고등학교 선생님 세 분이 수업이 끝나는 대로 어제 회식한 횟집에서 경찰과 대면하기로 약속했다고 전해왔다. 아직까지 독성분 검사 결과는 나오지 않았다고 했다. 조금만 있으면 만날 수 있겠군, 이번에는 자신이 온몸으로 뛰면서 범인을 체포하는 것이 아니다. 범인은 도망칠 수 없다. 다만 객관적인 증거와 자신의 추리력으로 그들을 뛰어넘는 것이다. 그는 왠지 자신이 있었다. 올바른 방향을 향해 달려가고 있다고 믿었다. 그런 생각을 하며 걷던 큰 새가 보이는 동상을 발견했다. 아 저기가 광장인가 보군…… 그는 곧 동상 밑의 원형 벤치에서 그 '이상한 아저씨'라고 생각되는 사람을 발견했다. 그 사람은 옆에 고물을 넣어두는 수레를 놓아둔 채 책을 읽고 있었다. 뭔가 매치가 안 된다고 생각했다. 더욱이 그 사람이 입은 옷은 걸레 그 자체였기 때문에 책을 읽고 있는 게 아니라 혹시 책을 걸레로 쓰기 위해 갖고 있는 게 아닐까 의심스러울 정도였다. 그가 다가가자 고개를 들었다.

'아직 학생이구나.'

책을 보니 『헌법재판소 판례연구』라는 제목이었다. 아, 이 사람은 고시공부를 하고 있구나…… 얼마나 가난하면 이렇게 돈을 벌면서 공부하려고 하는 걸까, 괜히 측은지심이 들었다.

"저…… 잠시 시간 좀 내어주십시오. 학생 혹시 어젯밤에 관련된 사건은 들으셨습니까?"

학생이 눈을 감으며 말했다.

"음, 그 집 아저씨 말인가요? 네, 오늘 아침에 들었습니다. 아침식사를 차려주시면서 어머니가 그랬어요, 옆집 아저씨가 돌아가셨다고요. 그런데 원인이 무엇이었습니까?"

"원인은 과음이었습니다."

진실을 숨긴다는 게 약간 마음에 걸렸지만 괜히 이상한 소문이 나는 것은 원하지 않았기에 할 수 없이 거짓말을 했다.

"그런가요? 집에서 술을 많이 드셨나 보군요. 제가 어젯밤에 봤을 때는 꽤 건강해 보였거든요."

'이게 무슨 소리인가?'

그는 정말로 깜짝 놀랐다.

"네? 건강해 보였다니 무슨 말인가요? 방금 전 어제 고인을 목격한 아이들을 만났는데, 그 아이들 말로는 몸이 상당히 불편해 보였다고 하던데요? 제대로 보신 게 맞습니까?"

"물론 그때 제가 광장 옆쪽 벤치에서 자고 있다가 일어나자마자 그분을 보았기 때문에 자세한 건 잘 모르겠어요. 음, 어둡긴 해도 얼굴은 분명히 그분이었던 거 같은데."

학생은 당황해서 말을 더듬으며 일어났다.

"어쨌든 돌아가신 분인지는 모르겠지만 그 사람은 굉장히 빠르게 걸었습니다. 그런데 술을 마셔서 돌아가셨다는데 무슨 조사를 한다는 겁니까?"

이 학생은 상당히 머리가 잘 돌아가는 것 같았다. 그리고 불안한 눈빛을 통해서 그가 무언가를 숨기고 있다는 것을 직감했다.

"그럼 누구 다른 사람은 보지 못했나요?"

"글쎄요, 제가 벤치에 누워 있다가 갑자기 깨는 바람에 잘은 모르겠지만 빠르게 걸어간 사람하고 나중에 만난 어린애들 말고는 본 사람이 없습니다. 빠르게 걸어간 사람이 고인이 아니라 다른 사람일지도 모르죠 뭐……."

분명히 이 학생은 무언가를 알고 있다. 도대체 무엇을 숨기고 있는 걸까?

그는 학생에게 진실을 말해보기로 했다. 어떤 반응을 나타낼 것인가. 깜짝 놀랄 것인가? 아니면 태연하게 눈을 치켜뜰 것인가? 그가 엄숙하게 말했다.

"저…… 사실 그분은 과음으로 돌아가신 게 아닙니다. 독살된 것입니다."

그러나 기대했던 반응은 나오지 않았다. 학생은 아무런 표정 없이 말했다.

"아 그렇습니까? 그렇다면 범인은 아내분인가요?"

도저히 읽어낼 수가 없다. 이 표정은 무엇을 뜻한다는 말인가. 내가 너무 직설적으로 시험한 건가.

"그건 아닌 것 같습니다. 그가 집에 도착하기 전에 이미 독이 온몸에 퍼졌습니다. 저도 처음에는 피해자의 아내와 딸이 공모했을 수도 있다고 생각은 해봤지만 이웃들의 증언으로 그 항목은 배제했습니다. 할머니는 몰라도 설마 초등학생들에게까지 계략을 꾸며 거짓말 시키진 않았을 테니까요. 그래요, 그 가능성은 없다고 생각해도 될 겁니다."

"혹시 제가 본 그 수상한 남자와 관련은 없을까요?"

262

"그건 조사해보면 알게 되겠죠."

그는 이어서 물었다.

"혹시 또 다른 것은 보지 못했습니까?"

"저는 그 한 명밖에 보지 못했습니다."

"네, 잘 알겠습니다. 학생이 말한 내용도 수사에 참고해보겠습니다."

인사를 하고 돌아서려는데 학생이 팔을 붙잡고 말했다.

"혹시 제가 도움이 될 만한 일이 없을까요? 이 마을에서 이십 년을 넘게 살았는데 지금껏 살인사건은 한 번도 없었거든요, 꽤 흥미로운데 저도 수사에 조금이라도 힘을 보태고 싶습니다. 비록 경찰은 아니지만요. 오늘 하루만 따라다니게 해주세요."

그는 학생의 얼굴을 날카롭게 쳐다보았다.

이 학생은 지금 무슨 생각을 하고 있을까? 왜 이렇게 사건에 관심을 보이는 걸까? 정말로 수상해. 일단은 옆에 두고 어떤 행동을 하는지 지켜봐야겠어…… 혹시 사건에 관련이 되어 있는지도 모르지.

그는 이렇게 생각하고 고개를 끄덕이며 물었다.

"음…… 아무래도 경찰이 할 수 없는 수사에 도움이 될 수 있겠지, 자네 이름이 뭔가?"

학생이 씩 웃으면서 말했다.

"뭐 그냥 왓슨이라고 해두죠, 형사님!"

역시 수상하다는 느낌을 떨쳐낼 수 없었다. 그는 자칭 왓슨과 함께 택시를 타고 용의자들이 모여 있는 횟집으로 향했다. 그는 차에 타고 방금 전 전화로 들은 소식들을 수첩에 적었다.

1. 검시결과 테트로도톡신으로 확인됨.
2. 횟집의 복어회는 물론 다른 음식에서도 독은 전혀 검출되지 않았음.
3. 김종한 씨는 빚이 많았고 스트레스를 받아왔음.

테트로도톡신일 것이라는 의사의 진단은 정확했군, 그런데 회에서 검출이 되지 않았다라…… 뭐 예상하고 있었던 일이지, 설마 그런 흔적을 남겨놓을 리가 없겠지 범인이. 그는 자신의 수사 방식이 옳은가에 대해서 생각하고 있었다. 오늘 아침에 횟집을 먼저 가는 게 맞는 것인지 아이들을 만나러 학교에 먼저 간 게 맞는 것인지 말이다. 뭐 어쨌든 좋은 성과를 거두었으니 나름대로 성공한 거지 뭐. 그는 사건의 내용을 조금 더 상세하게 안 것으로 만족했다.

5

택시는 몇 분 뒤 횟집에 도착하였다. 노래방과 피씨방으로 둘러싸인 횟집은 상당히 자리를 잘못 잡았다고 그는 생각해왔다. 껄렁

해 보이는 학생들이 항상 그 횟집 앞에 붐볐기 때문이다. 소음도 심했다. 하지만 횟집은 그들만의 서비스로 그러한 단점들을 잘 극복해냈다. 물론 큰 횟집이 그것 하나만 있었다는 것도 큰 이유이긴 하지만. '딩동' 하는 소리와 함께 그가 문을 열고 들어가자 이미 세 명의 선생님들, 횟집 주인으로 보이는 사람과 그 밑의 직원 그리고 그의 부하 경찰들이 와 있었다.

"아 그러니까 저희가 실수한 게 아니라니까요, 이때까지 그런 실수를 한 적이 없다고요. 왜 말을 못 알아들으십니까? 검사결과도 독이 없었다고 하지 않습니까?"

"뭐요, 그럼 우리 중에 한 명이 독을 넣었다는 말입니까? 이거 말이 심하시네."

횟집 주인과 선생님들끼리 심한 말싸움이 오가는 중이었던 모양이다. 형사님이 오셨다는 말에 모두가 그를 쳐다봤다. 다들 따지는 듯한 눈빛을 보냈다.

"자 다들 진정하십시오. 지금 저희는 김종한 씨의 독살사건에 대한 수사를 진행 중입니다. 몇 가지 질문을 하겠습니다. 성함이 임희섭 씨, 조강훈 씨, 김수일 씨 맞으시죠? 고한고등학교 선생님이시구요. 우선 세 분이 어제 김종한 씨와 회식을 하던 그때의 상황을 자세히 말씀해주십시오."

우락부락한 코를 가진 남자가 큰 목소리로 말했다.

"아 지금 똑같은 걸 몇 번이나 말하는 겁니까? 우리는 아무 상관도 없다고요, 그냥 과학 과목 선생님들끼리 회식하러 횟집에 온 게 뭐가 잘못되었다는 겁니까?"

굵은 목소리를 가진 안경 쓴 남자도 끼어들었다.

"그리고 무슨 사인이 테트로도톡신이라는 독이라던데 저희 같은 사람이 어떻게 그런 걸 구할 수 있겠습니까? 그거는 복어에서 추출할 수 있다면서요? 그러면 명백한 거 아닙니까? 저 사람들이 실수로 복어에서 독을 빼내지 못한 거 아닙니까?"

다들 흥분해 있었다.

"아니, 저는 당신들이 범인이라고 한 게 아닙니다. 자세한 상황을 알고 싶을 뿐입니다. 그러면 하나하나 차분하게 대답해주십시오. 어제 회식은 몇 시에 시작했나요?"

우락부락한 사람이 대답했다.

"저희는 여섯 시에 모여서 같이 이 횟집으로 왔어요. 저번에 여기 왔을 때 복어회를 못 먹어서 이번에는 복어회를 먹기로 했지요."

"김종한 씨는 몇 시에 여기를 나갔나요?"

"그게 저희들도 아직 잘 모르겠는데 김 선생이 누굴 만나러 가야 한다는 것 같았습니다. 9시 20분 정도에 나갔던 걸로 기억합니다. 회식 중에도 김 선생이 자꾸 시계를 확인하더라구요, 그게 누구였는지 형사님은 알고 계십니까?"

그는 옆으로 고개를 들어 '왓슨'과 의미심장한 눈빛을 교환했다.

"무슨 일로 만나러 가는지는 알고 계셨습니까?"

"빚 청산과 관계된 사람이라고 말했어요, 요즘 굉장히 힘들어했는데 그렇게 활짝 웃는 건 오랜만에 봤지요, 안 그래?"

다른 두 선생님들이 고개를 끄덕였다. 이때까지 입을 열지 않던 구닥다리 같아 보이는 사람이 입을 열었다.

"사실 어제 회식을 한 것도 명분상으로는 과학 과목 회의지만 요즘 힘든 김 선생을 위로하기 위한 이유도 있었지요. 김 선생이 빚 때문에 많이 시달리고 있었거든요. 저희들도 몇 푼 안 되지만 조금씩 모아서 도와주기도 했었죠."

"저희들이 조사한 결과 김종한 씨의 빚이 십억에 가까웠다는 게 밝혀졌습니다. 그렇게 많은 빚이 어떻게 학교 선생님한테 생겼는지 아시나요? 도박이라도 했습니까?"

"그렇게 많았습니까? 그 정도일 줄은 저희들도 전혀 몰랐습니다."

세 선생의 눈이 모두 휘둥그레졌다. 정말로 몰랐던 눈치였다.

"그러면 그렇다고 봐야 하죠, 김 선생은 매일 학교에서도 주식시장을 검색하고 각종 토토 배당률을 확인하고 있었죠. 아마 그런 쪽으로 돈이 많이 나갔을 겁니다. 계속 실패하니까 나중에는 돈을 빌려서 하기 시작했죠…… 아마 두 달은 되었을 겁니다."

"그러면 여러분들한테도 돈을 빌려서 썼겠군요?"

그는 동기를 대충 알 것 같다고 생각했다.

"음…… 저희들이 빌려준 것은 맞지만 저희는 토토 같은 걸 하라고 빌려준 건 아닙니다. 그때는 이미 김 선생이 그런 걸 그만둔 때였습니다. 가족들한테 들키면서부터였죠…… 김 선생이 경제적으로 힘들다는 말을 듣고 저희가 자발적으로 준 것이지, 강제적인 것은 없었어요."

과연 그럴까? 죽은 사람은 말이 없지…… 모든 걸 일일이 믿어야 하는 이유는 없는 것이다.

"회식할 때 자리는 어떻게 잡았습니까? 김종한 씨의 옆에는 누가 앉았습니까?"

"제가 앉았습니다. 그게 그렇게 중요한 겁니까?"

구닥다리 같은 사람이 황당하다는 듯이 물었다.

"이런 사건에서는 사소한 것도 중요한 법입니다."

그가 수첩에 기록하는데 갑자기 '왓슨'군이 그에게 물었다.

"형사님 궁금한 게 있습니다. 피해자가 복어에서 나온 독에 의해 죽었다면 요리사를 의심하는 게 우선인 것 아닙니까? 왜 같이 온 동료들을 먼저 의심하시나요?"

난 또 뭐라고…….

"당연한 것 아닌가? 잘 알지도 못하는 요리사가 그날 복어회를 먹으러 온 사람을 죽여야 할 이유가 없지 않은가? 무슨 사적인 관계가 있지 않은 이상 말일세, 그리고 복어회를 먹기로 결정했다면 같이 온 사람 중에 누군가가 복어의 독을 준비해서 계획대로 독을 먹인 다음 요리사에게 죄를 뒤집어씌울 수 있지 않겠나?"

"아니죠, 형사님이 너무 꼬아서 생각하신 것 같습니다. 조금 더 단순하게 생각하면 이렇게 됩니다. 이것은 계획적인 살인이 아닐 수도 있습니다. 즉, 요리사의 실수로 복어의 독을 제거하지 않은 것이죠. 물론 이럴 경우 정말 어이가 없지만 말입니다. 중요한 건 요리사가 고인과 매우 잘 아는 사이라는 것입니다. 저희 마을에 살기 때문에 잘 알고 있죠."

뭐라고? 그는 갑자기 찾아온 충격에 휘청거릴 뻔했다. 왜 그 경우는 생각하지 못했을까? 애초에 살인사건이라고 단정을 지었다는 것 자체가 일종의 편견에 사로잡혀 있다는 것을 뜻했다. 잘 아는 사이라고? 그는 눈을 깜빡이며 요리사에게 물었다.

"정말 김종한 씨를 개인적으로 아시나요?"

"음…… 네. 사실 저는 김종한 선생님의 딸과 사귀는 사이입니다. 그런데 저번 주에 결혼을 하겠다고 말씀드렸더니 선생님께서 반대를 하시는 바람에 그만…… 일단은 조용히 사귀고 있는 중입니다. 나중에 다시 말해볼 생각으로요."

요리사는 눈물을 흘릴 것만 같았다.

"하지만 전 그런 것 때문에 사람을 죽이는 인간 말종이 아닙니다. 제가 왜 그러겠습니까? 결혼하기에 적절한 시기가 아니니까 좋은 뜻으로 결혼을 반대하신 거에 앙심을 품는다고 생각하신다면 큰 오산입니다."

그는 어젯밤 벽돌집에서 본 딸을 떠올렸다.

역시…… 애인이 있다고 생각은 했지, 그런데 하필 애인이 사건과 밀접하게 관련이 있군. 사실 이쪽이 동기로서는 가장 그럴듯하긴 해.

"복어회에 독성분이 전혀 없었다고 확신하십니까? 고의는 아니더라도 실수로 그랬을 수는 있지 않습니까?"

요리사가 상당히 화가 난 듯이 말했다.

"지금 저를 뭘로 보시는 겁니까? 제가 복어조리사 자격증을 딴 지가 벌써 칠 년이 되었습니다. 그것도 저는 한 번 만에 땄단 말입니다. 내장 먼저 제거하고 남은 입, 머리뼈, 척추뼈, 갈비뼈 일일이 구석구석 찌꺼기를 파면서 충분히 씻었습니다. 독은 전혀 없었단 말입니다. 그리고 만약 독이 있었다면 손님 분께서 여기에 세 시간 정도 머무르고 계셨으니까 분명히 독이 몸에 퍼졌을 겁니다. 그런데 여기서 그분은 괜찮으셨단 말입니다. 안 그렇습니까?"

선생님 한 명이 동의했다.

"지금 생각해보니 맞는 말이군요. 분명히 김 선생은 그렇게 아파 보이지 않았습니다. 그리고 만약 요리사가 독을 제대로 제거하지 못했다면 우리 중에 김 선생만 먹었을 리가 없지 않습니까? 상식적으로 말입니다."

"그건 알 수 없지요. 고인께서 복어회를 천천히 드셨다거나 늦게 먹기 시작하셨을 수도 있지요. 그리고 고인께서 드신 부분에만 독이 남아 있었을 수도 있지 않습니까? 말이 안 되는 건 아닙니다."

"어쨌든 요리사가 실수를 했건 안 했건 더 이상 확인 못하는 것 아닙니까? 저희와 친했던 김 선생이 불의의 사고로 세상을 떠난 건 슬프지만 남은 우리를 이런 식으로 괴롭히는 것은 잘못된 것이라고 생각합니다."

그는 인정할 수밖에 없었다. 검사결과 복어회에서 독은 전혀 검출되지 않았다. 설령 요리사가 실수로 조금 남겼다고 해도 그건 이미 고인의 몸속으로 갔으니 완전한 증거가 되지는 못한다. 김종한 씨가 천천히 먹었거나 늦게 먹은 것 역시 알 수가 없다. 몰래카메라가 설치되어 있지 않으니 말이다. 결국 여기에서는 더 이상의 물증이 나오기는 힘들었다. 횟집 주인이 말했다.

"형사 나리, 우리 가게 망하게만 하지 말아주십쇼. 이상한 소문이 돌기라도 하면 우리 횟집은 끝입니다. 어제도 다른 손님들이 있는데 경찰 양반이 들어와서 다들 미심쩍은 표정을 짓지 뭡니까. 부탁이니 이대로 끝내주십쇼, 이제 곧 있으면 손님들 올 시간입니다."

그도 어찌할 도리가 없었다. 사실 계속 여기 있다고 뭐가 나오는 건 아니니 말이다. 그는 마지막 질문이라는 생각으로 물었다.

"어제 김종한 씨의 행동에서 평소와 다른 점은 없었습니까? 아까 언급하신 시계를 자주 본 행동 같은 것 말입니다."

"음…… 딱히 없었고 이때까지의 태도와는 달리 매우 기뻐하는 것 같이 보였어요, 어제는 특히 많이 웃었어요. 분명히 빚 때문에 괴로웠을 텐데 말이죠. 아마 만나기로 약속한 누군가와의 일 때문에 그랬는지도 모르죠. 그 사람을 만나러 우리 회식에서 일찍 나갈 정도였으니."

"그 사람을 만나기로 한 시간과 장소는 들으신 적이 없습니까?"

"네, 물어도 말을 안 해주길래 더 이상 묻지 않았죠."

"아 그렇군요."

그때 손님이 둘 들어오자 횟집 주인과 요리사가 똥 씹은 표정이 되었다. 제발 나가달라는 눈치였다. 일단 물을 건 다 물은 것 같아서 인사를 하고 빨리 나왔다. 선생님들한테는 나중에 물을 것이 있으면 또 연락을 드리겠다고 일러놓았다. 그는 이 혼란스러운 상황을 재검토해보기 위해 차에 올라탔다. '왓슨'도 뒷좌석에 올라탔다.

6

"정말 머리 아파죽겠군."

그가 솔직하게 말했다. 수사를 어떤 식으로 진행해 나가야 할지 도저히 판단할 수 없었다. 모든 방향이 막혀 있는 것 같았다. 설령 추측을 하더라도 심증밖에 기댈 게 없었다. 그는 구원의 손길이 필요했다.

"형사님은 이 사건을 어떻게 생각하십니까?"

학생이 괴로워하는 얼굴을 파고들며 물었다. 내가 실력이 없다고 생각하겠지, 하지만 소설 속의 추리만큼 현실 속의 추리는 쉽지 않다고! 소설에서는 명확한 증거들이 속속 발견되겠지, 하지만 난 아직 어떤 증거도 발견하지 못했어. 심지어 동기조차도 파악하지 못했다고, 최악의 경우에는 그냥 단순한 사고일 수도 있다고.

그는 좌절을 제대로 맛보고 있는 중이었다.

"형사님, 일단 이 사건은 두 가지로 나누어서 생각해 볼 수 있습니다. 첫 번째는 단순한 사고사인 경우고 두 번째는 살인 사건인 경우입니다."

'왓슨'은 상당히 여유로워 보였다. 이미 사건의 진상쯤은 파악했다는 듯이 자신감에 차서 말했다.

"첫 번째 경우. 단순한 사고사라면 이 사건은 어느 정도 설명이 됩니다. 빚에 시달리던 가난한 선생이 횟집 요리사의 실수로 복어의 독을 먹어 온몸에 독이 퍼졌고 집에 가서 쓰러진 뒤 사망했다. 실로 말이 됩니다. 너무 어이없지만 말입니다. 하지만 약간 이해가 되지 않는 부분이 있습니다. 빚에 시달리던 고인이 약속한 것을 매우 고대하고 있었던 만큼 그 약속을 한 사람은 그에게 굉장히 중요한 사람이었을 것입니다. 아마도 빚을 청산해 줄 수 있을 만한 사람이었을지도 모르지요. 만약 고인이 그 사람을 만났다면 아마도 그때쯤엔 독의 증상이 나타나 있었을 게 분명합니다. 그리고 설령 증상이 아직 나타나지 않았다고 해도 고인의 죽음을 알았다면 연락을 하는 것이 정상일 것입니다. 이는 반대의 경우에도 성립합니다. 고인이 너무 통증이 심해서 약속을 지키지 못했다면 그 사람은 집에라도 연락을 해야 했을 것입니다. 그런데 아까 경찰관에 물어보니 그의 휴대폰은 물론이고 집에도 연락은 전혀 없었다고 합니다. 이를 어떻게 생각해야 좋을까요?"

학생의 추리에 그는 감탄했다. 이렇게 일목요연하게 머릿속으로 정리하여 논리적으로 추리하다니.

"맞는 것 같아. 상당히 이상하군, 약속을 한 사람이 아직 그 소식을 접하지 못했을 리는 없어. 소식을 접했다면 반드시 연락을 하겠지, 정상적인 사람이라면. 빚의 청산과 관계된 사람이라고 했으니 말이야."

"네, 바로 그겁니다. 그러니 일단 첫 번째 사고사일 가능성은 제쳐두어도 될 것 같습니다. 그러면 이제 두 번째 경우로 넘어가 볼까요? 살인사건일 경우입니다. 여기선 아무래도 동기가 중요할 것 같군요. 다른 사람을 아무런 이유도 없이 죽이지는 않는 법이니까요. 형사님께서는 이번 사건의 동기에 어떤 것이 있다고 보십니까?"

"우선 고인은 빚을 십억이나 지고 있었어. 그것과 관련된 금전적인 동기가 단연 첫 번째지. 다음으로 고인은 자신의 딸과 횟집 요리사와의 결혼을 반대했고 둘의 원망을 샀을 가능성이 커. 물론 그 둘은 내색을 하지는 않았겠지만. 그게 두 번째겠지. 그리고 자세히 생각해 본적은 없지만 아내와의 불화에서 생긴 치정 문제일 가능성이 세 번째야. 자네 생각은 어떤가?"

"음, 누구나 생각할 만한 교과서적인 동기들이군요. 그 동기들을 바탕으로 차근차근 앞으로 나아가보겠습니다. 우선 금전적인 동기일 경우입니다. 이 경우 용의선상에 떠오르는 인물은 네 사람입니다. 세 명의 동료들과 약속을 한 그 사람 이렇게 네 명 말입니다. 그런데 세 명의 선생님들은 고인이 횟집을 나간 이후 사망할 때까지 한 명도 빠짐없이 횟집에 계속 있었다고 합니다. 그런데…….”

그가 학생의 말을 끊고 반론을 펼쳤다.

“자네는 그 세 명이 결코 독을 미리 준비할 수 없었다고 말하는 건가? 그들은 이미 횟집이 회식 장소라는 것을 알고 있었어. 그리고 그중에는 화학 선생님도 있었기 때문에 그런 약품을 구하는 방법쯤은 다들 알고 있었을 수도 있어. 최악의 경우에는 그 세 명 모두가 이번 일을 꾸미고 범행을 저질렀을 수도 있어. 누군가와의 약속이 있었다는 것도 사실은 그 세 명이 미리 입을 맞춘 거짓말일지도 모르지.”

짝, 짝, 짝

학생이 웃으면서 박수를 쳐서 그는 깜짝 놀랐다. 이 학생은 이 경우도 추리하고 있었단 말인가.

“형사님 말씀도 맞습니다. 하지만 문제는 가족들도 고인이 빚의 청산과 관련해서 중요한 사람과 약속이 있다는 것을 알고 있었다는 것입니다. 제가 경찰관에게 미리 물어봐달라고 했지요.”

“아 그래? 그러면…… 혹시 가족들과 그 세 명이 공동으로 모의한 것이 아닐까?”

"글쎄요. 피해자의 아내와 딸 그리고 피해자의 동료인 세 선생님, 최악의 경우에는 요리사 직원까지 모두가 계획을 하고 각자의 이익을 위해 모의하여 그를 죽였을 수도 있다고 말씀하시는 겁니까? 너무 막 나가시는 것 아닙니까? 그렇게 해서 남는 게 뭐가 있단 말입니까? 한 가정의 파탄, 죄책감 말고 남는 게 뭐가 있단 말입니까? 형사님."

이제 그는 정말로 포기하고 싶은 심정이었다. 그가 가설을 세우면 자기를 왓슨이라고 불러달라는 엉터리 학생이 서슴없이 무너뜨려버리는 바람에.

"그럼 이제 두 번째 동기로 넘어가야 하는가?"

"그 경우도 마찬가지입니다. 설령 요리사와 딸이 모의를 했다고 하더라도 요리사가 독을 꼭 고인에게만 먹인다는 보장이 없습니다. 자칫 잘못했다간 여러 사람이 먹어서 자신의 생계와 직결된 직장에서 쫓겨날 수도 있는데 겨우 그런 동기로 자신의 인생을 어리석게 망칠 것 같지는 않습니다. 게다가 경찰들을 완벽히 속일 수 있다는 자만심 같은 건 전혀 찾아볼 수 없었습니다."

"그럼 어쩌란 말인가? 부인이 범인이란 말인가? 부인은 그날 집에서 한 발자국도 나오지 않았단 말일세."

"네, 맞습니다. 그러면 이제 모든 가능성이 부정 되었군요, 하지만 한 가지 알아두셔야 할 점은 제가 위에서 추론한 결과는 맞을지 모르나 제가 제시한 근거는 모두 그럴듯하지만 엉터리라는 것입니다. 형사님 생각은 어떠신가요?"

학생의 허무맹랑한 말에 그는 정신을 차리지 못했다.

"뭐, 근거가 모두 엉터리라고? 나랑 장난하는 건가? 더 이상 뭐가 있단 말인가? 그냥 연쇄독살범이라도 끌어오지 그러신가?"

"형사님! 우리는 이미 이 사건에 대한 단서를 거의 다 가지고 있습니다. 이제 조금만 있으면 모든 단서는 우리들의 손에 들어오게 됩니다. 아, 저기 오는군요."

학생은 차의 창문을 통해서 경찰관으로부터 작은 쪽지를 건네받았다.

'이 녀석은 도대체 나 모르게 무슨 일을 하고 다닌 거야?'

학생이 쪽지를 꽉 쥐며 확신에 찬 목소리로 말했다.

"이제 사건은 해결되었습니다. 진범을 알아냈습니다."

그는 말문이 막혔다. 도대체 무슨 말인가? 지금까지 학생의 말대로 추론을 했지 않은가, 그의 추론에서 어떤 빈틈이 있었단 말인가? 그 외의 가능성이 있단 말인가? 그는 입을 열 수 조차 없었다.

"형사님, 지금까지 우리들이 이번 사건에서 얻은 단서들을 나열해 보겠습니다."

ー고인은 '테트로도톡신'으로 인해 사망하였다.

ー음식에서는 어떠한 독도 검출되지 않았다.

ー고인은 많은 빚을 지고 있었다.

-아이들과 할머니가 고인을 집 밖에서 목격했다. 이미 증상이 나타났던 것으로 보인다.

-고인은 회식 때 빛의 청산과 관련된 사람과 약속이 있다고 가족 및 동료들에게 말했다.

-고인은 회식 때 이유는 모르겠지만 평소와 달리 상당히 밝은 모습이었다.

-한 사람이 광장에서 고인의 집 쪽으로 빠르게 걷는 것이 목격되었다.

"그리고 마지막으로 이 단서가 들어옴으로써 이 사건은 해결된 것입니다!"

- 고인은 어떠한 보험에도 가입하지 않은 상태였다.

"그게 무슨 상관이지? 보험과 이 사건이 무슨 관계야, 가족들이 보험이라도 노리고 그를 독살한 거라고 생각한 거야? 천만에."

"형사님! 이제 모든 재료들은 갖추어져 있습니다. 이 재료를 맛있는 요리로 만드는 것은 우리들의 몫입니다. 형사님도 곧 진실에 도달하리라 믿습니다. 그리고 형사님, 우리들은 한 가지 실수를 범했습니다. 수사를 하는 과정에서 말이죠. 이제 곧 진실이 밝혀질 것입니다."

학생은 차문을 열고 벌떡 일어나 나가려고 했다.

"이보게, 어디 가는 건가? 진실이 무엇이란 말인가?"

"아직 말씀드릴 수 없습니다. 조금 더 자세한 것을 혼자서 알아보고 싶습니다. 조만간 형사님께 꼭 소식을 전해드리겠습니다. 그럼 당분간 안녕히 계십시오."

학생은 차문을 살며시 닫고 약간 긴장한 듯한 발걸음으로 터벅터벅 멀어져갔다, 뒤도 돌아보지 않은 채로.

그것이 그와 유능한 학생 '왓슨'의 처음이자 마지막 만남이었다. 이 주일 후 조간신문에서 그는 한 사람이 고한 읍내와 가까운 저수지에서 익사체로 발견되었다는 소식을 접했다.

쯧쯧, 요즘 강에서 사람이 많이 죽는단 말이야, 이래서야 여름철이 오면 물고기처럼 떼로 죽겠구먼.

순간 그가 익숙한 이름을 발견했다. 바로 그 학생이었던 것이다. 경악한 나머지 들고 있던 신문을 놓치고 말았다. 이건 도대체 무슨 일인가. 그는 김종한 사건에서 손을 뗀 지 일주일이 거의 다되어 가고 있었다. 혹시 이 학생은 그 이후로도 계속 수사를 한 것일까? 진범을 추적한 것일까? 아니면 그냥 놀러갔다가 강에 빠져 죽은 것인가? 그는 머리에 깍지를 끼고 의자 옆의 소파에 기다랗게 누웠다. 이 주일 전 그 학생과 논쟁을 벌였던 일 그리고 결국 미해결로 남은 사건을 떠올리며 그는 잠이 들었다.

7

최태광은 오늘도 심심풀이로 축구경기 정보를 살펴보고 있었다. 요즘은 별로 대박을 치지 못했다. 배당률에 대한 그의 감이 예전만 못한 것이다. 그는 컴퓨터를 쾅 내리치며 고개를 숙였다. 오늘도 역시다. 겨우 본전만 건졌다. 이래서야 토토할 맛이 나는가. 그는 요즘 삶의 활력을 잃은 상태였다. 일 년 전 정선군 축구대회 8강전, 4강전은 비록 사건 수사 때문에 출전하지 못했으나 우승컵을 들기까지 그의 공이 혁혁했던 것은 부인할 수 없는 사실이었다. 하지만 이번 대회에서 그는 뭘 했는가? 수비수들의 밀착 마크로 조별 예선 3경기 동안 이렇다 할 활약도 못 보여주고 예선탈락의 쓴맛을 팀에 안겨주었다. 예전의 영광은 어디로 갔단 말인가. 그가 그런 자신을 한탄하고 있던 찰나 갑자기 일 년 전의 사건이 떠올랐다.

비록 남에게 무관심하다고 하나 어떻게 '그 학생'을 잊을 수가 있단 말인가. 그는 오늘 아침 학생의 기제 일 주년을 맞아 그의 묘를 찾아 인사하고 왔다. 그는 거기서 학생의 어머니에게 편지 한 통을 받았다. 몇 시간 동안이나 뜯지 않고 있었다. 일 년 전 미궁으로 빠진 그 사건, 의문으로 남은 학생의 죽음…… 이 둘은 어떤 관계를 갖고 있었을까…… 그는 사건 후 한 달 동안 고민을 많이 해봤다. 하지만 결국 포기하고 마음을 편하게 먹기로 했다. 학생이 놀다가 물에 빠져 죽은 것이라고 생각하기로 한 것이다. 그는 편지를 뚫어져라 쳐다보다가 차분한 마음으로 읽어 내려가기 시작했다. 십 분 뒤, 그는 멍하게 창밖을 바라보고 있었다. 일 년 만에 비로소 사건의 전말을 알게 된 것이다.

〈최태광 형사님께〉

안녕하세요, 형사님! 이 편지를 받으셨다는 것은 저한테 이미 안 좋은 일이 일어났다는 것이 전제되어 있으니 웬만하면 편지를 받으실 일이 없길 바랍니다, 하하하. 저희 어머니께 부탁드렸습니다. 일 년 후에 형사님께 드리라고요, 물론 저한테 아무 일이 없다면 굳이 편지를 보낼 필요도 없겠지요. 직접 가서 말씀드리면 되니까요. 다음 주면 제가 범인으로 생각하는 인물을 추적하고 증거를 확보할 것 같습니다. 상당히 위험한 일이기는 하지만요.

자, 형사님은 사건을 해결하셨습니까? 심연에서 한 줄기의 빛을 보셨습니까? 그렇다고 믿고 제 추리를 들려드리겠습니다. 형사님의 추리와 비교해 보시기 바랍니다.

형사님과 차 안에 있을 때 제가 마지막으로 언급했던 단서들 아직 기억하시나요? 우선, 고인이 그날 유독 밝았다는 것입니다. 표정이나 태도는 사람이 숨기려고 해도 철저하게 숨길 수는 없습니다. 맞습니다. 고인은 그날 기뻤습니다. 하지만 왜였을까요? 빚을 청산해준다는 사람과의 약속 때문이었을까요? 그렇습니다. 그러면 청산해준다는 사람은 도대체 어디 있었던 것일까요? 제가 본 수상한 사람이 그 사람이라고요? 아닙니다. 그 수상한 사람은 빠르게 걷고 있었습니다. 십억 상당의 어마어마한 빚을 갚아줄 수 있을 정도의 사람이 그렇게 시간에 맞춰 빠르게 걸어야 할 이유는 없습니다. 상상조차 되지 않습니다. 그게 아니더라도 골목길에서의 수상한 사람은 아이들이든, 할머니든 누구한테든 발견이 되었어야 했습니다.

하지만…… 저를 제외하고 그를 본 사람은 아무도 없었습니다. 저는 여기서 대담한 추론을 시도했습니다. 그 수상한 사람은 정말로 제가 처음에 생각했던 고인이었다고요. 결국 제가 원래 보았던 것이 맞았다는 말이죠. 이러면 형사님은 반론을 시도하시겠죠, 다섯 명의 아이들이 본 건 무엇이냐고요. 사실 이 아이들의 증언이 없었다면 사건은 수월하게 해결되었을지도 모릅니다. 아이들의 증언이 사건을 복잡하게 만든 것이죠.

그렇습니다! 고인은 아이들 앞에서 굉장히 아픈 것처럼 비틀비틀 걸었습니다. 강아지를 키우는 할머니 앞에서도 아픈 것처럼 문 하나도 제대로 열지 못했습니다. 그가 그렇게 해야 할 이유가 뭐였을까요? 그는 주변 사람들에게 자신이 집에 도착하기 전에 이미 독이 몸에 퍼지기 시작했다는 것을 최대한 알리고 싶었던 것입니다. 하지만 약속한 사람과 제 시간에 만나야 하기 때문에 인적이 드문 광장에서는 빠르게 걸었던 것입니다. 제가 벤치에 있다는 것은 눈치도 못

채고요. 자, 이제 그는 집에 들어갑니다. 가족들이 그를 반겨줍니다. 그와 만나기로 한 사람은 어디에 있었을까요? 가족들? 그건 아니죠. 그는 가족들의 증언대로 입구에 들어서자마자 쓰러집니다. 경련을 일으키며 독의 다양한 증상들을 내보이며 말입니다.

여기까지였다면 이것은 충분히 타살을 가장한 자살로 볼 수 있었습니다. 왜냐하면 고인이 빚에 시달리다 못해 자살을 하는 동시에, 타살로 보이게 하면 어느 정도의 보험금을 가족들에게 남겨줄 수 있기 때문입니다. 표정이 밝았던 것도 그것으로 이해할 수 있겠죠. 하지만 이해가 되지 않았습니다. 도대체 독을 어디서 구했으며 어떻게 먹었을까요? 그의 손에는 어떤 약 성분도 묻어 있지 않았습니다. 집 주변과 그의 몸 어디에서도 독약의 흔적은 찾아 볼 수 없었습니다. 하늘이 테트로도톡신을 그의 입에 넣어준 것일까요? 게다가 보험에 가입하지 않았다는 것이 밝혀짐으로써 자살 동기는 제로에 수렴합니다. 저는 그때부터 새로운 가능성을 생각하고 곧 그것이 옳다고 확신했습니다.

비록 저는 현장에 없었지만 형사님은 계셨습니다. 형사님은 그 자리에서 들은 부인과 딸의 말을, 의사의 말을 정확하게 기억하고 계십니까? 저는 그 집에 가서 부인에게 다시 물어 보았습니다. 고인께서 숨이 멎은걸 어떻게 알았냐고요. 형사님께서도 기억하시겠지만 부인은 고인의 얼굴에 손을 갖다 댔다고 했습니다. 즉, 부인은 그가 심장이 뛰고 있는지 확인은 하지 않은 것입니다. 아마 고인이

인위적으로 호흡을 멈추었을 것입니다. 죽은 척하려고 말입니다. 이제 결정적인 단서입니다. 의사의 진단을 기억하십니까? 테트로도톡신 중독으로 인한 것으로 보입니다, 라고 했지요 아마. 그는 증상들을 토대로 그러한 판단을 했고 형사님의 관심을 복어회와 횟집으로 돌려놓았습니다. 부검의도 아닌 의사가 독의 종류를 증상만을 통해 판별하는 것은 사실상 불가능합니다. 게다가 그가 근거로 들었던 증상들은 모두 다른 독에 의한 병에서도 공통적으로 나타나는 것들입니다. 그는 터무니없는 추측을 했고 검시의가 시행한 검시에서 실제로 테트로도톡신으로 사인이 확인되었기 때문에 아무 문제없이 넘어간 것입니다. 이 의사가 바로 그 독을 먹인 것입니다. 치사량만큼의 독을 말이죠. 의사는 아마 고인과 사적으로 아는 사람이었을 겁니다. 고인의 빚을 청산하기 위해 논의하던 중 그는 이런 계획을 제안했을 겁니다.

횟집에서 일어난 독살 사건으로 김종한 씨가 죽게 되다!

물론 진짜 죽는 것은 아니겠죠. 의사는 분명히 시체를 바꿔치기 해서라도 빚이 많은 고인이 마을에서 완전히 증발하도록 도와주겠다고 약속했을 겁니다. 나중에는 그의 가족들까지도 몰래 빼내주겠다고 약속했을 거구요. 부인이 고통스러워하는 남편 때매 의사를 부를 경우 고한읍에 하나뿐인 병원으로 전화를 걸 것이라는 것도 계산되었던 것입니다. 즉, "김종한 씨는 독살로 인해 죽고 남은 가족들은 어디 먼 곳으로 어느 날 밤 흔적도 없이 사라졌다" 이런 스토리를 김종한 씨는 원했겠죠. 비록 그의 동료들과 횟집 직원들은 살인사건에 휘말리게 되겠지만요. 하지만 사건은 그의 예상을 훨씬 벗어나 버렸습니다. 의사는 그를 빚에서 구제해주기는커녕 죽은 체하고 있는 그에게 테트로도톡신을 투여한 것입니다. 아무 말도 못하고 즉사했겠죠, 의사는 교묘하게 가족들 앞에서 그를 죽인 것입니다. 그에게는 아무 걱정이 없었죠. 검시를 해도 어차피 테트로도톡신이 나올 것이란 걸 알고 있었기에 그는 경찰 앞에서 자신 있게 진술할 수 있었던 것입니다. 게다가 할머니와 아이들 눈에 띤 김종한 씨의 임기응변의 행동들, 빠르게 걸어가는 그를 본 저로 인해 사건은 혼돈 그 자체가 되었습니다. 게다가 김종한 씨는 교묘하게 빚의 청산과 관련된 사람과의 약속을 언급하며 사건수사에 혼란을 일으키려고 했던 모양입니다. 결국, 그는 원통하게 죽었지만 말입니다.

이제 사건의 전말을 아시겠죠? 정말 교묘하게 계획된 살인이었습니다. 과연 동기는 무엇이었을까요? 제가 조사해본 결과 그 의사는 불과 일 년 전까지만 해도 서울에서 대형 병원을 운영했습니다. 그런 그가 이런 허름한 시골마을에 병원을 차리게 된 이유는 무엇일까요? 비밀로 부쳐진 의료사고 때문이라고 짐작할 뿐입니다. 아마 김종한 씨가 그 사고에 대해서 우연히 알게 되었겠지요. 그런 그가 눈엣가시였을 겁니다. 김종한 씨는 그것을 미끼로 그에게 많은 것을 요구했겠지요. 아마 빚의 청산도 요구했을 겁니다. 그때 머리 좋은 양반이 이런 기발한 생각을 떠올린 걸 겁니다.

자, 너무 말이 길어졌군요. 내일 아침에 저는 우선 서울로 떠날 겁니다. 그런 다음 확실한 사실들을 파악한 후 직접 원장에게 찾아갈 것입니다. 설마 제가 어떻게 되기야 하겠습니까? 너무 걱정하진 마세요, 아 이건 일 년 후에 보내지는 편지지. 일 년 후에 보내는 편지라…… 뭔가 폼 나지 않습니까? 하하하.

편지에는 보내는 날짜와 보낸 이의 이름조차 적혀 있지 않았다. 최태광은 멍하니 창밖을 바라보다 일어나서 편지를 봉투에 다시 넣고 책상 앞에 앉았다. 그는 일 년 전 '고한읍 미해결 사건'으로 분류되었던 김종한 씨 독살사건에 대하여 경찰청에 제출할 문서를 작성하기 시작했다.

시계바늘은 어느덧 열 시를 가리키고 있었다.

박상민

2016년 『계간 미스터리』 가을호에 「은폐」로 신인상을 수상했다. 이후 많은 중단편 추리소설을 발표했고, 2017 올해의 추리소설 『리벤지 바이 블러드』에 저자로 참여했다. 한림대학교 성심병원 인턴이다.

마타리

정가일

마타리

안내 쌍떡잎식물 합판화군 - 꼭두서니 마타리과의 여러해살이풀

학명 Patrinia scabiosaefolia Fisch. ex Trevir.

분류 마타리과

서식장소 산이나 들

마타리꽃은 가을산을 대표하는 꽃 가운데 하나로 노랑 우산을 펼친 듯한 모양이 청초하기 이를 데 없다. 들판에 피는 노란꽃이라 하여 야황화, 야근, 여량화 등의 이름과 우리말로는 강양취, 가양취, 미역취라고도 한다. 그러나 꽃이 고운 것과는 반대로 뿌리에서는 악취가 나는데 한자로 패장이라고 하여 약으로 쓴다.

자료제공: 단양국유림관리소

차가운 밤, 명절도 없고 축제도 없는, 무미건조한 밤과 밤 사이의 차가운 아스팔트 위에 젊은 여인이 꽃처럼 누워 있다.

하늘거리는 긴 속눈썹 사이, 허공을 향한 푸른 눈이 중력을 잃은 달처럼 허무하게 떠 있고, 제멋대로 휘갈기는 차가운 바람에 가느다란 금발머리가 춤추듯 흩날린다.

찢어진 옷 사이로 드러난 투명한 피부가 파란 가로등 불빛 아래서 하얗게 빛나고, 깨진 블록 틈새, 애써 솟아난 노란 들꽃 배게 삼아 이국의 여인이 한숨도 없는 긴 잠을 자고 있다.

신영규는 멍하니 누워 있는 여자를 쳐다보고 있었다. 감정을 버리고 냉정함을 유지하는 것이 수사의 기본 중 기본이지만 폴리스 라인을 넘어 현장에 누워 있는 그녀를 본 순간, 이미 그의 의식은 안드로메다 너머로 날아가 버렸다. 그녀와 자신 사이의 거리가 사라지고 사방의 공간이 하나로 합쳐지는 느낌이었다.

어디선가 4 Seasons의 〈Can't Take My Eyes off You〉가 들려왔다.

You're just too good to be true 당신은 믿을 수 없을 정도로 멋져요

I can't take my eyes off you 당신에게서 눈을 못 떼겠어요

You'd be like heaven to touch 당신은 만질 수 있는 천국 같아요

I wanna hold you so much 당신을 꼭 안아주고 싶어요

"예쁘지?"

윤기훈 반장이 한 마디 툭 던졌다. 신영규가 흠칫, 선배 형사를 쳐다보았다.

"경찰도 사람이야. 누구나 현장에 매혹되는 순간이 있다. 하지만 현장과 언제나 거리를 유지해야 돼. 관찰자가 현장에 빠져버리면 끝장이다. 히말라야 고승처럼 눈과 뇌 사이에 필터가 있어야 정신을 잡아둘 수 있어."

그의 말대로 어쩌면 나는 지금 이 현장에 빠져 버린 것인지도 모른다라고 신영규는 생각했다. 자신과 현장 사이에 아무런 필터가 없는 느낌이었다. 모든 자극이 그대로 심장으로 밀려들어왔다.

주변을 둘러싼 노란색 테이프를 춤추듯 사람들이 넘나들고 경찰차와 구급차의 경광등이 폭죽처럼 점멸하고 있었지만 들뜬 기분은 어디에도 없었다. 어쩌면 이곳은 축제와 극 대칭의 공간이라는 생각이 들었다. 다시 피해자에게 눈길을 주었다. 그의 눈빛도 죽은 여자의 것처럼 공허했다.

긴 다리를 감쌌던 스타킹이 여기저기 찢어져 있고 구두 한 짝은 벗겨져서 한참 먼 곳에 떨어져 있었다.

MLB 야구모자를 쓴 젊은 과학수사대원이 거대한 카메라로 시신과 부근 현장을 찍어대고 있었다. 플래시 불빛이 휘황찬란한 축제의 불꽃을 연상시켰다.

점점 더 현장이 현실과 다른 뭔가로 바뀌는 느낌에 신영규는 가볍게 머리를 흔들었다.

"피해자 신원?"

윤 반장의 물음에 신도식 형사가 고개를 저었다.

"유류품이 한 개도 없습니다. 근처 술집에서 일하는 여자 같은데요?"

신영규는 은단을 입안에 털어 넣었다. 입안에 번지는 쓴맛을 곱씹으며 감정을 버리려고 애썼다.

"현장에서 음식물 드시면 안 됩니다!"

용대승 형사가 혀를 차며 말했다. 신영규는 은단통을 집어넣고 그를 한 번 노려보았다.

"현장에서 외부 음식물 안 되는 거 상식아뇨!"

신도식 형사도 한 마디 했다.

"뭐?"

신영규도 발끈했다. 후배가 비꼬는 것에 화가 치밀었다.

"아, 도식이 말 맞잖소? 서울 형사들은 상식도 없소?"

용대승이 비웃음을 던졌다.

"거기까지!"

굵직한 홍 반장의 목소리가 그들을 갈라놓았다.

그때야 형사들은 입을 다물었다. 모두가 신영규를 미워한다. 서울에서 내려온 젊은 상사, 사람 무시하듯 말도 잘 안 하고 잘 웃지도 않는 신영규를 토박이들이 좋아할 리 없다. 하지만 마음의 문을 닫아 버린 신영규는 다른 사람의 평가 따위는 새가 지저귀는 정도로 여기고 있었다.

홍 반장이 누워 있는 여자의 얼굴 근처로 허리를 구부리고 가볍게 냄새를 맡았다.

"화류계 아니다. 술 냄새가 안 나. 화장이나 입은 옷도 고급지고…… 신 형사 어때?"

자신을 찾는 말에 신영규는 정신을 차리고 피해자를 관찰했다.

"화장이 진하지 않고 고급스럽습니다. 손톱이 짧고 정리가 잘 되어 있는 걸 보니 손을 쓰는 직업 같네요. 립스틱도 연하고 매니큐어는 살구색. 전체적으로 튀지 않는 화장을 하고 있습니다. 머리는 풀어 헤쳤지만 옆쪽이 눌려 있는 걸 보면 일할 때는 핀으로 머리를 고정한 것 같습니다. 이런 차림을 하고 이 시간에 퇴근했다면 아마도…… 카지노 딜러가 아닐까 생각됩니다."

신영규의 분석에 윤 반장도 고개를 끄덕였다. 카지노 딜러들은 정신을 산만하게 하는 진한 화장과 복장을 하지 못하게 되어 있다. 특히 여성 딜러들은 근무 중 지정된 유니폼과 수수한 화장만 하는 것이 철칙이다.

"가능성 있다. 도식이는 호텔 카지노에 연락해보고 용! 경찰들 데리고 근처에 유류품 있나 수색해봐!"

"넵!"

경찰들이 윤 반장의 지시대로 바람같이 움직였다.

"사인死因은?"

거대한 총처럼 생긴 고성능카메라를 내려놓은 젊은 과학수사대
원이 모자를 벗고 소매로 이마의 땀을 닦았다.

"액사縊死 같아요. 피해자는 도망치다가 여기로 왔고 범인에게
붙잡혔겠죠. 강간을 시도하던 범인은 피해자의 저항이 심해서 양
손으로 목을 졸라 살해하고 도주한 것 같네요."

"의복 및 시신의 상태로 볼 때, 성폭행을 시도했던 정황이 있습
니다."

죽은 여인의 옷은 군데군데 찢겨 있었고 짧은 스커트는 위쪽으
로 밀려올라가 있었다. 손톱에 칠해진 살구색에 은가루가 더해진
특이한 매니큐어도 군데군데 벗겨져 있었고 손톱 끝은 부러져 있
었다.

"성폭행을 시도하다가 반항이 심해서 죽였다?"

신영규는 시신 앞에 한쪽 무릎을 꿇고 앉았다.

과학수사대원이 대포처럼 길고 무거운 카메라를 들고 뒷굽이 부
러진 구두 한 짝을 찍고 있었다. 번개 치듯 카메라 플래시가 연속해
서 터졌다.

"조금 이상한데요."

중얼거리듯 신영규가 말했다.

"뭐가?"

윤 반장은 주머니에 두 손을 찔러 넣은 채 시신을 응시하고 있었
다. 그는 눈과 두뇌 사이에 필터가 있는 듯 석상 같은 냉정함을 유

지하고 있었다.

"시신에 저항흔이 별로 없습니다. 저항하지 않았는데 죽였다는 게 이해가 안 됩니다."

"단순한 성폭행이 아닐 수도 있다?"

"그냥, 의심이 듭니다."

"일리 있어! 계속 파!"

'끼이익'하는 브레이크 소리와 함께 신문사 마크가 찍힌 자동차가 현장 옆에 급정차했다. 등산복 차림의 남자가 카메라를 들고 차에서 내렸다. 경찰관이 저지했지만 남자는 "나, 기자야, 기자!" 하며 무조건 폴리스라인을 넘으려고 들었다. 윤기원 반장이 '쯧'하고 혀를 차고는 그쪽으로 걸어갔다.

"김 기자, 나중에 보도자료 줄 건데 뭘 이렇게 열심히 해? 잠 좀 자!"

"기러기 아빠가 잠은 무슨…… 이거 요즘 터진 그, 부녀자 연쇄 실종하고 관계있지?"

경찰과 몸싸움을 벌이며 신문기자가 외쳤다.

"아직 모르지, 근데 여긴 어떻게 알고 온 거야?"

이런 어수선함 속에서도 신영규는 오직 피해자의 눈만 쳐다보고 있었다. 다시금 여자와 자신의 간격이 극단적으로 가까워졌다.

"관찰자가 현장에 빠져버리면 끝장이다."

선배의 말이 다시 떠올랐다. 죽은 여자는 뜬 눈으로 허공에 뭔가를 말하고 있었다. 신영규는 건너편의 번쩍이는 빛의 탑을 쳐다보았다. 언덕 너머의 카지노 호텔은 밤낮없이 사람으로 북적거리지만 그 불빛이 빤히 보이는 이곳은 한밤중의 무덤처럼 한산하다.

돈을 벌기 위해 낮에는 호텔에서 일하고 밤에는 무덤 같은 집으로 돌아가는 사람들…… 그녀도 그중 하나였을 것이다. 늦은 밤까지 손님들을 상대하다가 새벽녘에야 간신히 위험한 도로를 건너 교외의 초라한 집으로 돌아온다. 나중에 고국에서 좀 더 나은 생활을 꿈꾸며 이런 고통을 참아왔을 것이다.

"시시티브이?"

"이 근처에는 없습니다. 고속도로 쪽에는 있지만 여기서 많이 떨어져 있습니다."

이미 방치된 지 몇 개월이 지난 공사현장 근처에는 주차된 차량도 없었다. 시시티브이가 없을 경우 차량의 블랙박스가 큰 도움이 되지만 주변에 주차된 차가 없어서 그것조차도 기대할 수 없었다.

시신은 ㄷ자로 둘러싸인 거대한 담장 안쪽에 있었다. 무슨 이유인지 모르나 공사가 중단되어 방치된 건물은 높은 안전격벽으로 둘러쳐져 외부와 완전히 격리되어 있었다. '드림 펠리스Dream Palace'라는 이름 그대로 이곳은 꿈속에만 남아 있는 궁전이 되어 있었다.

"왜 여기로 왔지?"

신영규가 시신에서 눈을 때지 못한 채 중얼거렸다. 피해자는 새벽녘 귀가하던 중 범인과 갑자기 만나게 되었을 것이다. 그를 피해 급히 도망친 곳이 여기였다.

보통 이런 외진 곳으로 도망치지는 않는다. 여자는 사람이 많은 쪽으로, 불빛과 말소리가 들리는 곳을 향해 종종걸음을 쳤을 것이다. 하지만 여기는 사람이 있는 것처럼 밤에도 밝게 불을 밝혀두고 라디오와 스피커까지 갖춰서 은은한 말소리까지 들리게 해 청소년들이나 노숙자들이 다가오기 어렵게 해놓은 곳이었다. 지자체에서 우범지역관리를 위한 특별구역으로 지정해 관리를 하던 곳으로 그들은 이것을 '양지 프로젝트'라고 불렀다.

강간범을 피해 도망치던 여자는 이곳에 아무도 없다는 것을 알았을 때 얼마나 절망했을까? 그녀가 사력을 다해 도착한 곳 어디에도 '양지'는 없었다. 펜스 위의 스피커에서 나오는 음악이 양쪽 벽에 반사되어 '웅웅' 울려 퍼지고 있었다.

"반장님!"

신도식 형사가 윤 반장을 불렀다.

"호텔 쪽에 알아봤는데 러시아 출신 딜러가 한 명 있답니다. 인상착의가 일치하는데요!"

"나중에 호텔가서 확인해봐."

"네!"

"신영규!"

"네!"

윤 반장의 호통에 정신이 돌아왔다.

"신 형사는 아직 여기 사정 모르니까 도식이하고 같이 다녀."

"알겠습니다."

'왜 하필 나야?'하며 사투리로 중얼거리던 신도식 형사가 윤 반장의 매서운 시선에 입을 다물었다. "오, 신신 시스터즈?"하며 웃던 용대승도 반장의 눈빛에 고개를 숙였다.

상관없다. 신영규는 물끄러미 피해자를 쳐다보았다.

이상하게 생각이 제멋대로 달린다. '아마도 춥고 건조한 날씨 탓일 것이다. 어쩌면 미세먼지 때문인지도 모른다' 라고 그는 속으로 말했다.

"이건 누가 발견한 거야?"

"목격자가 있습니다."

신도식 형사가 쭈뼛거리며 말했다.

"목격자?"

"트럭 운전수입니다. 근처에 차를 세워두고 쉬고 있었는데 피해자가 공사현장 안으로 들어가는걸 목격하고 신고했답니다."

윤 반장의 폰이 울렸다. '따르릉'하는 옛날 전화 링톤이었다. 중요한 전화인지 그는 "넵!"하고 고개를 숙이며 먼저 가라고 손짓했다.

신영규는 김 형사를 따라 노란 안전선 밖에서 경찰과 이야기하고 있는 한 남자에게 다가갔다. 경찰통제로 공사현장 입구 근처에 대기하고 있어서 시신이 있는 곳은 잘 보이지도 않았다. 마흔 전후의 마르고 왜소한 남자는 아무리 봐도 트럭 운전 같은 험한 일을 할 사람으로는 보이지 않았다. 그대로 양복에 넥타이만 매면 중소기업 간부처럼 보이는 얼굴이었다.

"이름 고민기. 만 38세. 현재 엘름 리싸이클이라는 업체에서 특수폐기물차를 운행하고 있습니다. 지난밤, 일을 마치고 여기 근처에 주차하던 중에 피해자를 봤답니다."

김 형사의 설명을 들으며 신영규는 멀리 떨어져 있는 목격자를 주의 깊게 살폈다. 이런 외진 사건현장의 목격자는 범인과 관계있을 가능성이 크다. 남자의 몸에는 이렇다 할 외상의 흔적이 없었다. 피해자의 몸에는 적으나마 저항흔이 있다. 저항흔은 자신을 지키기 위해 본능적인 방어행동에 의해 나타나는 신체상의 상처와 흔적들이다. 강간을 시도하려는 범인에 맞서 여자는 누운 상태에서 손발을 움직여 저항했다. 손목과 다리에 남은 상처는 그렇게 생겼다. 손톱 끝도 부러졌다. 분명 가해자의 몸에도 어느 정도 흔적이 남아 있을 것이다. 모든 가능성을 고려한 형사의 날카로운 눈이 목격자의 전신을 샅샅이 훑었지만 육안으로는 특이한 외상이나 상흔은 찾을 수 없었다. 목격자 고민기는 점잖은 얼굴에 베테랑 영업사원 같은 딱딱한 미소를 짓고 있었다. 도저히 트럭 운전수로는 보이지 않았다.

"피해자를 보셨다고요?"

"예, 어제 새벽 두 시 반쯤이었을 겁니다. 저 큰길 앞에 차를 세우고 음악 들으면서 쉬고 있는데 젊은 여자 하나가 쫓기 듯이 빠른 걸음으로 지나가는 것을 봤습니다. 하이힐 굽소리가 너무 크게 울려서 잘 기억합니다."

"혼자였나요?"

"아뇨, 그 여자 뒤쪽에서 검은색 SUV가 멈추더니 덩치 좋은 외국인 두 명이 내렸어요. 여자가 그 사람들을 보고 놀라서 도망치듯이 저 공사현장으로 들어갔습니다."

"외국인 두 명?"

"네, 아무래도 마피아 같았습니다. 덩치도 크고, 흉터에…… 아무튼 상대하기 싫은 타입이었죠."

피해자는 카지노 딜러였다. 어쩌면 그녀가 일하던 곳의 손님일지도 모른다. 목격자의 얼굴에는 어색한 표정이 별로 없었다. 한 가지 신경 쓰이는 건 남자의 무표정에 가까운 웃는 얼굴이었다. 감정이 없는 웃음…… 얼마나 오랫동안 연습했을까?

"그 사람들 인상착의 좀 알려주세요."

"둘 다 검은색 계열 정장을 입었어요. 한 명은 깍두기 머리에 또한 명은 얼굴이 긴 말상 같았어요."

신영규는 다시 목격자를 쳐다보았다. 남자는 여전히 표정 없는 눈으로 미소를 짓고 있었다. 흔히 종교인들의 '썩소(썩은 미소: 억지로 웃는 웃음)'와는 차원이 다른 것이었다.

"그럼, 그 뒤에 얼마나 있다가 경찰에 신고했죠?"

"여자가 먼저 공사현장으로 들어가고 남자들이 뒤따라 들어갔죠. 여자 비명이 들리고 러시아말로 싸우는 소리가 들리더군요. 그리고 한 오 분쯤 뒤에 남자들만 나와서 바로 차를 타고 가버렸습니다. 삼십 분 넘게 기다려도 여자가 안 나와서 처음엔 다른 길로 도망간 줄 알았어요. 혹시나 해서 한번 가봤더니 저 안쪽에 누워 있더라고요. 놀라서 바로 경찰에 신고했죠."

목격자의 말에 이상한 점은 없었다. 여자의 사망 추정 시각은 새벽 두 시에서 세 시 사이. 남자가 경찰에 신고한 시간이 세 시 십 분경. 시간상으로 현장 상황과 거의 일치했다.

"피해 여성을 가까이서 봤나요?"

"아뇨? 혹시라도 그 사람들이 되돌아올까 봐 얼른 차로 돌아가서 경찰 올 때까지 기다렸어요."

그의 선택은 틀린 것이 아니었다. 세상에는 어중간한 호기심 때문에 큰일을 당하는 사람도 많다. 사람들은 일을 당한 다음에서야 자신이 잘못된 때와 잘못된 장소에 있었다는 사실을 깨닫는다.

아무 말 없이 한동안 쳐다보자 목격자는 불안한지 얼굴이 살짝 일그러졌다. 이 사람의 말은 틀린 것이 없었다. 하지만 뭔가가 어색하다. 신영규는 목구멍에 작은 생선 가시가 걸린 것 같은 이질감을 느꼈다. 아무리 삼키려고 해도 넘어가지 않는 불순물 같은 것이 그를 괴롭혔다.

"이전에 무슨 일하셨습니까?"

"네?"

"트럭 운전하실 분으로 안 보여서……"

"아, 네."

남자는 조금 안심한 얼굴이 되었다. 소심한 사람 같았다.

"원래 작은 IT회사를 운영했습니다. 그런데 대기업하고 거래하다가 망했죠."

"대기업이 줄 돈을 안 줬나요?"

"아뇨. 제 기술을 훔쳐갔습니다. 정부는 아무 도움도 안 줬죠. 소송 준비하다가 결국…… 제가 포기했습니다."

남자는 담담하게 웃는 얼굴로 말했다. 대기업 위주 경제체제의 현실이다. 공룡은 큰 몸을 유지하려고 작은 벌레까지 잡아먹고, 결국 모두가 소멸한다.

"그래서 트럭 운전을 하셨다?"

"감사하게도 친척 중에 화학 폐기물 처리업체를 운영하시는 분이 일을 주셔서 제약회사하고 대학 실험실 쪽 폐기물을 전담 처리하고 있습니다."

"완전히 다른 일하는 건데 겁 안 났어요?"

신도식 형사가 물었다. 요즘 전직을 심각하게 고민하는 모양이다.

"세상일이 다 그렇죠. 처음에는 두렵고, 두 번째는 할 만하고, 세 번째로 익숙해지면 그다음부터는 중독!"

"아, 거 말 되네!"

남자의 말에 신도식이 고개를 주억거렸다. 신영규가 말을 끊었다.

"차는 어디 있죠?"

"저 앞에 있습니다."

재촉하듯 쏘아보는 신 형사의 눈빛에 남자는 머뭇거리며 트럭이 서 있는 곳으로 걸어갔다.

트럭은 쓰레기처리 등에 많이 쓰이는 2.5톤 암롤 트럭이었다. 암롤 트럭은 컨테이너가 차량에 고정되어 있지 않고 필요에 따라 트럭에 부착된 암으로 견착하거나 분리할 수 있어서 쓰레기나 각종 산업폐기물 운반과 처리에 많이 사용되는 차량이었다.

"뒤에는 뭐가 들었나요?"

"어젯밤에 폐기물이 든 컨테이너를 처리장에 놔두고 와서요. 지금은 빈 컨테이너입니다."

신영규 형사는 고개를 끄덕인 다음 트럭 이곳저곳을 자세히 살펴보았다. 비싼 양복이 더러워지는 것도 신경 쓰지 않고 몸을 기울여 트럭 밑으로 들어갔다. 컨테이너 안도 기웃거렸지만 이상한 점은 발견할 수 없었다.

옷을 툭툭 털며 일어난 신영규는 발판 위로 올라가서 운전석 안을 들여다보았다.

"중고차를 산 거라서 좀 더럽습니다."

하지만 그의 말과 달리 안은 비교적 깨끗하게 정리되어 있었다. 쓰레기나 담배꽁초 하나 없이 깔끔한 차 안이 오히려 이상하게 생각될 정도였다. 한 가지 특이한 것은 차 안 곳곳에 미국 히어로물의 상징들이 붙어 있는 것이었다. 핸들 가운데에 캡틴 아메리카의 방

패가 붙어 있고, 손잡이는 배트맨 마크가 붙어 있었다. 운전석 뒤쪽에는 토르의 망치 레플리카까지 걸려 있었다.

"히어로 좋아하시네요?"

신영규의 물음에 남자가 뒷머리를 긁으며 대답했다.

"제 유일한 취미입니다. 어머니가 엄하셔서 어렸을 때 장난감을 받아본 적이 없거든요. 어른이 돼서도 이쪽으로만 관심이 가서요."

"그런데 트럭 밖에는 아무 장식을 안 하셨네?"

"아, 규칙상 차 밖에는 회사 로고 외에 다른 부착물은 금지입니다. 제가 규칙성애자라서 그런 건 철저하게 지킵니다."

"규칙성애자?"

"철저하게 규칙을 지키는 게 제 사명이라고 믿습니다."

"그래요. 야, 스피커도 좋은 거 쓰시네!"

고급 메이커의 스피커도 눈에 띄었다. 카 오디오 마니아들 사이에서 유명한 백만 원을 호가하는 고성능 스피커였다.

"제가 아리아 덕후라서요. 그날도 아리아를 듣고 있었죠."

"아리아라……."

신영규 형사의 눈이 차량에 부착된 블랙박스에 고정됐다. 나온 지 얼마 안 된 최신형 모델로 TAT(TIME Allocation Table) 방식이 적용된 기계였다. TAT 방식은 카메라에서 CPU, 메모리. 저장장치를 거치는 기존의 방식과 달리 CPU에서 바로 저장장치로 실시간으로 기록되는 타입으로 전원공급이 안되면 저장이 안 되게 하거나 충격에 약한 기존 FAT 방식을 보완한 기술이라서 많은 회사들이 이 방식을 채택하고 있다.

"이 블랙박스, 켜져 있던 거요?"

"네? 아! 아뇨. 어제부터 메모리카드에 문제가 생겨서 못 쓰고 있습니다."

"하필이면 어제부터 문제가 생겼다?"

신 형사가 한쪽으로 입을 치켜 올리며 웃었다.

"이 메모리카드 저희가 좀 봐야 되겠는데. 협조 부탁드립니다."

"사유재산인데 그냥 막 가져가도 되는 겁니까?"

남자가 항의했다. 신기하게도 그는 이런 순간에도 어색하게 웃는 얼굴을 풀지 못했다.

"당연히 안되죠. 압수하려면 영장이 있어야죠. 어떻게, 영장 청구할까요?"

신도식 형사가 큰 눈을 더 크게 뜨며 말하자 목격자는 한숨을 쉬었다.

"알았어요. 가져가세요. 나 참, 저 같은 사람, 대기업한테나 경찰한테나 뺏기기만 하네요."

"조사 끝나면 돌려드립니다. 참, 명함 하나 주시죠. 회사 전화번호 있는 걸로……."

김 형사의 요청에 남자는 주머니에서 휴대전화를 꺼냈다. 커버에 아이언 맨이 금빛으로 빛나고 있었다. 명함을 꺼내 김 형사에게 건네준 그가 서둘러 휴대폰을 주머니에 넣었다. 신영규가 비닐장갑을 낀 채 블랙박스에서 마이크로 SD 메모리카드를 꺼낸 다음, 비닐장갑을 뒤집어 벗어 안에든 메모리카드를 신도식 형사에게 건네주자 익숙하게 작은 비닐봉지에 담아 주머니에 보관했다.

사건 자체는 단순해 보였다. 살해당한 피해자는 저항한 흔적이 있지만 목격자의 몸에는 상처가 없었다. 러시아 마피아들이 도주하려는 여자를 붙잡아서 죽였다는 가능성이 더 설득력이 있었다.

"유류품 나왔어?"

윤 반장이 물었다.

"남은 게 없습니다. 가져간 것 같습니다."

용대승 형사가 대답했다.

"휴대폰도?"

"없습니다."

"피해자 사진 구해서 탐문해봐. 만약 목격자 말대로 러시아 놈들 짓이면 한국을 뜨려고 할 거야. 애들 전부 데리고 가서 비슷한 놈들 있는지 알아봐!"

"네!"

형사들이 지시받은 대로 몸을 움직였다. 하지만 신영규는 그대로 트럭 근처를 배회하며 뭔가를 찾고 있었다.

"저는 어떻게 할까요?"

목격자가 물었다.

"지금은 다 끝났습니다. 다시 연락드릴 테니까 멀리 가지 마시고 전화 받으세요."

"네."

목격자가 트럭에 올라타고 차에 시동을 걸자 신영규는 그때야 트럭 옆에서 물러났다.

"정말 안됐네요. 파란 눈이 예쁜 아가씨였는데……."

목격자는 안타깝다는 듯 한숨을 쉬고는 차를 출발시켰다. 신영규는 날카로운 눈으로 떠나는 트럭을 노려보았다.

이상하게 생각이 제멋대로 달린다. "아마도 춥고 건조한 날씨 탓일 것이다. 어쩌면 미세먼지의 영향일 수도 있다"라고 그는 자신에게 세뇌시키듯 말했다.

*

갓 떠오른 태양의 따가운 햇살과 함께 신영규와 신도식은 파라다이스 호텔에 도착했다. 신영규가 경광등을 켜자 신도식이 기겁했다.

"빨리 꺼요!"

하지만 신영규는 그대로 경광등을 켜둔 채 차에서 내려 곧장 프런트 데스크로 향했다.

"아, 씨, 저거 꺼야 되는데……."

신도식이 안절부절못하며 따라 들어갔다.

이른 새벽에도 두꺼운 화장을 한 프런트 데스크의 여직원이 부은 눈으로 그들을 맞이했다.

"경찰입니다."

벌써 연락을 받은 여직원은 바로 매니저를 호출했다. 큰 키에 뿔테안경을 쓴 매니저는 주머니에 손을 찔러 넣은 채 못마땅한 표정으로 형사들을 맞이했다.

"아니? 경광등 켜고 왔어요? 나, 참……."

보통 호텔 매니저들이 깔끔한 외모를 가진 것과 달리 심한 덧니에 여드름 자국이 덕지덕지 남아 있는 찡그린 얼굴이 보는 사람을 불편하게 했다.

"아, 예…… 저기……."

명함을 건네거나 자기소개도 없었다. 호텔리어의 기본도 안되어 있는 사람이었다. 돈 있는 집안에서 거들먹거리고 자란 망나니의 행동거지가 표정과 말투에 그대로 묻어났다.

이 호텔은 개장 전부터 채용비리로 언론의 뭇매를 맞았다. 국회의원이나 청와대 고위공직자의 청탁으로 호텔에 들어간 사람들이 전체 직원의 삼 할은 될 거라는 뒷얘기가 많았다. 절반이 넘을 거라고 말하는 사람도 있었지만 설마 우리나라가 그 정도로 썩지는 않았을 것이라며 애써 넘겼다. 그런데 이 매니저라는 사람을 보니 어쩌면 그 소문이 사실일지도 모른다는 생각이 들었다.

"저기, 사무실로 들어가죠."

한마디를 던지고 휘적휘적 걸어가는 그 뒤를 형사들은 어이없다는 표정으로 따라 갔다. 매니저 실은 종업원들이 일하는 사용인 통로 안쪽에 있었다. 화려한 호텔의 겉모습과 달리 뒤쪽 사용인 공간은 소박하다 못해 삭막해 보였다. 어떤 색도 없는 검은색과 회색, 흰색의 긴 복도는 전쟁영화에 나오는 긴 참호를 연상시켰다.

매니저의 사무실은 생각보다 좁았다. 별 장식도 없는 방에 작은 책상만 덩그러니 놓여 있고, 벽 한쪽에 여당인 '대한국당' 깃발이 걸려 있는 것이 인상적이었다. 일반 크기의 절반 정도에 불과한 작은 책상을 마주하고 매니저와 두 형사가 자리에 앉았다. 매니저가 몸을 일으키며 물었다.

"뭐, 커피라도……."

"됐습니다."

신영규가 딱 잘라서 거절하자 목이 마르던 신도식 형사가 인상을 찌푸렸다. 매니저는 다시 묻지 않고 자리에 앉았다.

"이 여자 아십니까?"

신영규가 휴대폰으로 찍은 피해자의 얼굴 사진을 보여주자 매니저가 고개를 끄덕였다.

"네, 저희 호텔 외국인 전용 카지노에서 일하는 딜러입니다. 그런데 무슨?"

"어젯밤에 사망했습니다."

그들은 장소나 정확한 지점을 밝히지 않고 사망사실만 말했다. 매뉴얼대로 수사단계에서 정보가 유출되지 않도록 차단했다.

"네?"

매니저는 크게 놀란 눈치였다.

"어떻게……?"

하지만 형사들은 그의 질문에 답할 마음이 없었다.

"피해자 이름이 '아나스타샤 이바노프' 맞죠? 스물네 살!"

"네……."

매니저는 충격을 받은 듯 멍한 표정이었다.

"아는 대로 말씀해주시죠."

잠시 생각하던 매니저가 무거운 표정으로 입을 열었다.

"동료들은 그 친구를 '아냐'라고 불렀습니다. 러시아식 애칭이었죠. 밝고 명랑해서 동료들 사이에서도 인기가 많았습니다."

"외국인 딜러가 많나요?"

"아니요. 거의 없죠. 그 아가씨는 저희 부사장님이 블라디보스토크에 출장 갔다가 거기 호텔 카지노에서 일하던 걸 스카우트해온 겁니다. '문제'는 좀 있었지만……."

"문제요?"

신영규가 물었다. 매니저는 일부러 '문제'라는 단어를 강조했다.

"'아냐'가 일하던 호텔 사장이 마피아였답니다. 그래서 나가면 죽인다는 협박을 했다네요. 그런데 그 아가씨가 보기보다 강단이 있어서 맘대로 하라고 쏘아붙이고 나왔답니다."

두 형사는 서로를 쳐다보았다. 목격자의 증언과 일치한다.

"목격자 말이 그 아가씨가 러시아 남자 두 명과 같이 있는 것을 본 적이 있답니다. 둘 다 검은 옷에 인상이 험악한 사람인데……."

"잠깐만요. 담당 직원한테 한번 물어보죠."

남자가 프런트에 전화를 걸어 담당 직원을 호출했다. 그의 표정과 말투에 거만함이 배어 있었다. 데스크에 있던 여직원이 여전히 부은 눈으로 매니저실로 들어왔다. 매니저가 검은 옷을 입은 험한 인상의 러시아 남자 두 명에 대해 묻자 "아, 그런 분들이 있었는데 어젯밤에 체크아웃 하셨는데요"라고 대답했다.

두 형사가 동시에 벌떡 일어났다.

"혹시 어디로 간다는 말은 없었나요?"

신영규의 물음에 여직원이 바로 대답했다.

"새벽에 러시아행 비행기를 타신다고……."

*

오전 열 시에 시작된 카지노 딜러 살인사건 수사 회의에는 이례적으로 경찰청장이 참석했다. 윤기원 반장은 살해된 러시아 여성이 스카우트 과정에서 러시아 마피아와 마찰을 빚었으며, 용의자인 러시아인 두 명이 피해자 사망추정 시간에 렌터카로 호텔을 빠져나가 러시아로 출국했다는 조사결과를 보고했다.

"용의자는 '이반 쿨리코프(35)', '막심 그리고르예프(42)'로 두 사람 다 한국은 첫 방문이었고, 러시아에서 직업이나 행적은 알 수 없습니다. 그들이 렌트한 차량은 목격자의 증언과 동일한 검은색 SUV로 출국 직전 공항에서 반납했습니다."

보고를 들은 청장은 담담한 얼굴로 잘라 말했다.

"이 사건, 국제범죄수사대로 옮기고 형사과는 손 떼!"

"아직 조사해볼 여지가 있습니다. 현재 수사 중인 인력이⋯⋯."

"윤기원!"

청장이 불쾌한 기색을 감추지 않고 말했다.

"여기 정선이야! 대한민국에서 가장 큰 카지노가 있는 도시라고! 연락 두절되고 실종된 사람들이 부지기수야! 그런데 뻔한 사건에 지금 인력을 투입하나?"

청장의 질타에 경찰들 모두 할 말을 잃었다.

카지노에 빠져 재산을 탕진하고 남의 돈까지 손댔다가 자살하는 사람이 한둘이 아니다. 재산을 날리고 가족에게 돌아갈 면목이 없어서 노숙자로 전락하는 사람도 많다. 그들의 가족들이 경찰에 실종자 신고를 하기 때문에 카지노 개장 이래로 이곳 경찰들은 매일 쉴 틈이 없다.

"그리고 호텔 들어가면서 왜 경광등을 켜나? 그런 것 때문에 경찰 이미지 나빠지는 거 몰라?"

신도식이 신영규 쪽을 흘끗 쳐다봤다. 청장이 오늘자 신문을 펴서 흔들었다.

"경찰 내부 정보유출에 주의하랬지? 어떻게 청장보다 기자가 먼저 사건을 아나?"

형사들은 모두 입을 다물었다. 누군가가 정보를 흘린 것이 분명했다.

"그리고 이 사건, 어떻게 됐어?"

신문 하단에는 실종된 지 한 달이 넘도록 찾지 못하고 있는 여대생 사진이 실려 있었다. 아나운서 지망생이었다는 그녀가 실종 직전 찍은 사진에는 목에 맨 곰돌이 스카프가 인상적이었다. 삼 개월 전부터 갑자기 현지 여성들 실종 신고가 늘어났다. 여고생과 여대생, 직장여성까지 이미 네 명이 넘었다.

'무능한 경찰, 질타!'라는 헤드라인이 돋보이는 편집이었다.

"인력이 남아돌면 딴 나라 사람 말고 우리 국민한테 할애해! 선택과 집중! 알았어?"

"네, 알겠습니다!"

윤기원 반장이 척추를 똑바로 세우며 대답했다.

*

수사 회의 이후 러시아 카지노 딜러 살인사건은 사실상 종결되었다. 더구나 보강수사에서 사망 전날 피해자가 러시아 손님들과 말다툼을 했던 사실이 알려지면서 러시아 마피아에 의한 살인사건으로 결론이 내려지는 분위기였다.

　"나도 이렇게 마무리하는 게 마음에 안 들지만 청장님 말씀도 일리가 있어."

　윤기원 반장이 굳은 표정으로 서류뭉치를 책상 위로 던지며 말했다.

　"오늘 중으로 이 사건 마무리하고 여대생 실종사건에 집중해!"

　"넵."

　형사들의 대답과 동시에 "안 됩니다!"하고 신영규가 말했다.

　"뭐?"

　윤기원 반장의 얼굴이 험악하게 일그러지며 사무실 분위기가 싸해졌다.

　"이대로 못 끝냅니다. 분명히 놓친 게 있어요."

　용의자 두 명은 이미 러시아로 가버렸다. 그들이 살인자라는 결정적인 증거도 없다. 사실상 이 사건은 이대로 종결될 수밖에 없다. 하지만 신영규는 이대로 끝낼 생각이 없었다.

　"청장님 명령이야! 나대지마!"

　"전, 제 일하는 겁니다!"

"네 일은 내가 주는 거야!"

"공무원 일은 국민이 주는 겁니다."

"너, 지금 항명하는 거야?"

두 사람의 목소리가 점점 높아졌다.

"반장님, 청장님이 부르십니다."

조심스러운 신도식 형사의 말에 윤 반장은 "여기서 기다려!" 하고는 냉랭한 얼굴로 나가버렸다.

신영규도 그대로 상의를 집어 들고 밖으로 나갔다.

"어디가요?"

용대승 형사가 물었지만 대답도 없이 사무실을 빠져 나갔다.

"와 진짜 어이없다!"

"서울경찰은 저래도 되는 갑지?"

*

은색 포르쉐의 가속 페달을 밟으며 신영규는 '쯧'하고 혀를 찼다. 모든 것이 너무 잘 맞아떨어진다. 그것이 마음에 들지 않는다.

러시아 마피아가 어린 여자아이 하나를 죽이려고 킬러를 두 명이나 한국으로 보냈다. 그 여자가 그럴 정도의 가치가 있을까? 죽이려고 했다면 왜 러시아에 있을 때 하지 않았을까? 어째서 한참 시간이 지난 후에?

현 상황에 가슴이 답답해졌다. 서울 본청에 팀장으로 있을 때는 자율적으로 수사할 권한이 있었지만 여기서는 힘없는 뜨내기에 불과하다. 도와줄 사람도 없이 혼자뿐이다. 그는 갑자기 이전 파트너가 생각났다. 모든 것이 너무나 잘 맞았던 환상의 궁합이었지만 결국 그에게 뒤통수를 맞았다.

"저 사람입니다. 저 사람이 시켜서…… 다, 저사람 잘못이에요!"

죄수복을 입고 검사 앞에서 두려움에 가득 찬 눈으로 자신을 지목하던 그 얼굴을 신영규는 잊지 못한다. 증거불충분으로 혐의는 벗었지만 얼마 후 그는 이곳 강원도로 좌천되었다.

은색 포르쉐가 호텔 정문 앞에 서자 벨보이가 웃으며 인사를 했다. 반짝이는 경광등을 꺼내 지붕에 붙이는 것을 보고 벨보이의 표정이 굳었다. 무전기로 급하게 어딘가로 연락을 했다. 신영규가 정문으로 들어서자마자 기다리고 있던 것처럼 매니저가 나타났다. 못생긴 얼굴에 인상까지 쓰고 있으니 더욱 꼴 보기 싫은 얼굴이 되었다.

"어떻게…… 또 오셨어요? 그 사건 수사 종결됐다던데…… 하아, 경광등 또 켰네!"

신영규는 어이가 없어서 코웃음을 쳤다. 조금 전 수사 회의 때 있던 일을 이 사람은 어떻게 알게 됐을까? 아마도 그의 방에 걸려 있던 여당인 대한국당 당기에 답이 있을 것이다.

"우리가 이런 일 하는 것도 애국이에요! 경찰이 도와주셔야지!"

아직 마흔도 안 된 매니저가 70년대 새마을 운동하던 사람들 말투를 거부감 없이 쓰는 것이 우스웠다. 이런 사람들로 가득 찬 이 화려한 호텔은 내부에서부터 썩어 악취를 풍기고 있었다.

"여긴 손님들 드나드는 곳이니까 사무실로 가시죠. '운영절차'라서요."

노골적으로 불편한 티를 내며 매니저는 신영규를 데리고 매니저실이 있는 사용인 통로로 들어갔다. 이번이 두 번째지만 사용인 통로는 잘 적응되지 않았다. 휴식이 아니라 일만 하기 위해 기능적으로 설계된 이 공간은 방 어디선가 태엽시계를 든 토끼가 튀어나올 것 같은 분위기였다. 사무실에 들어서자마자 매니저가 쏘아붙였다.

"뭐가 또 남은 겁니까?"

"수사 마무리하는 중입니다. 증언을 확인하려고요."

신영규가 한쪽 입으로 웃으며 덧붙였다.

"'운영절차'라서요."

매니저는 불쾌한 표정을 감추지 않았다.

"그럼 또, 뭐를…….

"'아나스타샤'씨를 마지막으로 만난 직원을 불러주세요. 그리고 시시티비를 확인하고 싶습니다.

"그건 벌써 다른 경찰이 카피해 갔어요."

"정문 말고 종업원들이 일하는 지역 시시티비를 확인하고 싶습니다."

"그건 좀…… 노사합의 사항에 종업원 휴식처에는 시시티비를 설치하지 않기로 했습니다."

"하지만…… 하셨죠?"

매니저는 입을 다물었다. 직원의 절반 이상을 연줄로 뽑은 곳에 제대로 된 노조가 있을 리 없다.

"걱정 마세요. 비밀 지키라고 있는 게 경찰입니다."

매니저는 못생긴 얼굴을 잔뜩 찌푸린 채 사무실 안에서만 보라며 컴퓨터에 시시티브이 영상을 켜주었다. 신영규는 사건 전날부터 8배속으로 보안영상을 돌려보기 시작했다. 시시티브이에 찍힌 곳은 호텔 일 층 바깥쪽의 흡연구역이었다. 담장 바로 옆에 쓰레기 컨테이너가 있고 담장 안쪽에 물류 적재 창고가 있었다. 하루치 보안영상을 돌려보니 호텔의 흐름을 대충 알 수 있었다. 손님들 앞에서 애써 웃는 얼굴을 유지하던 많은 종업원들도 밖에서는 고단한 표정으로 인상을 쓰고 있었다. 그 표정에 남녀의 차이는 없었다. 단정한 얼굴로 데스크에 서 있던 부은 눈의 여직원도 껌을 씹으며 담배를 피우고 있었다. 오랜 경찰생활에 인간의 이중성을 잘 알고 있던 신영규에게 이런 것은 놀랄 일이 아니었다. 종업원들은 바닥에 침을 뱉고 발로 나무 벤치를 차면서 누군가를 욕하거나 체념한 얼굴로 먼 산을 보며 한숨 섞인 담배연기만 길게 뱉어내고 있었다. 전날과 이틀째 영상을 모두 확인한 신영규가 삼 일 전 영상을 확인하고 있을 때, 그가 찾던 인물이 화면에 나타났다. 피해자인 '아나스타샤'였다. 시간은 오후 4시 24분.

"딜러들 근무 스케줄이 어떻게 되죠?"

신영규의 물음에 매니저는 고개를 갸우뚱거리며 서류철을 뒤적거렸다.

"모닝(오전 6시~오후 2시), 데이(오후 2시~오후 10시), 나이트(오후 10시~오전 6시) 삼교대입니다. 한두 달씩 돌아가며 근무하죠."

"'아나스타샤'씨는 이번 달 언제 근무였죠?"

"에……."

한참을 찾던 매니저가 "데이조였네요"하고 대답했다. 신영규는 화면 속의 '아나스타샤'를 자세히 관찰했다. 그녀가 담배를 피우며 먼저 와 있던 여자와 이야기를 하고 있었다. 러시아어가 가능한지 두 사람은 신나게 이야기를 했다. 그들이 한참 이야기꽃을 피우고 있을 때 담장 밖에 뭔가가 움직이는 것이 있었다. 담장에 가려서 잘 안 보이지만 트럭이었다. 금속팔로 컨테이너를 붙잡아 끌어올려 뒤칸에 싣고 있었다. 암롤 트럭이었다! 그는 급히 화면을 앞쪽으로 돌려보았다. 네 시경부터 정문 바깥쪽으로 트럭의 그림자가 보였다. 그는 적어도 삼십 분 이상을 기다리고 있었다. 어쩌면 아나스타샤의 습관을 사전에 알고 기다린 것인지도 모른다.

"여기, 이 트럭 아시죠?"

신영규가 트럭이 가장 잘 보이는 화면에서 정지시키고 매니저를 불렀다.

"알죠. '엘름환경'이라고 저희 호텔 쓰레기 처리업체예요."

"거긴 특수폐기물만 처리하는데 아닌가요?"

"일반 쓰레기도 처리해요. 특수폐기물만 해서 장사가 되겠어요?"

화면 속에 암롤 트럭 운전자의 얼굴이 잠깐 드러났다. 목격자인 고민기였다. 그의 눈이 아나스타샤를 흘끔 쳐다보고 있었다. 어쩌면 단순한 목격자가 아닐지도 모른다는 생각에 신영규의 심장이 뛰기 시작했다.

"여기 이 직원, 지금 호텔에 있습니까?"

아나스타샤와 대화하던 여직원을 가리키자 매니저는 "오늘 쉬는 날인데요"라고 말했다.

"전화 한번 해볼게요."

매니저가 휴대폰으로 전화를 걸었지만 한참 동안 신호만 울리고 받지 않았다.

신영규는 시시티브이 영상을 자신의 휴대폰에 복사하고 직원의 연락처를 받은 다음, 매니저와 함께 직원 휴게소로 갔다. 담장 밖에는 암롤 트럭과 연결할 수 있는 폐기물 컨테이너가 두 량 놓여 있었다.

"여기 쓰레기는 언제 가져갑니까?"

"하루에 두 번 가져갑니다. 오전 열 시에 전날 쓰레기를 가져가고 오후 다섯 시쯤에 그날 쓰레기를 가져가죠."

화면에 트럭이 보인 것은 네 시경…… 원래 시간보다 한 시간이나 먼저 와 있었다. 신영규는 자신이 놓쳤던 뭔가가 의식의 표면으로 서서히 떠오르고 있다는 것을 알았다.

*

포르쉐를 몰고 다음 장소로 가던 중 전화가 걸려왔다. 신도식이었다. 신영규는 도로 옆으로 차를 세우고 전화를 받았다.

"과학수사대에서 연락 왔는데요, 그 목격자한테 받은 sd카드에 아무것도 없답니다."

실망스러운 소식에 코에서 긴 숨이 빠져나갔다.

"반장님이 빨리 오시래요. 화 많이 나셨어요!"

"끊는다!"

신영규는 가차 없이 전화를 끊고 직접 과학수사대 담당자에게 전화를 걸었다. 현장에서 큰 카메라로 촬영을 하던 젊은 친구였다.

"넵, 말씀하십쇼!"

그가 경쾌한 말투로 대답했다.

"방금 연락받았다. 플래시메모리카드 못 살리나?"

"되긴 됩니다. 그런데 포맷하기 전에 영화 같은 걸 많이 다운받았더라고요. 사진이나 동영상은 못 건졌습니다."

"잠깐, 영화? 그건 블랙박스용 메모린데?"

혹시? 하고 뭔가가 번뜩였다.

"그 메모리카드 무슨 형식으로 포맷됐지?"

"에…… 또…….

담당자가 잠시 뜸을 들이더니 "일반형식입니다. EXT4네요"라고 대답했다.

"EXT4?"

EXT4는 휴대폰의 외부저장장치 포맷기능을 사용할 때 자동적으로 포맷되는 형식이다. 목격자의 트럭에 있는 블랙박스는 최신형으로 TAT(TIME Allocation Table) 포맷방식을 사용한다. 그런데 어떻게 블랙박스 안에 있던 메모리카드가 EXT4 포맷 형식일까? 답은 뻔하다. 자신의 휴대폰 메모리카드와 블랙박스의 메모리카드를 바꿔치기했거나, 휴대폰을 이용해서 블랙박스의 메모리를 포맷한 것이다!

전화를 끊은 신영규는 다시 은색 포르쉐의 엑셀을 밟았다. 이제 갈 곳은 정해졌다.

*

엘름리싸이클은 카지노호텔과 고한읍 사이의 외곽에 위치해 있었다. 원래는 폐광에서 발생하는 화학오수를 제거할 목적으로 지자체와 협력해서 만들어진 회사다. 근처 대학과 연구소 등의 생활 폐기물과 화학폐기물을 수거해서 처리하는 회사로 종업원은 스무 명 정도지만 폐기물처리 업체로서는 꽤 건실한 편이었다.

신영규의 은색 포르쉐가 군부대를 연상시키는 철문 안으로 들어서자 안에 있던 직원이 달려 나왔다.

"여기 함부로 못 들어옵니다! 나가요!"

차에서 내리며 꺼내든 경찰수첩을 보고서야 직원은 머쓱해져 입을 다물었다. 근처에서 개 짖는 소리가 맹렬하게 울렸다. 대형견 같았다.

입구 바로 앞에 있는 현장 사무실에서 안경을 쓴 깐깐해 보이는 중년 여자가 걸어 나왔다. 그녀는 자신을 여기 총무 주임이라고 밝힌 뒤에 "무슨 일이시죠?"하고 물었다.

"고민기 씨, 여기 있나요?"

"아뇨, 지금 사북 쪽 병원에 '짐' 가지러 갔어요."

"'짐'요?"

"컨테이너요. 거기는 주사기나 특수약품 폐기물이 많아서 일주일에 세 번씩 가요."

"고민기 씨가 여기서 일한 지 얼마나 됐나요?"

"반년쯤 됐나? 사장님 친척이에요."

"어떤가요?"

"일은…… 잘하는데……."

신영규는 그 표정을 놓치지 않았다. 뭔가 감추는 것이 있는 눈치였다.

"원칙주의자라서 조금만 벗어나도 용납을 못해요. 사업할 타입은 아니죠."

"이전에 IT 회사 사장이었다던데요?"

"밑에 사람들 고생했겠죠! 여기서도……."

총무 주임은 말을 하려다가 입을 다물었다. 말하기 꺼려지는 뭔가가 있는 것이 분명했다.

"고민기 씨 숙소는 어디 있죠?"

"여기 뒤쪽 컨테이너에서 살아요."

"좀 볼 수 있을까요?"

"잘 모르겠네요. 사적인 공간에 다른 사람이 들어오는 걸 너무 싫어하는데……."

"경찰 업무 차원입니다. 확인만 하면 됩니다."

여자는 머뭇거리다가 앞장서서 걷기 시작했다. 건물 뒤쪽 큰 개집 앞에 묶여 있던 도베르만이 외부 인을 보고 맹렬히 짖어대기 시작했다. 어른 머리를 한입에 먹어치울 수 있을 정도로 큰 놈이었다.

신영규는 목을 움츠리며 옆으로 피했다. 지금은 많이 나아졌지만 어렸을 때 개에게 당한 후로 큰 개를 볼 때마다 사타구니가 쪼그라드는 느낌이다.

사무실 건물 뒤에 컨테이너 몇 동이 놓여 있었다. 직원들의 숙소로 사용되는 곳이었다. 한국인 직원들은 주로 밖에서 생활하고 여기는 네팔 직원과 방글라데시 직원들만 산다고 했다. 한국인 직원은 고민기가 유일했다. 총무 주임이 열쇠로 문을 열어주었다. 많은 히어로상징으로 도배되어 있을 줄 알았는데 방 안에는 옷과 책 등 외에는 별 장식이 없었다. 그의 트럭과 너무 달랐다. 신영규는 묘한 위화감을 느꼈다. 사람의 행동에는 일관성이라는 것이 있다. 야구를 좋아하는 사람은 생활공간에 야구와 관련된 것을 놓아두게 되어 있다. 만약 야구를 좋아하는 사람이 어느 공간에 야구와 관련된 무언가를 놓지 않았다면 그것은 '고의'로 그렇게 했다는 뜻이다. 어쩌면 그는 자신을 진짜 슈퍼히어로로 생각하는지도 모른다는 생각이 들었다. 평범한 기자 클라크 켄트와 북극의 비밀기지에 사는 슈퍼맨이 두개의 삶을 사는 것처럼······.

억측일 수도 있다. 그는 그저 정리정돈을 좋아하는 중년 남자일지도 모른다. 하지만 스스로 규칙성애자라고 부르는 사람이 일하는 곳을 장식하고 쉬는 곳을 깨끗하게 유지하는 것이 이상했다. 어쩌면 그의 진짜 집은 이곳이 아닌지도 모른다는 생각이 들었다.

책꽂이에 책들이 보였다.

책은 그 사람의 마음을 들여다볼 수 있는 창이다. 어떤 책을 보느냐에 따라 그 사람의 정신, 심리상태를 유추할 수 있다. IT 회사 사장이었다고 들었는데 방에 있는 책은 선반가공, 재료성형 등 공업 쪽 책들이 많았다. 취미거나 재취업 준비일 수도 있을 것이다.

"그런데 왜 이사람 방을 보자는 거죠? 영장 필요한 거 아니에요?"

"목격자증언 확인차원입니다."

총무 주임은 불만스러운 표정으로 입을 다물었다.

"이 양반, 여기 일은 좋아하나요?"

"그게…… 고 과장님이 일은 책임감 있게 잘해요. 그런데 사실은 왜 여기 있는지 잘 모를 때가 있죠."

"왜요?"

"그 사람 IT 분야에서 능력자라고 소문났어요. 회사 정리하자마자 억대 연봉을 준다는 회사를 거절하고 여기로 왔대요. 솔직히 이해가 안 되죠."

신영규의 눈이 반짝 빛났다. 억대 연봉을 거절하고 여기에 왔다! 돈보다 좋은 것이 여기에 있다?

"사장님하고 사이는 좋은가요?"

"좋고 말고가 어디 있어요. 먼 친척이라서 잘 알지도 못하는데…… 그냥 남이나 마찬가지예요. 사장님도 특별대우 이런 거 없다고 못 박았고……."

남자가 여기에 온 지 반년쯤 됐다. 삼 개월 전부터 현지 여성 실종자가 나타나기 시작했다. 우연일까?

"그 사람 오후 일정이 어떻게 됩니까?

"저희는 폐광오염도를 측정해서 시에 보고하거든요. 병원 갔다가 아마 폐광 어디쯤에 있을 걸요?"

신영규는 감사하다는 말을 남기고 차로 돌아왔다. 막, 차에 타려는데 휴대폰이 울렸다. '강소영', 죽은 '아나스타샤'와 같이 있었던 여직원이었다.

"매니저님한테 연락받았어요. 저를 찾으셨다고요?"

잠에서 덜 깬 목소리로 여직원이 말했다.

"어젯밤에 아나스타샤 씨하고 마지막에 헤어진 게 몇 시죠?"

"새벽 두 시 다 됐을 때요. 열 시에 끝났는데 다른 딜러 땜빵하느라고 몇 시간 더했어요. 그 직원이 출근하고 아냐는 귀가했죠."

"그 시간에 근무 중이었나요?"

"네, 저는 새벽 여섯 시까지 하는 나이트조라서요. 쉬는 시간 끝나고 들어가면서 '아냐'가 가는 걸 봤어요."

"무슨 복장을 했나요?"

"평소에 입는 복장이었어요. 빨간색 미니스커트에 하얀색 블라우스……."

그녀가 틀림없다! 신영규의 눈앞에 다시 현장에서 아나스타샤를 처음 본 순간이 펼쳐졌다. 자기도 모르게 의식이 아득한 우주 너머로 날아가는 느낌…….

"그리고 하얀색 스카프와 선글라스……."

"뭐라고요?"

신영규가 자기도 모르게 소리를 질렀다.

"네? 흰색 스카프하고 선글라스요. '아냐'가 평소에 스카프 매는 걸 좋아해요."

'이것 봐라?' 신영규가 '씨익' 웃었다. 꼭 들개가 으르렁거리는 것 같은 웃음이었다.

"그런데 무슨 일로 그러시죠? '아냐'한테 무슨 일 생겼어요? 비자 문젠가요?"

강소영은 아직 신문을 보지 못한 것이 분명했다. 아니면 연기를 아주 잘하거나…… 어쨌든 그 대답은 신영규의 것이 아니었다.

"협조 감사합니다."

신영규가 전화를 끊자마자 바로 전화가 왔다.

"선배님, 지금 어디예요?"

신도식이 볼멘소리로 쏘아댔다.

"지금 청장님, 청와대에서 전화 받고 난리 났어요!"

"뭐?"

"가지 말라는 호텔은 왜 갔어요? 항의 들어와서 청와대 비서실장님이 청장님한테 난리쳤대요. 홍 반장님, 청장님 호출 받고 엄청 깨졌어요! 나라 위해서 애국하는 사람들 경찰이 괴롭힌다고……."

나라 위해 애국하는 사람들…… 호텔 매니저를 포함해서 이런

70년대 반공포스터 구호 같은 말을 아무렇지 않게 쓰는 사람들은 그 시기에 인생의 황금기를 누린 사람임이 분명하다고 신영규는 생각했다.

"됐고, 반장님한테 전해라! 범인 잡았다고!"

신영규가 낮은 목소리로 위협하듯 자신이 가려는 곳을 말했다. 자기 할 말을 마친 그는 "아니 그게 무슨……"하는 신도식 형사의 말을 무시하고 전화를 끊어 버렸다.

어느새 시간은 늦은 오후를 넘기고 있었다. 험준한 강원도 산맥 위를 달리던 해도 지쳤는지 조금씩 고도를 낮춰가고 있었다. 신영규는 차에 올라타서 엑셀을 밟았다. 은색 포르쉐는 맹렬한 폭음으로 개 짖는 소리를 지워버리고 순식간에 텅 빈 도로로 달려 나갔다.

＊

삼선폐광은 지자체에 의해 박물관으로 복원할 준비를 하다가 지반 침해에 의한 안전 문제가 제기되어 사업이 보류된 곳이었다. 폐광을 관광자원으로 재활용하려던 지자체의 계획은 오랜 노력과 막대한 세금투입에도 불구하고 별 진전이 없었다. 사실상 이곳에서 유일한 성공사례는 카지노뿐이었다.

암롤 트럭 한 대가 주차장에 서 있는 것이 보였다. 과거에 광부들이 쓰던 버스와 굴착장 등이 사람들의 관심 밖에서 녹슬어가고 있었다. 박물관으로 쓰려던 탄광 사무소는 곳곳에 금이 간 채 간신히 형태를 유지하고 있었다. 과거에 탄부들을 지하로 실어 나르던 거대한 엘리베이터가 말라죽은 거목처럼 흉측하게 서 있었다. 신영규는 암롤 트럭 근처에 주차하고 주변을 둘러보았다. 주차장은 갱도 입구 쪽으로 살짝 경사가 져 있었다. 그 앞에서 노란색 안전복을 입고 시료를 채취하고 있던 고민기가 고개를 들어 이쪽을 쳐다보았다. 그는 천천히 일어나서 차에서 내리는 신영규를 보며 마스크를 벗었다. 여전히 굳은 미소를 지은 채였다. 어쩌면 저 인간은 밖에서는 저 얼굴만 쓰고 있다가 집에 가면 다른 얼굴을 갈아 끼우는지도 모른다는 생각이 들었다.

"형사님, 여기서 뵙네요?"

고민기가 익숙한 솜씨로 시료 병을 플라스틱 통에 넣고 닫았다.

"여긴 어쩐 일이세요?"

그가 통을 들고 천천히 이쪽으로 걸어 내려오며 물었다.

"확인할게 있어서……."

신영규는 은단 통을 꺼내서 입안에 몇 알을 털어 넣었다.

"그러세요."

남자는 자신의 트럭까지 와서 시료케이스를 차에 실었다. 신영규가 트럭 쪽으로 걸어가며 눈으로 구석구석을 살폈다. 지난번처럼 특이한 것은 없었다.

"어제 밤을 새고도 일을 나오셨네? 보통은 쉬지 않나?"

"작은 회사라서요. 일손이 딸려 쉴 수가 없네요."

신영규의 빈정거림에도 남자는 여전히 웃는 얼굴이었다.

"당신, 어제 마지막에 한 말 기억해?"

"뭐였죠?"

"이렇게 말했지. '정말 안됐네요. 파란 눈이 예쁜 아가씨였는데……' 기억하나?"

"그랬죠. 기억합니다. 그런데 그게 왜요?"

"여자는 죽을 당시에 스카프에 선글라스를 쓰고 있었다! 동료가 증언했어. 그런데 당신은 차 안에서 그 여자 눈 색깔을 확인했다?"

남자의 웃는 얼굴이 살짝 일그러졌다.

"제가 그랬나요? 잘 기억이……."

신영규가 휴대폰을 꺼내보였다.

"증언은 모두 기록으로 남긴다. 당신은 이렇게 말했어. 멀리서 여자가 공사현장 안으로 들어가는 것을 봤고 뒤따라서 러시아 남자 두 명이 들어가는 것을 봤다. 나중에 남자 둘이 먼저 나와 차를 타고 가버렸고 여자가 삼십 분이 지나도 안 나와서 들어가 보고 경찰에 신고했다!"

남자는 말없이 듣고만 있었다.

"묻자! 여자를 가까이서 본 적도 없는 인간이 어떻게 파란 눈에 예쁜 여자라는 걸 알고 있지?"

"아, 그거!"

남자가 다시 방긋 웃는 얼굴로 돌아왔다.

"오다가 벗었나 보죠. 제가 볼 때는 그냥 맨 얼굴이었어요."

"그래? 하긴 그럴 수도 있지!"

신영규가 과장된 동작으로 고개를 끄덕였다.

"그럼 이말은 기억하나? '하이힐 굽소리가 너무 크게 울려서 잘 기억합니다'"

"아, 기억날 것 같네요. 그런데요?"

"그 말도 모순이다!"

"왜죠?"

"초등학교 때 배웠지? 소리는 높은 온도에서 낮은 온도 쪽으로 굴절하는 특성이 있다."

"그러니까, 밤이라서 지표면이 온도가 낮으니까 굽소리가 크게 들린 거 아닙니까?"

"정상적이라면 그렇지. 그런데 당신은 그날 밤 아리아를 듣고 있었다고 말했다!"

남자의 표정이 다시 일그러졌다. 이제 그의 눈은 조금도 웃고 있지 않았다. 마치 십일조를 거부하는 신도를 노려보는 목사의 눈 같았다.

"여기서 소리의 법칙 두 번째! 음향학에서는 모든 소리를 신호음과 소음으로 구분한다. 즉 신호음signal은 자신이 '관심을 두는 소리'

이고 반대로 소음noise은 '관심을 두지 않는 소리'. 이러한 차이를 신호대잡음비signal to noise ratio, SNR라고 한다. 신호음(말소리)이 소음보다 크면 좀 더 잘 들을 수 있고, 소음이 신호음(말소리)보다 크면 잘 들을 수 없다. 당신한테 아리아와 하이힐 소리 중 어떤 게 신호음이지?"

"당연히 아리아가……."

"음악을 들을 때 창문을 열었나? 설마, 이런 고급 스피커를 단 차에서 음악을 듣는데 창문을 열었던 건 아니겠지?"

"열었어요."

남자가 굳은 얼굴로 말했다.

"답답해서 열어놓고 음악을 작게 들었습니다. 그래서 하이힐 소리를 들을 수 있었던 거고요."

"아니지!"

남자의 얼굴이 다시 굳었다. 신영규는 비웃듯 코웃음을 쳤다.

"당신 말 중에서 포인트는 그게 아냐! 당신은 하이힐 소리가 울려 퍼졌다고 증언했다. 맞지?"

"그랬던 것 같은…… 아니 기억이 안 나요!"

"괜찮아. 다 녹음되어 있으니까. 어젯밤 당신 차가 서 있던 교차로와 피해자가 들어간 공사현장 사이는 적어도 이십 미터 이상 떨어져 있었다. 그리고 그 사이에는 어떤 구조물도 없었어. 소리가 울리려면 구조물에 부딪쳐서 다시 굴절되어야 한다!"

남자의 표정이 변했다. 아직 입가에 미소의 부스러기가 남아 있었지만 그는 분명히 화를 참고 있었다.

"묻자! 아무 구조물도 없는 곳에서 어떻게 울리는 소리를 들었지?"

남자가 신영규를 노려보고 있었다.

"현장에서 하이힐의 '울림소리'를 들을 수 있는 곳은 딱 한 군데 뿐이야. 바로 피해자가 죽은 공사현장 안이다!"

그의 입에서 웃음기가 흔적도 없이 사라져 버렸다.

"ㄷ자로 된 공사현장 안은 울림통 역할을 해서 하이힐의 '울림소리'를 들을 수 있지. 즉, 넌 그 현장에 피해자와 같이 있었다!"

갑자기 남자가 '아아!'하고 한숨을 쉬고는 두 손으로 머리를 마구 흐트러뜨렸다.

"더 이상 말하기 싫어요. 변호사! 변호사를 불러줘요!"

신영규는 코웃음을 치며 남자의 트럭을 가리켰다.

"변호사 오기 전에 증거부터 확인할까?"

암롤 트럭은 트럭 뒤편 하부 프레임에 유압장치로 움직이는 금속 팔을 달아서 컨테이너를 싣고 내릴 수 있도록 되어 있는 특수차다.

"지난번에는 트럭에서 아무것도 못 찾았지. 그런데 딱 한 군데 못 본 곳이 있더라고!"

남자에게 다가간 신영규는 그를 끌어 일으켜서 트럭으로 떠밀었다.

"저 컨테이너 내려!"

"변호사가 와야……."

"내려!"

늘대 같은 신영규의 무서운 얼굴에 남자는 기가 죽어버렸다. 그는 힘없이 운전석으로 올라갔고 신영규가 옆 발판에 서서 그의 팔을 붙잡았다.

"시작해!"

망설이던 남자가 시동을 걸고 유압장치를 작동시켰다. '웅'하는 진동과 함께 컨테이너가 뒤쪽으로 밀려나갔다. 삼분의 일 정도 트럭의 뒷부분을 벗어난 컨테이너가 이번에는 금속 팔에 의해 앞쪽이 들리기 시작했다. 삐삐하는 경고음과 함께 컨테이너의 뒷부분이 바닥에 닿았다.

"시동 꺼!"

남자가 시동을 끄자 금속 팔이 컨테이너를 트럭에 걸친 채로 멈춰 섰다. 신영규가 땅으로 내려서며 힘껏 끌어당기자 남자는 패대기쳐지듯 바닥으로 굴러 내렸다. 충격을 받은 남자가 구겨진 슬리퍼처럼 바닥에 처박혔다.

"숙소에 가봤는데 거기에는 아무것도 없었다. 음악 덕후인데 스피커나 음향장비도 없고, 히어로물 덕후인데 히어로 피규어도 하나 없었다. 그 말은 거기가 네 집이 아니라는 뜻이다. 네 집은 네가 가장 많은 시간을 보내고 네가 좋아하는 모든 것이 있는 바로 이 트럭!"

신영규는 트럭 뒤편으로 가서 컨테이너가 내려진 차체 하부를 살펴보았다.

"암롤 트럭은 컨테이너를 얹으면 볼 수 없는 곳이 있다. 바로 여기, 트럭 뒤쪽 프레임!"

기계 팔을 고정하는 유압장치가 들어가는 프레임 속에는 밖에서는 안 보이는 여유 공간이 있었다. 짐작대로 특수하게 가공한 흔적이 있는 뚜껑이 있었다. 그것을 열자 검은색 가방이 숨어 있었다. 가방을 잡아당겼지만 뭐에 걸렸는지 잘 나오지 않았다. 급한 마음에 그대로 지퍼를 열어 젖혔다. 안에는 합성수지로 만든 팔 토시와 각반, 헬멧 등이 있었다. 진짜 히어로 의상 일습이었다.

"이건 뭐야? 쓰레기맨 의상이냐?"

아이언맨 같은 금색과 붉은색으로 칠해진 팔 토시를 집어 들자 사람의 것으로 보이는 피가 묻어 있었다. 결정적으로 토시의 손목 부분에 손톱으로 긁힌 상처가 있었고 그 상처 안에는 살구색과 은색가루가 섞인 매니큐어가 묻어 있었다. 놈은 이 옷을 입고 아나스타샤의 목을 졸랐다! 가방 아래쪽에 하얀 스카프와 휴대폰, 선글라스가 들어 있었다. 그런데 그것이 다가 아니었다. 아래쪽이 여러 개의 칸으로 나뉘어 있는 가방의 다른 칸에서 곰돌이 무늬 스카프와 휴대폰이 나왔다. 스카프를 본 기억이 났다. 신문에 나왔던 실종자 사진!

"너! 도대체 몇 명이나 죽인 거냐?"

남자가 '퉤'하고 입에 고인 피를 뱉었다.

"세상일이 다 그렇지 뭐 처음에는 두렵고, 두 번째는 할 만하고, 세 번째로 익숙해지면, 그다음부터는 중독!"

엎어져 있던 남자가 갑자기 몸을 일으켰다. 남자의 손에 뭔가가 들려 있었다. '리모컨?'

남자가 단추를 누르자 차의 시동이 켜지며 금속 팔이 다시 움직이기 시작했다. 아래에 엎드려 있던 신영규가 놀라서 펄쩍 뒤로 몸을 날렸다. 그 순간을 놓치지 않고 남자가 달려들며 손에 든 돌을 휘둘렀다. '퍽'하는 소리와 함께 모든 조명이 일시에 꺼졌다.

*

눈을 떴을 때 이미 사방은 어둑어둑해져 있었다. 해는 삐죽삐죽한 산들 뒤로 넘어가서 붉은 기둥의 그림자만 어물어물 남아 있었다. 정신을 잃은 뒤 많은 시간이 지난 것은 아니었다. 몸을 움직여보았지만 손목과 발목이 움직이지 않았다. 내려다보니 전선을 정리할 때 쓰는 케이블타이로 손발이 묶여 있었다. 오른쪽 관자놀이 부근에서 뜨끈한 액체가 흘러내렸다. 오른쪽 눈이 보이지 않았다. 앞쪽으로 묶인 양손을 들어 눈가를 만져보니 새빨간 피가 묻어나왔다.

"있잖아?"

그늘진 트럭 옆에서 남자의 목소리가 들렸다.

"나는 너 같은 놈이 제일 싫어!"

그는 분주하게 뭔가를 하고 있었다.

"다른 사람의 노력을 인정 안 하는 인간들……."

딸깍딸깍하는 소리가 귀에 거슬렸다.

"상상력이 결여된 놈들……."

남자가 몸을 일으키자 '윙'하는 이상한 기계음이 들렸다.

"예술을 모르는 천박한 영혼!"

남자는 자신의 창작품인 전신 기어를 모두 착용하고 있었다. 노란색 안전복 위로 가슴과 사타구니, 허벅지까지 덮는 합성수지 갑옷을 입고, 팔과 다리에는 아까 봤던 합성수지 토시와 각반을 차고 있었다. 가슴 한가운데에 아이언맨의 아크원자로 같은 둥근 원형 불빛이 빛나고 있었다.

"그냥 살아 숨 쉬는 인생이 무슨 의미가 있나?"

남자가 헬멧 아래로 방독면이 달린 가면을 쓰고 스위치를 켜자 눈 부분이 빨갛게 빛났다.

"인간은 죽음으로만 진짜 의미를 부여받는다."

도깨비 같은 모습이었다. 마치 이쪽이 그의 진짜 얼굴 같았다.

"죽어야만 예술을 얻게 되는 이치!"

남자가 손에든 리모컨 버튼을 누르자, 오페라 〈마술피리〉의 아리아 〈밤의 여왕〉이 풍부한 음량으로 울려 퍼졌다. 마치 차 전체가 진동하며 소리를 내는 것 같았다.

"너도 곧 알게 될 거다!"

남자가 천천히 신영규에게 다가왔다. 그 손에는 토르의 망치가 들려 있었다. 실제보다 작지만 긴 손잡이 끝에 묵직한 금속망치가 붙어 있는 레플리카였다. 저 망치에 맞으면 살아날 가능성은 없어 보였다. 신영규는 필사적으로 손발을 움직였다. 케이블타이는 아주 질기고 튼튼해서 웬만해서는 끊지 못한다.

"벌레 같은 인생! 내가 끝내주마!"

지옥의 도깨비 같은 모습으로 남자가 달려왔다. 누구나 공포에 떨게 만들 모습이었다. 그러나 신영규는 웬만한 남자가 아니다! 그는 침착하게 발뒤꿈치를 붙이고 두 주먹을 그 사이에 끼웠다. 지렛대의 원리를 이용해서 발목에 묶여 있는 타이를 벗길 생각이었다. 두 무릎을 좌우로 활짝 벌렸다. 양손이 으스러질 것처럼 아팠다. 남자의 두 눈이 바로 앞에서 보였다. 시간이 없다! 그는 다시 한 번 힘껏 무릎을 펼쳤다. '뚝' 하고 발목 어디에서 뭔가가 끊어지는 소리가 났다. 구두가 벗겨지며 오른쪽 발이 타이에서 벗어났다. 본능적으로 몸을 굴려 피했다. 머리 옆으로 '부웅'하고 기분 나쁜 바람이 스쳐지나갔다. 남자는 몸을 돌려 신영규를 찾았다. 발이 자유로워진 신영규는 옆으로 몸을 피했다. 하지만 발목에 입은 상처 때문에 절룩거리다가 다시 쓰러져 버렸다. 끊어진 것이 타이가 아니었던 모양이다. 신영규는 다시 몸을 굴리고 애벌레처럼 기면서 몸을 피했다.

"우아악!"

남자가 비명 같은 고함을 지르며 다시 달려들었다. 신영규는 자신의 위치가 불리한 것을 깨달았다. 경사로 아래쪽에 있어서 남자의 공격에 속수무책으로 당할 수밖에 없는 상태였다. 그는 멀쩡한 왼쪽 발로 지탱하여 비틀거리며 몸을 일으켰다. 남자가 무거운 망치를 휘둘렀다. 출중한 반사 신경을 가진 그도 눈앞에 다가온 망치를 피하기 힘들었다. 양손으로 머리를 감싸고 순간적으로 몸을 숙였다. '휘잉'하고 바람을 가르며 날아온 망치가 어깨에 부딪히며 방향을 바꿨다. 비탈길을 달려 내려오던 관성의 힘으로 남자가 몸을 못 가누고 빙글 돌며 털썩 엉덩방아를 찧었다. 어깨를 비켜 맞은 신영규는 바닥으로 엎어지며 몸을 굴렸다. 뼈가 다 부서진 것 같은 아픔에 터져 나오는 신음을 입술을 깨물어 참았다. 본능적으로 감각이 없는 팔을 휘둘러 바닥을 기었다. 이제 두 사람의 위치가 바뀌었다.

"저항은 무의미하다! 체념해!"

남자가 무시무시한 목소리로 울부짖으며 신영규에게 달려들었다. 기회는 한번뿐이다! 그것을 놓치면 다음은 없다! 남자는 무거운 전신 기어를 착용하고 있었다. 신영규가 몇 번 피해서 도망치는 바람에 남자의 스태미나는 급격히 떨어졌다. 신체 능력이 약한 점을 보완하기 위해 입은 기어가 오히려 부담이 되고 있었다. 경사로 위로 기어 올라가는 신영규를 남자가 숨을 몰아쉬며 지켜보고 있었다. 신영규의 운이 다한 것 같았다. 위쪽 경사로 끝에 바위가 가로놓여 있었다. 더 이상 피할 곳이 없다! 남자도 알고 있었다. 이제 끝을 낼 때가 왔다. 그는 남은 힘을 모아 '우와아!' 하고 함성을 지르며 달려 나갔다. 포기한 듯 신영규는 가만히 바닥에 누워 있었다. 그 머리를 노리고 남자가 망치를 양손으로 높이 들어 올렸다. 바로 그때였다! 남자의 하체가 완전히 드러난 그 황금 같은 기회를 놓치지 않고 신영규는 벌떡 일어나서 남자를 향해 몸을 던졌다. 신영규의 어깨가 남자의 하복부로 로켓처럼 날아가 꽂혔다. 레슬링에 자주 나오는 '스피어'라는 기술이었다. 차이가 있다면 신영규는 부딪히는 순간 양손으로 남자의 무릎 뒤쪽을 힘껏 끌어안은 것이다. 달려오던 힘과 날아오는 힘이 더해져서 남자의 몸은 높이 떠올랐다. 경사로 아래쪽으로 넘어진 남자의 머리가 '쿵'하는 둔탁한 소리와 함께 바닥에 떨어졌다. 힘껏 날아간 신영규의 몸도 남자와 함께 공중에서 빙글 돌아 남자의 몸 위로 떨어졌다. '뚜둑' 하고 뭔가가 부러지는 소리가 났다. 남자의 입에서 '으으' 하는 신음이 가늘게 새어 나왔다. 신영규는 남자의 옆으로 굴러 내려왔다. 신경을 찌르는 듯한 통증이 전신을 달렸다. 손가락 하나도 움직일 수 없었다. 만약 남자가 다시 일어난다면 더 이상 피할 방법이 없었다. 트럭에서 울려 퍼지는 아리아를 배경으로 두 남자가 동시에 고통으로 절규하고 있었다. 눈앞에 검은 장막이 쳐지듯 서서히 의식이 꺼져갔다. 아득히 멀리서 경찰차의 사이렌 소리가 들렸다. 그는 그대로 정신을 잃었다.

*

신영규가 탄 휠체어를 신도식 형사가 밀어주고 있었다. 얼핏 보면 훈훈한 장면이었지만 두 사람 다 불만이 가득한 표정이었다. 혼자 갈 수 있다는 신영규와 의사 선생 명령이라는 신도식이 티격태격하고 있었기 때문이다.

"거기까지!"

굵직한 홍 반장의 목소리가 그들을 갈라놓았다. 홍 반장이 복도 끝 쪽 병실로 걸어갔다. 경찰 두 명이 입구를 지키고 있다가 일행을 보고 거수경례했다. 병실 안으로 들어가자 안에 있던 의사가 신영규를 보고 눈살을 찌푸렸다. 당분간 절대 안정하라는 말을 무시하고 바로 밖으로 나온 신영규가 곱게 보일 리가 없었다. 의사는 "십분 만입니다"라는 말을 던지고 나가버렸다.

침대에는 고민기가 누워 있었다. 그는 간신히 고개를 돌려 신영규를 보고는 체념한 표정으로 눈을 감았다. 바닥에 떨어지면서 경추가 손상되어 하반신이 마비되었다. 수술을 해도 회복될 가능성이 적다고 했다. 그는 이미 모든 죄를 자백했다.

홍 반장이 눈치를 주자 신도식은 두 사람만 방 안에 남겨두고 밖으로 나갔다. 한동안 침묵이 이어지다가 먼저 입을 연 건 고민기였다.

"내가 정상적인 어린 시절을 보냈다면 이렇게는 안됐을 겁니다. 내 어머니는 눈만 뜨면 공부, 공부를 외치는 사람이었죠. 숨이 막혀서 살 수가 없었어요. 어릴 때부터 장난감은 아무것도 가질 수 없었죠. 엄하신 분이었어요. 집에서도 항상 정장을 입고 스카프를 매고 계셨는데 그 스카프만 보면 숨도 쉬기 힘들었죠. 어른이 돼서도 그랬어요. 그러다가 미국 히어로 물을 보게 됐죠. 충격을 받았어요. 바로, 혼자 힘으로 몰래 그 옷을 만들었죠. 그 옷을 입으면 힘이 생겼거든 진짜 히어로처럼…… 그래서 이 옷을 입고 내 엄마라는 사람을 죽였어요. 베개로 얼굴을 덮고 눌렀죠. 내 몸에는 아무 흔적도 안 남았고 경찰은 호흡곤란으로 종결지었어요. 너무 행복했죠. 평생을 괴롭혔던 억압에서 벗어났어요. 그런데 그게 끝이 아니었어요. 내가 죽인 엄마가 다시 살아났어요. 여러 사람의 모습으로…… 내 눈에는 그 스카프가 보였죠. 그 뒤로 나는 다시 엄마를…….”

“닥쳐!”

“예?”

남자가 황당한 표정으로 되물었다.

“정신병자 흉내는 의사 앞에서 해. 내 일은 네놈을 잡는 거다!”

신영규는 그 한마디만 던지고 휠체어 바퀴를 밀고 병실 밖으로 나갔다.

휴게실의 티브이에서는 청장의 기자회견 모습이 보도되고 있었다.

“이번 사건을 통해 피해자와 유가족 분들께 심심한 위로의 말씀을 드립니다. 저희 강원경찰은 시민 여러분의 안전한 생활을 지켜내도록 최선을 다하겠습니다.”

한껏 미소를 지은 인자해 보이는 얼굴이었다.

신영규는 그대로 휴게실을 지나 정원으로 나갔다. 따스한 햇살이 기분 좋게 꽃과 나무를 어루만지고 있었다. 햇살 한가운데로 가던 중에 문득 아래를 보니 보도블록 사이로 노란 들꽃이 수줍게 머리를 내밀고 있었다. 휠체어를 멈추고 가만히 꽃을 내려다보았다. 지난밤, 피해자의 머리맡에 피어 있던 노란 들꽃이 떠올랐다. 맞는지는 모르지만 그 꽃은 우리나라 야생화 '마타리'를 닮았다. 꽃말은 미인, 애틋한 사랑, 무한한 사랑…….

마타리는 뒤집어진 노란 우산 모양의 화려한 외모와 달리, 간장 썩는 것 같은 특유의 냄새 때문에 '패장敗醬'이라고 부른다. 아름다운 외모와 추한 냄새…… 바로 우리가 사는 이 세상의 모습이다.

아무렴 어떤가? 신영규는 등받이에 기대어 따듯한 햇빛 아래 온몸을 뉘었다.

어디선가 '4 Seasons'의 〈Can't Take My Eyes off You〉가 들려왔다.

You're just too good to be true 당신은 믿을 수 없을 정도로 멋져요

I can't take my eyes off you 당신에게서 눈을 못 떼겠어요

You'd be like heaven to touch 당신은 만질 수 있는 천국 같아요

I wanna hold you so much 당신을 꼭 안아주고 싶어요

At long last love has arrived 마침내 사랑이 왔네요

정가일

2000년 『스포츠투데이』 신춘문예에 「5시간」으로, 2001년 『불교신문』 신춘문예에 「부처님의 구슬」로 동화가 당선되었다.
소설집으로 『신데렐라 포장마차』가 있으며, 「신데렐라 포장마차」(2017년)로 한국추리문학상대상을 수상했다.

고한읍에서의 일박이일

김범석

1

2018년 4월 14일, 오후 12시 15분. 나는 강원도 정선군 고한읍에 도착했다.

비가 강하게 내려서인지, 동서울 버스터미널에서 고한 사북공용 버스터미널까지 세 시간 십오 분이 걸렸다. 약속 시간을 십오 분이나 넘겨버려서 속이 탔다. 버스가 고한 사북공용버스터미널에 도착하자마자 나는 허둥지둥 우산을 펴며 버스에서 내렸다.

"여어, 여깁니다!"

목소리가 큰 근육질 청년이 오른손에 우산을 들고 다가왔다. 나는 가벼운 멀미 후유증 때문에 비틀거리며 그에게 다가갔다.

"지역발전위 부위원장님 맞으십니까?"

그가 고개를 끄덕였다.

"네, 제가 최용철 부위원장입니다. 한국추리작가협회 답사팀의 황동민 작가님 맞으시죠?"

나는 고개를 끄덕였다. 답사팀이라고 해봐야 나 혼자지만.

"예, 황 작가라고 불러주시면 감사하겠습니다. 오늘 하루 잘 부탁드립니다."

나는 허리 숙여 인사했다.

"아이고, 저야 말로."

최용철도 허리를 숙였다. 우리 두 사람의 우산이 허공에서 부딪쳤다. 튕겨나간 쪽은 내 우산이었다.

일박이일 동안 고한읍 답사를 잘 해낼 수 있을 것인지 걱정이 되었다.

2

솔직히, 지역발전위 부위원장 최용철이 주차해 둔 BMW를 보고 놀랐다. 고한읍이 다소 시골이라는 선입견을 갖고 있었던 탓이다.

"제 아버지가 전당사 주인이거든요."

"아하……?"

"물려받았지요."

나는 애매하게 고개를 끄덕였다. 그는 자동차 열쇠를 멋들어지게 꺼내며 전당사에 대해 설명했다. 정선 카지노에 놀러 와서 차를 전당포에 맡기는 사람들이 정말로 많다는 것, 정선 고한읍과 사북읍 지역에는 전당포가 정말로 많다는 것, 전당포 간판보다 전당사 간판을 더 많이 쓴다는 것을 알았다.

최용철은 우산을 땅에 내리더니, 우산 손잡이를 자기 배에 대고 오른손으로 당겨서 우산을 접었다. 그리고 자동차 뒷좌석을 열고는 우산을 휙 던져 넣었다. 우산은 뒷좌석에 놓인 여행용 바퀴 달린 트렁크에 처덕, 소리를 내며 떨어졌다.

"무거운 짐 있으시면 뒷좌석에 대충 던져 넣으십쇼."

"아, 괜찮습니다."

등에 맨 가방은 끌어안고 탈 수 있었다. 우산도 접는 우산이라서, 미리 준비해 온 까만 비닐 속에 넣은 뒤 외투 주머니에 쑤셔 박았다. 그가 운전석에, 나는 조수석에 앉았다. 일단 차 안에 탑승하자 해야 할 일들이 떠올랐다.

"저, 그럼 오늘 일정은 저번에 이메일로 보내주신 바와 같이……."

나는 가방에서 주섬주섬 종이를 꺼냈다. 지역발전위와 추리작가협회 사무국은 오늘과 내일의 일정을 이미 조율해두었고, 나는 그 일정표를 프린트해왔다. 그걸 꺼내려 하자 그가 오른손으로 핸들을 탁탁 두드렸다.

"자자, 딱딱한 말씀보다 우선 식사부터 하러 가시죠."

"아, 네에."

나는 일정표를 가방에 다시 넣었다. 사실 "일정표대로 우선 점심 식사 장소로 가주시겠습니까?"라고 말하려던 참이었다.

최용철은 시동을 걸고 운전대를 잡았다. 운전이 다소 위태로워 보였다. 그는 안전벨트를 매지 않고 오른손만으로 핸들을 잡고 운전을 했다.

우리는 시래기 비빔밥으로 식사를 했다. 나는 멀미 기운이 완전히 회복되지 않아 천천히 오래 씹어서 밥을 먹었다. 간장에 비벼먹는 따뜻한 시래기 비빔밥은 부드럽고 자극적이지 않은 음식이라 속을 푸는데 도움이 되었다.

"황 작가님. 현장투어는 어떻게 하시겠습니까?"

"최대한 예정대로 갔으면 합니다."

내가 뽑아 온 일정표에는 점심 식사 후, 고한시장 투어, 삼탄아트마인 관람, 함백산 만항재, 정암사 관람, 저녁 식사 순서로 되어 있었다. 그리고 내일, 아침 식사 후에 구 동원탄좌를 보게 되어 있다.

"일정을 조금 조정해도 되겠습니까? 오늘 이거 비도 오고……."

확실히 비가 많이 왔다.

"그럼 투어 일정은 부위원장님께 다 맡기겠습니다."

그러자 최용철이 오른손으로 뒤통수를 긁적였다.

"그럼 조금 위험하다 싶은 장소는 뒤로 빼거나 내일로 미룰까요?"

"위험한 장소요? 어디 높은 곳에라도 올라가나요?"

"뭐, 당장 정암사만 해도 자동차로 갈 수 있는 사찰 중에서는 가장 높은 곳이라고 하니까요. 하지만 제가 말하는 위험은 조금 다른 의미에서 위험하다는 겁니다."

"어떤 의미로 위험한데요?"

"그게 얼마 전에 살인이 났거든요."

"살인요?"

"예, 뭐. 굳이 알려드릴 필요는 없지만 작가님이 추리작가협회에서 오신 분이라……."

최용철은 내 눈치를 보는 것도 아니고 노려보는 것도 아닌, 묘한 눈빛으로 나를 봤다. 한 가지 분명한 건, 무언가를 이야기하고 싶은 눈치였다.

"얼마 전이라, 언제입니까?"

"4월 1일입니다. 저희 고한읍은 강력 범죄가 거의 안 일어나는 동네인데, 살인 사건이 나서 한바탕 소란이 났었죠."

"오늘이 4월 14일이니까, 4월 1일이면 얼마 전이군요. 범인은 잡혔습니까?"

"아니오."

더 들을 것도 없었다.

"꼭 부탁드립니다. 그곳으로 가죠."

한심하지만, 살인 사건에 관심을 보이는 건 추리 작가로서 당연한 일이다.

"헌데 작가님은 고한읍 야생화 마을 홍보에 추리를 접목시키기
위한 자료 수집과 여름추리소설학교 부지 밑그림 그리기 등의 목
적으로 오신 거 아닙니까?"

"아, 염려 마십쇼. 5월에 또 올 거니까요."

운영방안 협의는 협회 회장님이, 현장투어는 5월에 협회 회원들
이 모여서 다시 온다. 막말로, 내가 오늘 해야 하는 것은 버스가 편
한지 어떤지, 숙소가 깨끗한지 어떤지, 식사 장소는 괜찮은지, 콜택
시는 빨리 오는지 등등의 여부만 확인하여 보고하면 내 역할은 완
수한 셈이다. 여기에 더해서 실제 살인 사건과 관련된 내용을 조사
한다면 추리작가협회 회원으로서 부끄럽지 않은 보고를 올릴 수
있을 것 같았다.

"그럼 결정됐군요."

3

우리는 차를 타고 정암사로 향했다. 오르막길은 완만했으나 구
불구불했고, 비까지 내려서 조금 어지러웠다.

덜그럭, 덜그럭.

오르막길에서 커브를 크게 돌 때마다, 자동차 뒷좌석에 있는 여

행용 트렁크에서 소리가 났다. 나는 트렁크를 돌아봤다. 무척 지저분한 트렁크였다.

"동생 겁니다. 둘 곳이 마땅찮아서 뒷좌석에 던져뒀죠."

그런가보다, 하는데 그가 이어서 말했다.

"정말 손이 많이 가는 동생입니다. 혹시 동생 있어요?"

"아뇨."

"부럽군요. 저는 가끔, 제가 동생으로 태어났으면, 하고 생각해요. 동생은 저보다 작고, 마르고, 전체적으로 연약한 놈이죠. 가끔 독기를 보일 때가 있지만, 뭐, 아버지한테 두들겨 맞을 때는 제대로 저항도 못해요."

복잡한 가정사가 있나 보다. 나는 어떻게 말해야 좋을지 몰라서 입을 다물었다. 최용철은 더 말하고 싶은 기색이었다.

"제 이야기 한 번 들어보시겠습니까? 저희가 가는 곳과 어느 정도 연관이 있는데."

절과 연관이 있는 이야기라면 사양할 이유가 없었다.

"예, 말씀해주십시오."

"우리 아버지는 원래 어머니를 두들겨 패던 사람이었습니다. 저와 동생이 어릴 때 어머니가 도망쳤죠. 그다음부터는 저를 패더군요. 그리고 제가 병원에 입원하자, 아버지는 제 동생을 패기 시작했습니다. 참, 속 터지는 집안이죠? 알코올 중독 아버지가 나오는 드라마의 집구석이었는데, 사실 아버지는 딱히 술을 입에 자주 대는 타입도 아니었어요."

최용철은 연속 커브길 앞에서 자동차 속도를 줄이더니 담배를 오른손으로 꺼내어 입에 물었다. 나는 그에게 불을 붙여주기 위해 라이터를 꺼냈으나, 손님에게 이런 짓을 시킬 수는 없다며 직접 불을 붙였다. 그렇게 손님을 중히 여긴다면 담배 한 대 피워도 되겠느냐고 한 번 물어보기라도 하지.

차를 갓길에 세운 최용철은 창밖에 담배 연기를 뿜으며, 자신의 과거에 대해 더 본격적으로 설명했다. 광부였던 아버지는 사북 지역에 있던 광산이 2001년 폐광된 직후부터 폭력적으로 변했다는 것, 어머니는 남편의 폭력을 못 이기고 인근 절로 도망쳤다는 것, 그러자 아버지의 폭력이 자신과 동생에게 집중되어버렸다는 것을 자세하게 반복해서 말했다.

"그렇게 제가 병원에 있는 동안, 제 남동생 최용훈은 허리가 부러져서 하반신 불구가 되었어요. 미치고 환장할 노릇이죠. 동생 지킨다고 쇠파이프를 대신 팔로 맞아서 병원에 입원했는데, 내가 병원에 간 사이 동생을 패서 병신 만들고……."

최용철은 짧아진 담배를 창밖에 던졌다. 고한읍의 자연 환경이 담배꽁초 하나 분량만큼 훼손되었다.

"동생을 데리고 집을 도망쳐 나왔습니다. 그리고 온갖 일을 다 하며 살았죠. 군대는 저랑 동생 둘 다 면제 받았고요."

의외였다. 최용철은 체격이 좋았는데…… 속으로 골병이 들어서

면제를 받은 걸까?

"저는 정말이지 동생을 위해서 살아왔습니다. 제게는 동생뿐이었고, 동생한테도 저뿐이었죠. 저는 먹고 살기 위해 별짓을 다했는데, 아무리 힘들어도 동생만 보면 고생을 잊을 수 있었습니다."

감동적이면서도 약간 걱정스러운 이야기였다. 두 형제가 언제까지고 서로 의지하며 산다면 좋겠지만, 언젠가는 서로에게 한계가 찾아올 텐데 싶었다. 그때, 최용철이 이야기를 다시 자기 아버지 방향으로 틀었다.

"근데 참 얄궂죠? 저랑 동생이 집을 나온 이후로, 아버지는 카지노를 다녔대요. 그 소식을 한참 뒤에 듣고 패가망신의 전형이구나, 싶었거든요. 근데 우리 아버지가 거기서 돈을 크게 땄답니다. 이게 믿어집니까? 자기 마누라랑 자식 두들겨 패는 인간이 카지노에서 고수익을 계속 올린다는 게? 그리고 아버지는 돌아가시기 전까지 광업소 간부들이 살던 아파트에 살았고, 그 이후로는 도박을 끊고 전당사를 크게 열었답니다. 아버지 돌아가신 뒤 그걸 제가 물려받게 된 거고요."

정말 믿기 힘든 이야기였다. 가정폭력을 일삼는 전직 광부가 도박으로 성공하고, 그 돈으로 집과 전당사를 차린 뒤 도박을 딱 끊다니. 애초에 그런 재능과 정신력이 있었다면 가족들을 폭행할 이유가 없지 않나? 하지만 나는 다른 게 궁금했다.

"저, 그럼 어머님은요?"

폭력에 시달리다 도망쳤다는, 최용철 최용훈 형제의 어머니는 어디에? 그리고 최용철의 개인사는 흥미로웠지만, 그것과 우리가 가려는 곳과 무슨 상관이란 말인가?

내 의문을 읽은 사람처럼, 최용철이 불쑥 대답했다.

"지금 보러 갈 겁니다."

최용철은 정암사로 가는 커브길에 다시 진입했다.

비가 내리는 정암사의 아름다움은 상상 이상이었다. 비는 가늘고 빈틈없이 내렸다. 최용철은 뜰의 커다란 주목나무를 가리키며, 자장율사가 꽂은 지팡이가 커다란 나무가 되었다는 전설을 알려주었다. 우산을 때리는 빗소리와 기와로 된 담장 바깥 계곡에서 콸콸 흐르는 물소리가 매우 크게 들렸다. 차갑고 깨끗한 공기를 깊이 들이쉬자 몸속까지 정화되는 듯했다.

"다음은 저길 올라가죠."

물이 콸콸 흐르는 바깥 계곡과 이어지는 경내의 작은 계곡 위에 다리가 놓여 있었다. 그 앞에는 산 위로 오르는 계단이 있었다. 계단은 제법 가파르고 높았다. 아파트 삼 층 높이보다 높아 보였다.

"저 꼭대기에 탑이 있죠. '수마노탑'이라고 합니다."

최용철이 앞장서서 계단을 오르기 시작했다. 나는 빗물로 미끈거리는 계단을 신중하게 올라갔다. 한 절반쯤 오르자 숨이 턱에 찼다. 앞서 가는 최용철은 호흡의 흐트러짐 없이, 수마노탑의 이름 뜻과 부처님 진신사리에 관한 이야기를 들려줬다.

"참 아이러니하죠?"

앞서가는 최용철이 말했다.

"부처님 진신사리가 모셔진 곳에서 살인이 일어나다니."

나는 고개를 들어 최용철을 보았다. 최용철은 등을 보인 채 성큼 성큼 걸어 올라갔다.

수마노탑은 정교한 육 층 석탑이었다. 보물로 지정되어 있다고 하는데, 내가 볼 때는 국보급이 아닌 게 이상할 정도였다. 육 층 높이의 수마노탑이 높은 곳에 있어서 그런지, 사찰을 돌아다니며 본 탑 중에서 가장 높게 느껴졌다. 고고함과 디테일을 두루 갖춘 탑을 나는 고개를 한껏 젖힌 채 올려다보았다.

이 탑 앞에서 정말로 살인이 났단 말인가?

"아까 식당에서 제가 살인 사건에 대해 말했었죠?"

"네."

"그게 여기에서 일어났어요."

나는 주위를 둘러봤다. 탑 주변에 우리 말고는 아무도 없었다. 비가 와서일까? 아니면 고한읍의 인구가 적어서일까?

"누가 죽었는지 아십니까?"

"여자입니다. 강순자. 예순 살 언저리의 여자였죠."

최용철이 말을 이었다.

"강순자는 매일 같이 수마노탑을 오르며 탑돌이를 했다고 합니다. 비가 오건 눈이 오건 간에 말이죠. 그랬는데 얼마 전인 4월 1일. 누군가에 의해 살해당한 겁니다."

"그녀는 정확히 어디서 죽었죠?"

나는 난간 바깥을 내다보며 물었다.

"여기요."

최용철은 수마노탑의 바로 앞을 발로 탕탕 소리 나게 쳤다. 발소리가 커서 나는 깜짝 놀랐다.

"시체는 수마노탑을 바라보는 쪽으로, 엎드린 자세로 있었다고 합니다."

"피해자는 어떻게 살해당한 겁니까?"

"끈으로 살해당했다고 합니다."

최용철은 목을 가리켰다.

"빨랫줄 같은 끈으로 목을 한 바퀴 감아서 양손으로 힘껏 당겨 죽인 것이지요. 범행에 사용된 그 끈이 현장에 그대로 남겨져 있었답니다."

"으음."

살인 장면을 머리로 그릴 수 있었다. 범인은 아마도 남성일 것이다. 수마노탑에 불공드리러 혼자 온 여자가 탑을 바라본 순간, 범인이 끈으로 목을 조른 것이다.

"강도 살인이었나요?"

"피해자의 소지품은 그대로 있었답니다. 그러니 금품 갈취 목적으로 죽인 건 아니겠죠. 아, 그리고 성범죄 관련 쪽도 아닙니다."

"그럼 범인은 '그냥' 죽였단 말입니까?"

"뭐, 범인에게 나름의 사정이 있었겠죠. 원한이든 뭐든. 하지만 겉보기에는 작가님 말씀대로 '그냥'입니다."

그냥이라는 말 만큼 무서운 말도 없다. 분명히 살인에는 이유가 있을 것이다. 하지만 눈이 오나 비가 오나 수마노탑에 올라와서 정성을 올린다는 여자가 남한테 원한을 샀을 것 같지는 않고…….

"강순자는 부자였습니까?"

"아뇨."

그럼 왜 죽인 걸까?

"목격자는요?"

"없었습니다."

"시체를 최초로 발견한 사람은?"

"이 절의 종무소장입니다. 휴식을 위해 종무소에서 나오던 종무소장은 한 남자의 다급한 발소리와 트렁크 끄는 소리를 들었고, 나와서 보니 녹색 야상 입은 남자가 바퀴 달린 트렁크를 끌고 수마노탑 방향에서 오는 것을 목격했습니다. 혹시나 하는 마음에 수마노탑으로 올라간 종무소장은 시체를 발견했던 거지요. 이미 늦었다는 생각에 바로 112에 신고했답니다."

"트렁크?"

수상했다. 범인은 이 절에 왜 트렁크를 끌고 온단 말인가?

"녹색 야상 입은 남자가 확실히 수상하군요. 그 남자의 얼굴은 이 절의 시시티브이에 찍혔답니까? 아, 절에 시시티브이이 있긴 있나요?"

"네. 하지만 녹색 야상을 입은 남자는 야상 뒤에 달린 모자를 쓰고, 얼굴에는 마스크를 쓰고 있어서 찍히지 않았답니다. 그리고 원통하게도 그는 자동차를 사찰 경내 주차장에 세운 게 아니라, 시시티브이를 피하기 위해 저 커브길 바깥 쪽 갓길에 세워두었다는군요. 아까, 제가 담배 한 대 피운 쪽 말입니다."

"아, 그 갓길이요."

"네. 그러니 범인은 99퍼센트 확률로 이 동네 주민이겠지요. 정암사 근처 시시티브이 위치와 도로 사정, 그리고 비 오는 날엔 수마노탑에 오르는 사람이 거의 없다는 것까지 다 알 정도로."

"허, 그럼 한 가지만 더요."

"뭐든 물어보십시오."

"어떻게 이런 사실들을 잘 아십니까? 혹시 아는 사람 중에 경찰이라도 있으신가요?"

"아아, 제가 이 사건을 잘 알 수밖에 없지요. 저는 이 사건의 관계자니까요."

"관계자……?"

"죽은 강순자가 저희 어머니거든요."

4

우리는 다시 최용철의 BMW에 탔다. 어떻게 계단을 내려왔는지, 어떻게 진흙탕이 된 바닥을 건너 주차장까지 왔는지도 기억이 나지 않는다.

"재미 없으셨습니까?"

운전석에 앉은 최용철이 조수석의 내게 고개를 돌리며 물었다.

"아뇨, 그, 재미랄까, 그런 부분 이전에…… 그럼 어머님께서는 얼마 전에 돌아가신 거군요."

지금이 4월 14일인데 사건이 4월 1일에 발생했다면, 정말로 얼마 전이다.

"네. 하지만 크게 슬프거나 하진 않습니다. 그게 저희 어머니 팔자인 거죠."

허세인지 실제로 냉철한 건지 알기 어려운 말투였다. 자기 어머니가 죽은 장소와 그 사건을 투어 내용으로 삼다니. 이것은 살인을 픽션으로 다루는 추리 작가인 나에 대한 비아냥인지, 아니면 범죄 사건에 흥미를 갖는 나를 위해 이런 투어를 마련한 것인지 알 수 없었다. 어떤 반응이 무례하지 않은 반응일까, 고민하는 동안 그가 오른손으로 내 어깨를 탁 쳤다.

"이거, 추리 작가님께 반전의 충격을 드린다고 한 게, 영 재미없었나 보군요. 사과드리죠."

"저에게 사과하실 필요 없습니다. 그저, 제가 대놓고 흥미를 보인 게 고인께 조금 죄송스러워서."

"아뇨아뇨, 괜찮습니다. 왜냐하면 저희 어머니는 저희 형제를 버리고 가서 인생 망가뜨린 쌍년이니까요."

최용철은 씨익 웃었다. 나는 뭐라 말하기 어려웠다.

"자, 그럼 다음 코스로 가죠. 이번에는 작가님을 속이지 않고 미리 밝히겠습니다. 제 아버지가 돌아가신 곳입니다."

나는 놀라지 않을 수 없었다.

"설마."

"네?"

"설마 아버님께서도 최근 돌아가셨습니까?"

"네, 뭐. 최근이죠. 겨우 하루 뒤에 돌아가셨으니. 4월 2일입니다."

믿기지 않는다. 한 남자의 부모가 이틀 동안 한 명씩 죽는다고? 그런데 이 남자는 왜 이리 태연한 걸까? 오히려 내 반응을 조금 즐기는 것 같기도 하다.

"참 신기하죠? 이틀 만에 부모님이 모두 살해당하셨으니."

"어, 어디서……?"

"맞춰보시지요."

최용철은 자동차를 출발시켰다. 비가 거의 멈춰서, 자동차는 빠르게 달렸다. 나는 머리를 굴려보았다.

"혹시 전당사나 카지노 쪽인가요?"

"아뇨. 고한읍의 명물인지 아닌지 되게 애매한, 그런 장소가 있습니다. 아버지는 그곳에서 돌아가셨습니다."

"명물인지 아닌지 되게 애매한 장소에서……?"

"힌트를 드리자면, 그 장소는 십 분 간격으로 움직입니다."

"아! 광차 같은 건가요? 옛날 폐광 안으로, 광부들이 인차를 타고 들어가는 투어 같은 게 있다고 들었습니다만."

"아쉽군요. 옛날 동원탄좌 쪽에 그런 투어가 있지만, 그건 한 시간 간격으로 움직입니다."

"그럼 포기입니다. 정답이 뭐죠?"

"정답은…… 바로 L 아파트의 모노레일입니다."

자동차는 빗길을 달렸다.

우리가 탄 자동차가 L 아파트 단지로 올라갈 무렵 비는 거의 멎었다.

L 아파트는 인근에서 나름 고급 아파트였다. 모노레일이 놓여 있는 아파트가 한국엔 흔치 않으리라. 높은 언덕 위에 있는 L 아파트와 언덕 아래를 연결하는 모노레일이었다. 모노레일 위를 운행하는 운행차에는 '달래호'라고 적혀 있었다. 모노레일 아래에는 소형 태양열 집열판과 풍력 발전기 따위가 놓여 있었다. 나는 친환경 발전기를 보고 괜히 기분이 좋아졌다.

나와 최용철은 상행 승강장에서 아래를 내려다보았다. 하행 승강장에는 달래호가 멈춰 있었다. 모노레일의 선로는 상당히 완만해 보였다.

잠시 뒤, 달래호가 모노레일을 따라 올라오기 시작했다. 나는 시계를 꺼내어 시간을 재봤다. 모노레일이 아래에서 위로 올라오는 시간은 기껏해야 삼 분 남짓이었다. 상행하는 달래호에 타고 있던 사람은 지팡이를 짚은 할머니 한 사람이었다. 확실히 이용객은 많지 않았다.

"어떻습니까, 한 번 타보시죠."

"아무나 탈 수 있는 건가요? 그리고 운전수는?"

"예. 무인기이고, 아무나 탈 수 있습니다. 하지만 지금 미리 타봤자, 관리인이 모노레일은 십 분 간격으로 움직인다고 할 겁니다."

"관리인?"

"아, 달래호 자체는 무인기지만, 관리인이 안쪽에서 시시티브이로 보고 있습니다. 가끔 어린애들이 쿵쿵 뛰거나 하면 스피커로 위험하니까 얌전히 있으라고 한 마디 하곤 하지요."

"어차피 십 분이 지나야 움직인다면 밖에서 기다리죠."

나와 최용철은 상행 승강장에 서 있었다. 승강장의 벽면에는 책을 잃어버린 사람은 찾아가라는 종이와 안전수칙에 관한 안내문이 붙어 있었다.

"자, 슬슬 타실까요."

우리는 달래호에 탑승했다. 최용철이 닫힘 버튼을 눌렀고, 나는 달래호 중앙에 서서 모노레일을 한 바퀴 둘러보았다.

'한 평 남짓.'

모노레일은 정말 작았다. 의자는 세 개뿐이고, 한쪽 구석에 소화기가 놓여 있었다. 하행 방향 우측 대각선 위편에 작은 시시티브이가 하나 달려 있었다. 시시티브이는 하나뿐이었지만, 범행 억지력은 충분해 보였다. 아니, 그전에 모노레일 자체가 작고 귀여워서 굳이 이 안에서 사람을 죽이고 싶은 기분이 들까 싶었다.

"이런 곳에서 최용철 부위원장님의 부친께서 돌아가셨다고요?"

"네. 자세히 말씀드리죠."

최용철은 하행 버튼을 눌렀다. 그러자 덜컹, 하고 모노레일이 내려가기 시작했다. 최용철은 창밖을 바라보며 이야기했다.

2018년 4월 2일. 오전 10시.

피해자 최경태는 전당사에 출근하기 위해 집을 나섰다. 전당사는 멀지 않았고, 모노레일을 타고 내려간 뒤 십오 분 정도 걸어가면 되는 거리였다.

하행하는 달래호에 탑승한 사람은 총 두 사람. 최경태 뒤에 오른손으로 바퀴 달린 트렁크를 끌고 다니는 청년이 한 명 있었다. 녹색 야상에 마스크를 착용하고 있었다.

그들이 탄 달래호의 문이 닫혔다. 달래호는 모노레일을 따라 아래로 내려가기 시작했다. 최경태는 의자에 편하게 앉았다.

그 순간, 녹색 야상에 마스크를 착용한 괴한이 행동하기 시작한다. 주머니에서 크기가 넓은 포스트잇을 하나 꺼내더니, 한 손으로 자연스럽게 시시티브이 앞에 붙여버렸다. 그것만으로도 모노레일 내부의 유일한 시시티브이는 무용지물이 되어버린다.

모노레일 바깥에도 레일을 촬영하는 시시티브이가 두 대 더 있었으나, 모든 구간을 촬영하는 게 아니었고, 바깥에서 촬영하는 것이라 달래호 내부 상황을 파악하기는 매우 어려웠다. 외부 시시티브이에 얼핏 찍힌 최경태는 자신을 내려다보는 괴한을 보고 크게 놀랐는지 의자에서 미끄러져 모노레일 바닥에 엉덩방아를 찧었다. 그리고 마스크를 쓴 괴한은 최경태를 내려다보며 트렁크 손잡이에 오른손을 뻗었다.

괴한은 팔이 조금 불편한 사람처럼 트렁크를 열었다.

외부 시시티브이로 보이는 것은 그뿐이었다.

괴한이 열어젖힌 트렁크 안쪽에서 꺼낸 흉기가 무엇인지, 최경태가 정확히 어떻게 죽었는지는 보이지 않았다. 한 가지 확실한 것은 달래호가 승강장에 도착하기 전, 대략 2분 20초쯤 된 시점에 최경태가 죽었다는 것이다.

괴한은 최경태를 살해한 후, 다시 허리를 숙여서 트렁크를 주섬주섬 챙겼다. 그리고 하행 승강장에 도착하자마자 내부 시시티브이에 붙은 넓은 포스트잇을 떼어낸 뒤, 최대한 빨리 도주했다.

모노레일 관리자는 그제야 최경태가 죽어서 바닥에 쓰러져 있는 모습을 발견하고 112에 신고했으나 한 발 늦은 뒤였다.

최경태의 목에는 빨랫줄 같은 재질의 끈이 감겨 있었다.

모노레일이 목적지에 도착했다. 별 흔들림이 없는 모노레일이지만 출발할 때와 도착할 때는 아주 조금, '덜커덩' 보다는 '미끄덩'에 가까운 흔들림이 느껴졌다.

나는 최용철이 들려 준 이야기에 대해 생각해봤다.

'하행 승강장에 도착하기까지 걸리는 삼 분 남짓한 동안 괴한은 어떻게 최경태를 살해했을까?' 하지만 그 생각에는 집중하기 어려웠다. 더 큰 의문 때문이었다.

'최용철은 자기 아버지가 죽은 장소에서, 자기 아버지의 죽음을 삼 분 안에 요약하고도 어찌 저리 태연할까?'

"자, 내리시죠. 어차피 달래호는 십 분 뒤에 운행합니다."

우리는 하행 승강장으로 내린 뒤, 아예 바깥으로 나갔다. 지장천이 있었고, 지장천 건너편에는 고한시장이 보였다. 고한시장은 탄광이 많은 지역의 시장답게, 시장 출입구가 탄광 갱도 입구처럼 꾸며져 있었다. 무슨 4번 출입구라고 적혀 있었는데, 시력이 나빠서 4번까지만 보이고 정확히 뭐라 적혀 있는지는 알 수 없었다.

십 분 뒤, 우리는 하행 승강장으로 올라가서 달래호에 탔다. 이번에는 상행이다. 이번에도 탑승객은 우리뿐이었다. 오늘만 이런 건지 원래 이용객이 많지 않은 건지 알 수 없었다.

"아, 문 닫힘 버튼과 상행 버튼을 눌러야 움직입니다. 직접 한 번 눌러보시죠."

"아, 그렇군요."

나는 버튼을 눌렀다. 달래호가 모노레일 위를 움직이기 시작했다.

"그럼 범인은 누굴까요?"

최용철이 불쑥 물었다. 나는 대답할 자신이 있었다.

"들은 대로라면 범인은 빤하잖습니까? 당연히 그 녹색 야상 입고 마스크 쓴 놈이죠. 아마 정암사에서 당신 어머니를 죽인 놈도 그놈일 겁니다."

"작가님 생각에 범인은 대충 어떤 놈일 것 같습니까?"

"부위원장님의 아버님은 전당사를 운영한다고 했죠? 확신할 수는 없지만 범인은 그것과 관련된 원한을 지닌 자 아닐까요? 제 예상이 맞는다면 도박으로 집까지 잃어버린 인간일 가능성이 높다고 봅니다. 그놈이 끌고 다니는 트렁크에는 범행 도구보다도 꼭 필요한 옷가지와 생활용품이 꽉 차 있었겠지요."

"글쎄요. 범인은 차가 있지 않습니까. 그렇다면 생활용품이 담긴 트렁크를 왜 끌고 다닐까요? 그냥 자동차 트렁크니 뒷좌석에 던져 놓으면 될 텐데."

"그건."

나는 말문이 막혔다. 그의 말대로라면 범인이 굳이 트렁크를 끌고 다닐 이유가 없다. 범인의 흉기는 끈이니까. 끈은 녹색 야상 주머니에도 들어가는 물건인데, 범인은 굳이 왜 트렁크를 끌고 다닌단 말인가?

"도박으로 자산을 탕진한 인간이라면 전당사를 운영하는 제 아버지를 미워할 수도 있겠죠. 하지만 범인은 피해자의 지갑을 그냥 두고 떠났습니다. 결정적으로, 제 어머니까지 죽일 이유가 있었을까요? 어머니는 예전에 아버지가 무서워서 도망친 사람인데. 오히려 어머니는 아버지가 운영하던 전당사와는 가장 관련이 없는 사람입니다."

"그건."

또다시 말문이 막혔다. 범인이 도박으로 모든 걸 잃은 자라고 하면 최용철의 아버지를 죽인 동기는 짐작할 수 있다. 돈이나 채무, 전당사를 들락거린 자의 개인적인 서러움이나 부끄러움과 관련된 동기라면 이해 못할 것도 없다. 하지만 그것만으로는 불완전하다. 최용철의 어머니를 죽일 이유는 정말 없어 보인다.

결국, 나는 이런 말 말고는 할 말이 없었다.

"하여간 범인을 잡고 나면 다 알 수 있을 겁니다."

"범인?"

"그래요! 녹색 야상 입은 놈 말입니다. 여태 그런 놈을 잡지 못하다니 이건 고한읍의 불명예군요."

나는 나 자신과 범인에게 왠지 화가 나서 이렇게 말해버렸다.

"크핫하하하하하하하!"

좁은 모노레일의 천장이 떨릴 정도의 폭소였다. 나는 큰 소리에 어안이 벙벙해졌다.

"뭐가 그리 웃기십니까?"

"아니오, 그 마스크 쓴 놈이 범인이라고 하셨잖아요? 그게 좀 웃기네요. 용의자라고 할 수는 있어도 범인은 아니죠. 추리 작가가 왜 용의자를 바로 범인 취급하시는지."

나는 발끈했다.

"그럼 아닙니까? 시시티브이 영상에 다 나왔잖습니까. 그 용의자가 고의로 달래호 내부 시시티브이 카메라 앞에 넓은 포스트잇을 붙이는 게 다 찍혔다면서요? 그리고 그 자가 내린 직후에 최경태는 시체로 발견되었고요. 그럼 같은 달래호에 타고 있던 그 용의자가 바로 범인이죠."

정상적인 인간이 왜 굳이 포스트잇을 주머니에 넣고 다니다가 시시티브이를 가릴까? 그야 물론 자신의 범행을 가리기 위해서다. 나는 내 결론이 당연하고 유일한 답이라고 확신했다. 하지만 최용철은 고개를 저었다.

"그것은 마스크 쓴 놈이 시시티브이를 고의로 가린 사람임을 입증할 수는 있어도, 살인을 저지른 범인이라는 것을 입증하는 것은 아닙니다."

"아니, 정말 갑갑하군요! 정황상 명백하잖습니까? 살인 장면은 안 찍혔지만, 안 찍힌 이유가 마스크 쓴 놈이 시시티브이를 가렸기 때문이라면, 그리고 문이 닫힌 채 이동 중인 모노레일에 마스크 쓴 놈과 피해자가 단둘이 있었다면 그 녹색 야상 입고 마스크 쓴 놈이 범인이죠."

나는 같은 소리를 반복하게 되어서 조금 화가 났다. 나와는 반대로 최용철은 점점 더 느긋해졌다.

"자자, 그게 아닙니다. 들어보십시오. 마스크 쓴 놈이 살인을 저지른 범인이라면……."

최용철은 말하다 아차, 하는 표정을 지었다.

"그놈이 범인이라면? 마저 말씀해주시지요."

"으음, 제 생각 이전에, 사건에 대해서 마저 말씀드리지요. 빼놓고 말씀드리지 않은 뒷부분이 있습니다."

최용철은 사건에 대해서 마저 이야기하기 시작했다.

피해자 최경태는 끈으로 교살당했다.

경찰은 모노레일에서 발견된 시체의 목에서 끈을 발견했다. 빨랫줄과 비슷한 재질과 굵기를 가진 끈으로, 피해자 최경태의 목을 한 바퀴 감은 뒤, 양손으로 힘껏 당겨 죽인 것이었다. 짧은 시간 내에 확실히 죽이기 위해 최대한의 힘으로 당겨서, 목의 굵기가 얼마간 가느다랗게 변했을 정도였다. 이 질긴 끈은 정암사 수마노탑 앞에서 발생한 살인 사건 현장에서 발견된 것과 같은 재질이었다. 경찰은 정암사에서 살인을 저지른 녹색 야상을 입은 놈과 이번 모노레일에서의 살인 용의자가 동일 인물이라고 확신했다.

현장에서 발견된 흉기 말고도 의외의 성과가 하나 있었다. 최경태는 죽기 전, 두 손으로 자신을 죽이려는 범인을 마구 할퀸 모양이었다. 바닥에 쓰러진 상태여서 외부 시시티브이에는 찍히지 않았으나, 최경태는 쓰러진 상태에서 두 손으로 격렬히 범인을 할퀴어 댄 것이 분명했다. 손톱 밑에는 범인의 것으로 추정되는 피부 껍질과 피, 머리카락까지 붙어 있었다.

경찰은 용의자를 검거하기 위해 수색에 나섰다. 고한읍에 거주하며 녹색 야상을 즐겨 입고 마스크를 착용했으며 몸 어딘가에 할퀸 자국이 심하게 있을 건장한 체구의 청년이 범인일 것이라고 확신했다.

"아니, 그것 보세요. 경찰도 녹색 야상에 마스크 쓴 자가 용의자라고, 범인으로 확신한다고 하셨잖습니까."

나는 얼른 끼어들었다.

"어휴, 작가님 성격도 급하시네. 마저 말할 테니 더 들어보세요."

경찰은 용의자를 발견, 임의출두를 요청했다. 용의자는 순순히 출두했다. 녹색 야상에 건장한 체구였다. 정선 경찰서 형사2팀은 회심의 미소를 지었다. 그리고 그 미소가 사라지기까지 걸린 시간은 용의자가 녹색 야상을 벗기까지의 시간이었다.

용의자에게는 왼팔이 없었다.

용의자의 주장에 의하면, 어릴 적 누군가에게 폭행당했고, 팔이 심하게 부러졌는데, 너무나도 심하게 부러져서, 당시 병원 수준으로는 도저히 치료가 불가능해서 기어코 절단하게 되었다고 했다.

형사2팀은 약간 기운이 빠진 채 왼팔 없는 용의자를 조사했다. 용의자에게는 딱히 알리바이가 없었지만, 범행 현장에 있었다는 증거도 딱히 없었다. 체형과 녹색 야상 말고는 의심할 여지가 많지 않았다. 조사 도중 한 형사는, 죽은 피해자의 손톱 밑에 범인의 살점과 피, 머리카락이 있다는 이야기를 흘리며 용의자를 압박하려 했다. 그러자 용의자는 도리어 화를 펄펄 내며 그 자리에서 속옷을 제외한 옷을 전부 벗어보였다.

용의자의 몸 어디에도 최근 생긴 할퀸 자국은 없었다. 용의자는 부당한 의심을 받았다며 역정을 내고, 거짓말 탐지기 조사까지 받게 해달라고 큰소리를 쳤다. 경찰은 반신반의하며 거짓말 탐지기까지 동원하여 조사했다. 몇 가지 질문에 용의자는 전부 진실만 말했다.

형사는 마지막으로 결정적인 질문을 했다.

'당신은 강순자와 최경태를 살해했습니까?'

그리고 용의자는 대답했다.

'아니오. 저는 강순자와 최경태를 죽이지 않았습니다.'

거짓말 탐지기는 그가 진실을 말하고 있다는 것을 입증해주었다. 용의자는 귀가했다.

"아시겠습니까? 녹색 야상의 용의자는 왼팔이 없는 사내였습니다. 그러므로 처음부터 양손에 끈을 쥐고 누군가의 목을 조르는 방식으로 살인을 저지를 수 없지요."

최용철은 오른손으로 끈을 쥐는 시늉을 해보였다. 그의 왼손은 올라가지 않고 가만히 있었다.

"자, 그럼 다음 코스로 이동하실까요?"

나는 말없이 그의 왼팔을 물끄러미 보았다. 그가 입은 외투 안쪽에는 분명히 팔이 있어 보였다.

"아, 이거 의수입니다. 싸구려죠."

그가 싱긋 웃었다.

5

우리는 고한시장을 한 바퀴 돌았다. 최용철로부터 고한시장에 대한 이야기를 많이 들었고, 이곳과 추리를 접목시키는 것이 계획이라는 말도 들었다.

"어떻습니까?"

최용철이 물었다. 솔직히 말하자면 머릿속을 맴도는 의문은 오직 세 가지다. 이 의문들은 고한시장의 추리마을 조성에 관한 의문은 아니었다.

첫째, 최용철은 정말로 자기 부모를 죽인 살인자인가? 그리고 내가 강순자, 최경태 살인 사건의 진실을 알아낸다면 어떻게 하는 것이 좋은가?

둘째, 최용철의 차 뒷좌석에는 바퀴 달린 트렁크가 있다. 나는 그 트렁크 안을 들여다 볼 필요가 있다. 하지만 어떻게? 대놓고 보여 달라고 해야 하나?

셋째, 애초에 최용철이 말한 살인 사건들이 실제로 있기는 했는가? 나는 살인 사건이 있었다고 최용철의 입으로 들었을 뿐이다.

내가 대답을 하지 않고 궁리를 하자 그는 멋쩍게 웃었다.

"고한시장은 좀 심심하죠? 워낙 작은 시장이라. 하지만 야생화 축제 시즌이 되면 제법 볼거리가 늘어납니다."

"그렇군요."

나의 세 가지 의문은 물어볼 수도 없고 물어봐도 알 수 없으리라. 내가 알아내야 할 일이다. 하지만 혼자서는 무리다.

"아참, 잠시 통화 좀 하고 와도 되겠습니까? 저희 협회 사무국에 열심히 일하고 있다는 보고를 해야 해서요."

"그러시죠."

나는 고한시장의 널찍한 광장으로 걸어갔다. 광장 한쪽에는 사진 찍기 좋은 포토존과 의자가 있었다. 나는 의자에 앉아 한국추리작가협회 사무국장에게 전화를 걸었다. 사무국장은 즉시 전화를 받았다.

"여어, 우리 폐허 덕후, 잘하고 있나?"

"어휴, 힘들어 죽겠습니다."

"네 소설 교정보는 것만 하겠냐."

우리 협회 사무국장은 계간 미스터리 편집장을 겸임하고 있었다. 나는 이따금 폐허 체험이나 사건에 휘말린 체험을 소설화해서 투고하곤 하는데, 내 소설에 오탈자가 많은 편이다.

"여기 고한읍에서 얼마 전에 살인 사건 같은 게 일어난 적 있습니까?"

"아, 맞아. 있었어. 절에서 여자 한 명 죽은 거랑, 모노레일 안에서 남자 한 명 죽은 거 말하는 거지?"

"실제로 그런 일이 있었다고요?"

"어. 너도 알다시피 고한읍이 인구가 워낙 적어서, 의외로 살인 같은 강력 범죄가 정말 안 일어나거든? 정선 카지노에서 돈 잃고 '자살'하는 인간들이 많다는 건 공공연한 사실이지만 그건 살인이 아니고…… 하여간 범죄율 자체는 엄청 낮은 편이야. 그래서 얼마 전에 살인 사건이 발생해서 기사가 두 번 났었어."

"그랬군요. 범인이 안 잡혔지요?"

"그랬던가? 내가 그 이후 후속 기사는 못 봐서 모르겠다. 근데 그게 왜? 네 소설에 쓰려고?"

"아직은 모르겠습니다."

"그래? 그보다 답사는 어떻게 진행하고 있는데? 거기 지역발전 위에서 한 사람 나왔지?"

"네. 지금 부위원장님과 함께 고한시장 투어 중입니다. 탄광이랑 박물관 빼면 거의 다 둘러봤습니다."

"그래? 그럼 그분한테 운전해주셔서 감사하다고 인사 꼭 드리고. 남은 일정 잘해라?"

"아, 예, 저기 사무국장님? 저어, 부탁이 있습니다."

"뭔데? 또 귀찮은 거 시키려고 하는 거지?"

"예, 하나가 아니라 두 개인데요."

"그 살인 사건 두 개를 인터넷으로 조사해 달라 이거지?"

"가능할까요?"

"그게 방금 말했듯이 후속 기사가 나온 사건이 아니라…… 일단 정리해서 저녁에 연락할게."

"옛, 부탁드립니다."

나는 서둘러 전화를 끊었다. 최용철이 왔기 때문이다.

"저, 작가님. 이제 슬슬 저녁 식사 시간입니다만."

"아, 벌써 그렇게 됐나요?"

우리는 고한시장 안쪽에 있는 정육 식당으로 향했다. 삼겹살과 냉면을 파는 가게였다. 서울의 삼겹살집과 크게 다르지 않았다.

최용철은 내게 소주 한 잔 하시겠느냐고 물었는데, 나는 타지에 나와서는 술을 안 마신다고 답했다. 최용철은 씨익 웃으며, 자신도 운전해야 하므로 마시지 않겠다고 대답했다.

우리는 느긋하게 삼겹살을 구워 먹었다. 나는 오전에는 멀미로 비틀거렸고, 오후에는 비 내리는 고한읍 곳곳을 돌아다녀서인지 고기가 무척 맛있었다. 기름진 고기를 뱃속에 채워 넣으니 긴장이 풀리고, 왠지 마음이 푸근해졌다.

"작가님 삼겹살을 무척 좋아하시는군요."

"제가 고기를 좀 좋아하는 편입니다."

"원래 체형이 좀 마른 사람들이 고기를 좋아하시더군요. 사실 제 동생도 무척 마르고 키가 작은 편인데, 고기를 무척 좋아하죠……."

최용철은 말끝을 약간 흐렸다. 그리고 쌈을 싸서 우걱우걱 씹었다. 마르고 작은 체구에, 하반신까지 불편한 동생에 대한 애틋한 마음이 든 모양이다.

"부위원장님. 2차로 맥주 한 잔 어떠십니까?"

내가 불쑥 제안했다.

"오, 그거 좋죠. 저는 대리를 부르면 되니까요."

"괜찮겠습니까?"

"음, 뭐 문제될 게 있나요?"

"그야, 동생분이요. 몸이 불편하신 분인데, 주로 최용철 부위원장님이 돌보고 계신다고."

"아, 음, 그러지요."

동생 이야기가 나오자 갑자기 최용철의 표정이 어두워졌다.

'이상하다.'

죽은 부모 이야기는 추리 퀴즈 주고받듯이 이야기하던 최용철이었다. 그런데 동생 이야기가 나오자 갑자기 우울해졌다. 나는 상대방을 불쾌하게 만들 것을 알면서도 파고들었다.

"동생 분께는 따로 돌봄 담당하시는 분이 계신 건가요? 아니면."

"아, 이거 참. 제가 이 이야기를 안 했군요. 제 동생은 지금 실종되었습니다."

불판 아래로 삼겹살 기름 떨어지는 소리가 크게 들려왔다.

"실종…… 이라고요?"

"네."

"저, 동생 분께서는 다리가 불편하다고 하지 않았습니까? 그것도 양쪽 다리 전부 다요."

"그러게 말입니다."

그는 마치 남의 이야기를 하듯 했다. 이상했다. 분명 동생을 아버지의 폭력으로부터 구조하려고 가출하여, 단둘이 의지하며 살아왔다고 하지 않았었나? 그런데 뭘까? 동생이 사라졌다는데도 이 무심한 태도는.

"언제 실종되셨나요?"

"아아, 얼마 안 됐어요. 실종이라고 해서 놀라셨나보군요."

"언제 실종된 겁니까?"

"거 왜 그렇게 캐묻고 그러십니까? 내 동생도 스무 살 넘은 어른
인데."

"실종 신고는 하셨습니까?"

내가 일관된 태도로 자꾸 캐묻자, 최용철은 대놓고 혀를 찼다. 그
리고 젓가락을 세게 내려놓았다.

"그게요, 우리 용훈이가 스스로 모습을 숨긴 것 같거든요. 그래
서 굳이 찾지 않으려 합니다. 용훈이가 예전부터 그랬어요. 뭐라 그
랬느냐면, 늘 의존하는 게 싫다, 피해주는 게 싫다고요. 하여간 제
동생 걱정은 할 필요 없습니다."

나는 기가 막혔다. 최용철의 동생, 최용훈이 모든 사건의 진실을
가지고 있으리라고 확신했다.

"어우, 소주가 땡기네."

최용철은 기어코 소주를 시켰다.

6

저녁 식사를 마치고, 나는 택시를 불렀다.

"숙소는 메이힐스 리조트라는 콘도요. 내일 오전 8시 30분에 모

시러 가겠습니다."

최용철의 얼굴이 불콰하게 변해 있었다.

"그럼 내일 뵙겠습니다."

나는 인사하고 택시에 탔다.

십 분 뒤, 숙소에 도착했다. 전체적으로 넓고 쾌적한 콘도였으나, 다소 심심한 콘도였다. PC방은 원래 없었고, 오락실이 있었으나 사정상 사라졌다는 이야기를 들었을 때 크게 아쉬웠다. 놀러 온 것은 아니지만, 콘도에서 전자오락을 한 판 하고 싶었다.

그때, 내 본래 임무를 상기시켜주는 전화가 왔다.

"아, 예. 사무국장님."

"숙소 도착했어? 네가 요청한 정보 모아왔다. 우선 작년에 정암사에서 죽은 강순자라는 여자 말인데, 그 여자는 정암사에서 제법 유명했다더라고."

"어떻게 말입니까?"

"매일매일 수마노탑에 오르는 이유가 헤어진 자기 자식들의 건강과 안전을 빌기 위해서였다고 하더라. 비가 오나 눈이 오나 하루에도 몇 번씩 올라가서 탑을 돌며 큰절을 올렸다더군."

"큰절이요?"

"응. 탑을 돌면서 정성을 드릴 때는 합장을 하는 게 보통인데, 강순자는 탑을 돌면서 큰절을 몇 번씩 올렸다고 해. 그래서 그 절 다니는 보살들이 칭송을 했다더라고."

"음, 그 정도의 정성이라면 자식들을 직접 찾아서 챙겨주면 더 좋았을 텐데요."

"그게 그럴 수가 없는 사정이 있었다나 봐. 남편이 폭력적이어서 어쩔 수 없이 자식들을 버리고 도망쳤다는데, 차마 아주 멀리 도망치지는 못하고 절 근처에서 살며 자식들을 위해 기도했다고 하니…… 참 옛날 사람들은 생각이 좀 딱하고 안됐지."

"수마노탑을 돌면서 탑을 향해 그냥 허리 숙여 절한 게 아니라 무릎 꿇고 큰절을 올렸던 거였군요."

"응? 그게 뭐 이상한가?"

"아, 아뇨. 그밖에 다른 정보는 뭐 있습니까?"

"모노레일에 관한 거 말인데. 일단 모노레일에서 최경태가 사망한 시점, 즉 모노레일 위의 달래호가 운행을 시작한 시점에서 비상정지가 일어났거나 달래호의 문이 강제로 개폐된 적은 없다는 것. 이건 확실해. 왜냐하면 모노레일 바깥에 달린 시시티브이로 확인됐기 때문이지. 이 시시티브이들은 달래호의 움직임이나 레일 자체를 계속 찍고 있었고, 범인에 의해 망가지지는 않았기 때문이지. 아, 그리고 사건 당시의 모노레일 움직임은 평소와 같았으며, 크게 더 흔들리거나, 이동 속도에 변화가 있었거나 하지도 않았어."

"이동 밀실 자체에는 아무런 조작이 없었다는 뜻이군요."

"그렇지."

"감사합니다."

대충 진상에 도달한 기분이 들었다.

"숙소는 어때? 32평짜리였지?"

나는 사전 답사하는 의미에서 혼자 왔음에도 큰 방에 묵게 되었다. 여름추리소설 학교가 열리면 이 방 하나에 여러 사람이 묵겠지.

"아, 예. 여기 숙소는 넓고 쾌적한데요. 결함이 딱 하나 있습니다."

"뭔데? 뜨거운 물이 안 나와?"

"예전에 오락실이 있었는데 폐쇄되었다고 합니다."

"끊는다."

다음 날.

2월 15일 아침이 밝았다. 대충 씻고 로비로 내려갔다. 체크아웃을 하고 뒤를 돌아보니 최용철이 로비로 들어왔다.

"편히 주무셨습니까?"

"네, 덕분에 잘 잤습니다."

우리는 예의 바르게 아침 인사를 나눈 뒤, 가까운 식당에서 아침 식사를 했다. 맑은 대구탕을 시켰다. 가운데 놓고 통째로 끓여 먹는 걸 생각했는데, 뚝배기에 일인분씩 담겨 나왔다.

"제가 가장 좋아하는 음식입니다."

최용철은 정말로 대구탕을 좋아하는지, 흔히 다대기라고 부르는 양념장을 잔뜩 섞어 먹었다. 내 입에도 맛이 좋았다. 나는 대구탕을 미친 듯이 집어 삼켰고, 식사는 오 분 만에 끝났다. 최용철은 급하게 먹는 나를 보며. "입맛에 맞으시나 봅니다" 하고 웃었다. 나는 우물거리는 입을 가리며 말했다.

"저, 일요일인데도 차량을 이렇게 제공해주시니 참으로 감사드립니다."

"아이구, 별말씀을요."

"그래서, 오늘 아침 식사만은 제가 꼭 대접해드리고 싶은데요."

"그러시겠습니까? 그럼 그러시죠."

의외로 선선히 허락을 받았다. 나는 주머니를 뒤졌다.

"아차차, 지갑을 차에 두고 내렸군요. 가지고 오겠습니다."

"그러십쇼. 아, 열쇠 가져가세요."

최용철로부터 열쇠를 받아서 일어났다. 최용철은 가게 주인에게, 와사비 섞은 간장을 좀 더 달라고 소리쳤다.

나는 가게를 나갔다. 그리고 최용철이 차를 주차해 둔 곳으로 미친 듯이 뛰어갔다. 차를 열자마자 나는 뒷좌석으로 몸을 날리다시피 했다. 뒷좌석에는 검은 석탄 가루와 흙이 잔뜩 묻은 트렁크가 있었다. 나는 그것을 열었다.

"윽."

방금 먹은 단단한 대구살이 식도를 툭툭 치는 것이 느껴졌다. 트렁크 안쪽에 말라붙은 피가 보였다. 마치, 손에 피를 묻힌 뒤 마구 트렁크 안쪽을 문지른 것 같은 지저분한 검붉은색 핏자국. 묘하게 생선 비린내 같은 비린내까지 풍겨 왔다. 적당한 길이의 빨랫줄 굵기의 밧줄도 몇 가닥이나 발견되었다.

그 순간, 나는 확신했고 또 갈등했다.

'어쩐다?'

이대로 도망쳐야 하나? 이대로 경찰에 신고해야 하나? 그래도 되나? 그러지 않으면 어떻게 되나? 온갖 생각이 머릿속을 휘저었다. 냉정해야 한다, 냉정해야 한다고 되뇌어봤자, 냉정해야 한다는 강박이 두뇌를 과열시킬 뿐이었다.

'시간!'

시간을 너무 끌었다. 나는 스마트폰 카메라로 트렁크 내부를 한 번 찍었다. 그리고 얼른 트렁크를 닫고, 자동차 문을 닫았다. 지갑은 처음부터 내 주머니에 있었다.

나는 협회 사무국장에게 문자를 보내며 가게 안쪽으로 들어갔다. 최용철은 식사를 마치고 커피를 마시고 있었다. 가게 유리문 입구 옆에는 소형 커피 자판기가 있었다.

"작가님도 한 잔 드시죠."

최용철이 커피를 뽑아줬다.

"감사합니다."

최용철이 내가 한 짓을 봤으면 어떡하나, 하는 생각뿐이었다. 그래서 뜨거운 커피에 입천장을 데었다.

"자, 그럼 가시죠. 이번 일정의 하이라이트인 구 동원탄좌입니다!"

우리는 차를 타고 구 동원탄좌로 이동했다.

한때 수많은 사람들이 일했던 동원탄좌에 도착하자 산업화 시대의 유적을 방문한 기분이 들었다. 옛 광업소 건물을 개조하여 만든 석탄유물전시관은 그야말로 사북 지역 탄광의 역사박물관이나 다름없는 곳이었으나, 건물 노후로 인해 아쉽게도 들어가 볼 수 없었다.

"조만간 석탄유물전시관은 리모델링이 될 겁니다. 그때 오시면 정말 좋은 체험을 해보실 수 있을 겁니다."

나는 고개를 끄덕였다. 그리고 철도를 신기하게 바라보았다.

"이 철도로 광차가 오고 가는 건가요?"

"예전에는 그랬죠. 석탄만 실어 나른 게 아니라 다른 것도 실어 나르곤 했죠."

"다른 것?"

"사람 말입니다. 인차라고 해서요, 노란색 꼬마 기차 같은 게 있습니다. 광부들은 그걸 타고 수천 미터를 들어가죠. 그런데 지금 시간에는 운행을 안 하는군요. 한 번 걸어서 들어가 보시겠어요?"

"그러죠. 재밌겠군요."

우리는 선로를 따라서 폐광으로 걸어갔다. 폐광 입구는 가까워 보였지만 막상 걸어서 가려니 꽤 멀었다.

"이런 철도가 없었으면 광부들이 엄청 힘들었겠군요. 광산 안으로 들어가는 것만 해도 지치겠어요."

"물론이죠. 흔히 말하는 막장이 사천 미터부터 시작된다고들 하는데, 폐광 전까지 광부들은 칠천 미터 가까이 들어가서 일했습니다. 거기까지 도달하는 시간만 한 시간이 넘게 걸립니다. 걸어서 한 시간이 아니라, 인차를 타고서도 한 시간이 넘게 걸리는 겁니다."

나는 전율했다. 어둠 속에 깊이 들어가서 일하는 줄은 알았지만, 실제로 석탄 채굴을 시작하는 곳까지 도달하는 데에만 한 시간 이상 걸린다니.

"거기가 끝이 아닙니다. 또 사갱이라고 해서, 비스듬한 오르막길을 더 올라가죠. 거기서 광부들이 처절하게 석탄과 싸우는 겁니다."

광부들이 굳이 깊이 파내려 갔으면서 왜 거기서 오르막길에 오르느냐고 물으려 했다. 그전에 최용철이 손짓 발짓으로 설명했다. 광부가 석탄을 잘게 부숴서 캐면, 그걸 홈통 같은 장비를 통해 내리막길 아래로 잘게 쪼개진 석탄을 내려 보내고, 그럼 중장비로 광차에 즉시 싣거나 그 자리에서 성분 분석을 한 뒤 옮기는 것이었다. 그냥 땅 속에서 평평한 벽에 놓인 석탄을 덩어리째 캐는 게 아니라, 어둠 속에서 분쇄 및 운반을 효과적으로 해내기 위해 사갱을 올라야 하는 것이었다.

새까만 석탄 가루가 풀풀 날리는, 하지만 창문이나 바람이 전혀 없어서 방진 마스크를 쓰고 일하는 모습을 상상하자 숨 쉬기가 힘들 정도였다.

이런 상상을 하는 동안 우리는 어느새 폐광 입구에 도달했다. 폐광 입구에는 동원탄좌 사북광업소 650갱이라고 적혀 있었다. 원래는 함부로 들어가면 안 되는 곳이나, 감시하는 사람이 없어서 우리는 그냥 들어갔다.

그렇게 폐광 안에 들어선 순간, 어둠에 대한 시각적 공포나 서늘한 공기 이전에 '동굴 냄새'가 가장 먼저 느껴졌다. 사람이 인공적으로 파낸 이 탄광에서는 내가 걱정했던 먼지 냄새 대신 서늘한 동굴 냄새가 나를 반겼다.

나는 코를 킁킁거리며 말했다.

"땅 속 칠천 미터에서 그런 고된 노동을 하려면 다른 것보다 우선 숨 쉬기가 무척 괴롭겠군요. 방진 마스크를 쓰고 일하려면 더더욱."

"사실 칠천 미터 아래에는 산소가 거의 없습니다. 전혀 없다고 해도 될 정도죠. 그래서 커다란 산소관과 펌프로 산소를 공급해줘야 하죠. 그래도 사람들은 일하다가 쓰러집니다."

"무시무시하군요."

우리는 발걸음을 멈추지 않고 계속 안쪽으로 걸어 들어갔다.

"오백오십 미터 지점까지는 일반 관광객들이 들어가도 되는 지점입니다."

들어가면 들어갈수록 등 뒤에서 빛이 점점 사라졌다. 그러다가 정확히 몇 미터 지점인지는 모르겠는데, 갑자기 빛이 뚝 끊겼다. 흠칫할 정도로 폐광 입구에서 들어오던 빛은 뚝 그쳤다.

"어우, 여기서부턴 진짜 완전한 어둠이군요."

"그러게 말입니다."

최용철의 말에 대답하면서 질문했다.

"이보다 더 깊은 곳에 관광객이 들어갔다가 길을 잃은 적이 있나요?"

"글쎄요."

우리는 한동안 말없이 걸어 들어갔다. 평행선 같은 철제 궤도처럼. 우리는 철도를 사이에 두고 걸었다. 그가 불쑥 질문했다.

"한 가지 더 재밌는 거 알려드릴까요? 아주 깊은 갱도에는 화장실이 어디 있는 줄 아십니까?"

나는 잠시 생각해봤다. 그리고 나름 자신을 담아서 정답을 읊어봤다.

"정답은…… 아주 깊은 갱도에는 화장실이 없다?"

"정답입니다. 어떻게 알았죠?"

"오고 가는데 인차를 타고 한 시간이 넘게 걸린다면 그냥 바닥에 싸는 게 합리적일 거라고 생각했습니다."

"그래요? 다르게 해석할 수도 있죠."

"다르게라면 어떻게 말입니까?"

"이 칠흑 같은 어둠에는 바깥세상의 상식, 예의, 도덕이 통하지 않는다. 그러므로 그냥 바닥에 싸도 된다, 라는 해석 말입니다."

"흥미롭군요. 그럼 부위원장님의 그 해석대로, 이곳에는 바깥의 질서나 법률이 통하지 않는다고 가정하고 한 가지 말씀을 드릴까 합니다만."

"기대되는군요. 어떤 말씀인가요, 작가님? 편히해주십시오."

나는 정면을 바라본 채, 어둠 속에 대고 말했다.

"나는 당신 동생이 스스로 모습을 숨긴 게 아니라, 살해되었다고 생각합니다."

"하하하!"

최용철이 크게 웃었다.

"갑자기 무슨 소리입니까? 설마, 제가 제 동생을 죽였다고 생각합니까? 장애인 동생이 귀찮아서 죽이기라도 했다?"

최용철은 어둠을 향해 자꾸 웃었다.

"저는 아버지한테 유산을 물려받았습니다. 그런데 굳이 동생을 죽일 이유가 없잖아요?"

"그럼 이렇게 물어보죠. 제 앞에 거짓말 탐지기가 있다고 생각하고 이 질문을 들어주십시오. 당신은, 당신 남동생을 '직접' 죽이진 않았습니다. 그렇죠?"

최용철 주변 공기가 조금 굳는 게 느껴졌다.

"또 이렇게 한 번 물어볼까요? 당신은 당신 부모를 '직접' 죽이진 않았습니다. 그렇죠?"

최용철의 고개가 나를 향하는 게 느껴졌다.

"당신은 당신의 어머니 강순자, 당신의 아버지 최경태, 그리고 당신의 남동생 최용훈을 모두 죽음에 이르게 했습니다. 그러나 '직접' 죽인 것은 아닙니다. 그리고 직접 죽인 것이 없으므로, 하지만 어떤 식으로든 그들의 죽음에 강하게 관여했으므로 숨기지 않는

392

대신 모르는 사람에게 과장될 정도로 잔뜩 떠들어대는 수밖에 없었다. 이것이 내가 내린 결론입니다.”

“어떻게 그런 결론이 내려진 겁니까?”

“상당 부분 상상이 가미된 추론이 되겠지만, 듣고 싶으시다면 들려드리죠.”

“내가 만약 듣고 싶지 않다면 말을 안 할 겁니까?”

“네. 하지만 제가 추리를 할 경우, 사실만 대답하겠다고 맹세하셔야 합니다.”

나는 내 모든 걸 던졌다. 이젠 돌이킬 수 없다. 상대가 동의하면 추리를 해야 한다.

“좋습니다. 한 번 들어보죠, 그놈의 추리인가 뭔가.”

최용철은 툭 내뱉듯이 말했다. 나는 심호흡을 했다.

“저는 이 부분이 가장 의심스러웠습니다. 당신은 왜 어머니인 강순자를 먼저 죽인 것일까? 하고 말입니다.”

“흠.”

최용철의 긍정도 부정도 하지 않는 콧소리를 나는 무시했다.

“이상하지 않습니까? 당신 팔을 못 쓰게 만들고 동생을 하반신 불구로 만든 게 당신 아버지라면, 당연히 아버지를 먼저 죽이고 싶어 해야 하지 않을까요?”

“어쩌면, 직접 때린 아버지보다는 도망쳐버린 어머니를 더 증오했기 때문일지도 모르지요.”

최용철은 딴 사람 심리를 분석하듯 말했다.

"그렇다면, 왜 하필 당신 아버지가 부자가 된 이후에 살인을 결행한 겁니까?"

"그야, 갑자기 부자가 된 아버지 소식을 듣고 뒤늦게 분노가 촉발되어서……."

"저는 그것이 거짓은 아닐지라도, 진정한 이유는 아니라고 생각합니다. 진정한 이유는 돈 때문 아닙니까?"

내가 지적하자 최용철은 입을 다물었다.

"당신이 어머니를 먼저 죽이고 그다음 아버지를 죽인 것도 그런 이유였죠? 당신이 만약 돈이 많은 아버지를 먼저 죽이고 그다음 어머니를 죽일 경우, 상속 받을 유산의 상당액은 배우자인 당신의 어머니 쪽으로 흘러가게 됩니다. 그걸 방지하기 위해서라도, 어머니를 먼저 살해하고 그다음 아버지를 모노레일에서 살해한 거죠."

"뭐, 그게 사실이라고 칩시다. 그럼 내 범행 동기가 부모에 대한 원한 플러스 돈 욕심이라고 설명이 되는군요. 하지만 동기가 있다고 내가 범인이 되는 건 아니죠. 만약 동기만으로 제가 범인이라면 경찰이 저를 풀어주지 않았겠죠."

"맞습니다. 그렇다면 현 시점에서 당신이 진범이라는 걸 밝히려면, 당신이 당신 부모를 '어떻게' 죽였는지가 더 중요하겠죠."

"저기 근데, 아예 나를 범인으로 단정 내리고 시작하는 것 같은데요? 원래 추리가 그렇습니까?"

꽤 괜찮은 지적이었다. 나는 어둠 속에서 피식 웃었다.

"경찰은 저처럼 추리하면 절대 안 됩니다. 하지만 저는 지금 아마추어 탐정 역할이니까요."

"그럼 어디 계속 해보시죠. 만약 내가 부모와 동생을 죽인 범인이라면, 나는 어떻게 범행을 저질렀습니까?"

"사실, 그 부분이 함정이었죠?"

내가 묻자 최용철의 웃음이 다시 사라졌다.

"앞서 말했듯이, 당신은 '직접' 살인을 저지르지 않았습니다. 모든 살인은 당신 동생인 최용훈이 저지른 거죠?"

최용철은 다섯 걸음 이후에야 입을 열었다.

"잊으신 겁니까? 제 동생은 하반신 불구입니다. 제 도움 없이는 거동도 제대로 못해요."

"물론 기억합니다."

"그런데 왜 제 동생이 살인을 저질렀다고 하는 겁니까? 제1사건의 배경은 정암사 수마노탑이었습니다. 제 동생이 어떻게 정암사의 계단을 올라가 수마노탑에서 어머니를 끈으로 목을 졸라 살해한단 말입니까? 남들 눈에 안 들키게 엉금엉금 기어서 가기라도 했단 말입니까? 그리고 제2사건의 배경인 모노레일 달래호에 탑승했던 것은…… 그래요. 둘뿐이니 사실대로 말하죠. 내가 녹색 야상을 입은 놈이고, 그날 내가 아버지 최경태의 뒤를 따라 달래호에 함께 탑승했습니다. 물론 포스트잇으로 시시티브이를 가린 것도 나였죠. 하지만 시시티브이에 찍힌 것은 저와 제 아버지 최경태 두 사람 뿐이었습니다. 시시티브이를 가린 직후에 동생이 모노레일에 탑승하는 것은 불가능합니다. 저는 모노레일의 문이 완전히 닫히고 이동을 시작한 직후에 시시티브이를 포스트잇으로 가린 것이기 때문입니다. 그런데 어떻게 제 동생이 모노레일 안에 있는 최경태를 죽였단 말입니까?"

"두 가지 사건, 하나의 트릭이죠. 사실, 최용철 부위원장님이 제게 제1사건만 소개해주셨다면 저는 사건의 진실을 도저히 알아낼 수 없었을 겁니다. 하지만 오히려 더 어려워 보이는 제2사건까지 친절하게 소개해주셨기 때문에 상대적으로 쉽게 진실에 도달할 수 있었습니다. 사건은 두 개지만, 실제로 사용된 트릭은 하나였거든요."

원래 추리소설이라는 게 그렇다. 살인이 딱 한 건만 일어나는 추리소설보다, 살인이 두 건 이상 일어나는 추리소설이 좀 더 풀기 쉬운 법이다. 그리고 가능성이 열려 있는 사건보다 가능성이 꽉 막힌 사건이 더 쉬운 법이다. 최용철이 제1사건만 내게 소개했다면 나는 진실에 도달하지 못했을 것이다.

"트릭이라. 내가 어떤 트릭을 썼단 말입니까?"

"분명, 부위원장님은 동생 최용훈 님과 극진하게 긴밀한 사이라고 하셨죠?"

"물론입니다. 함께 가출한 이래로 우리는 둘뿐이었지요. 저는 제 동생을 목숨보다 더 아꼈습니다."

"늘 단둘이 지냈습니까?"

"예."

"그럼 당신 동생은 당신이 시키고 가르치는 대로 행동했겠군요."

"그게 문제라도 됩니까? 단둘이 붙어서 살다 보면 동생은 형이 가르치는 대로 행동하는 거죠. 그게 뭐가 문제란 말입니까?"

"그거 가지고 뭐라 할 생각은 없습니다. 다만 사실 확인만 하려고 하는 겁니다. 형제가 단둘이 지냈고, 몸이 불편한 동생은 형의 가르침만을 받을 수밖에 없는 상황이었다는 것이 이 트릭의 핵심입니다. 당신은 당신 동생을 '흉기'로 키웠습니다."

"흉기라니. 스파이 영화도 아니고 뭔 소리입니까? 사람을 흉기로 키우려면 장애인이 아닌 사람을 흉기로 키워야죠. 제 동생은 허리 아래로는 감각도 제대로 느끼지 못하는 장애인이란 말입니다."

"영화에서는 그런 식으로 인간 흉기를 묘사하죠. 하지만 진정한 흉기의 요체는 꼭 필요한 수준의 '살상력'과 '휴대성'입니다. 그 누구도 핵무기나 공성추 따위를 굳이 흉기라고 묘사하지 않죠. 휴대성과 살상력을 모두 보장받는 경우에 비로소 흉기라고 부를 수 있는 겁니다."

"그러니까 다리 병신인 내 동생이 무슨 흉기냐고요."

"당신 동생 최용훈은 마르고 체구가 작은 편이라고 했죠? 그렇다면 일반적인 바퀴 달린 트렁크에도 들어가겠군요."

"아니, 내 동생이 작다는 건 남자치곤 작다는 뜻입니다. 어떻게 바퀴 달린 트렁크에 들어간단 말입니까?"

"가능합니다. 두 다리만 없다면."

"뭣……!"

"하반신 불구라서 움직이지도 못하고 감각도 없다고 했죠?"

최용철은 대답이 없었다.

"당신은 당신 동생의 움직이지도 못하고 감각도 없는 다리를 그냥 잘라버린 겁니다. 그리고 트렁크 속에 넣었죠. 물론 그냥 다리를 자른다고 하는데 승낙할 동생은 없죠. 하지만 당신은 오랜 시간이 있었죠. 당신 동생과 단둘이 살면서, 세뇌하고 조종하기 위한 오랜 시간 말입니다. 그리고 얼마 전, 당신 아버지는 큰돈을 벌었고, 당신은 적절한 시간이 왔음을 확신했죠. 당신은 잘 먹고 잘 사는 아버지의 모습을 당신 동생에게 보여주며 유혹했을 겁니다. "네 다리를 못 쓰게 만든 저 아버지란 인간은 잘 먹고 잘 산다. 결심이 필요하다. 네가 다리를 자르고 내 흉기가 되어준다면, 우린 저 인간 유산을 모두 획득할 수 있다"라는 식으로요."

최용철은 "증거 있어?"라고 되묻지 않았다. 왜냐하면 내가 트렁크 내부를 확인했다는 것을 그도 눈치챘기 때문이다. 트렁크 내부가 피투성이인 이유는 최용철이 직접 최용훈의 다리를 자르고 제대로 치료조차 안 한 채 트렁크 속에 넣었기 때문이다.

최용훈은 최용철이 지시를 내릴 때까지, 트렁크 속에서 살인용 끈을 두 손에 쥔 채 대기하고 있었다.

"그리고 앞서 말한 대로 제1사건이 발생합니다. 당신은 트렁크 속에 다리가 없어서 가볍고 크기가 줄어든 동생과 살인용 끈을 넣어 트렁크를 들고 수마노탑까지 올라갑니다. 그리고 당신은 트렁크를 수마노탑 바로 옆 난간 근처에 두고, 수마노탑 뒤편에 숨습니다. 당신 어머니가 평소 시간대로, 정해진 자리에서 엎드려 큰절을 하는 순간, 당신 동생은 트렁크에서 나와 당신 어머니의 목을 끈으로 조릅니다. 다리가 없는 건 문제가 없죠. 당신 어머니는 엎드려서 큰절을 올리고 있었으니까요. 다리가 없는 당신 동생도 큰절 올리는 여자를 등 뒤에서 살해할 수 있었겠지요."

나는 최용철의 숨소리에 귀를 기울였다. 숨소리가 거칠어져 있었다.

"당신 동생이 살인을 마친 뒤, 당신은 당신 동생을 다시 트렁크에 넣습니다. 당신이 이기적이고 사악한 건 당신 동생의 지문과 땀이 묻은 흉기인 끈을 일부러 그냥 방치합니다. 왜냐? 당신이 혹시라도 나중에 조사를 받게 된다 해도, 현장에 남은 흉기와 당신 사이의 연결 고리가 없기 때문이죠. 흉기로 사용된 가느다란 밧줄 표면에 남은 표피 세포에서 얻어낼 DNA와 당신의 DNA는 불일치하고, 그 이전에 당신은 왼팔이 없으므로 두 손으로 강순자의 목을 조를 수 없으니까요. 당신은 동생에게 두 손으로 이용 가능한 흉기를 주고, 당신은 동생 자체를 흉기로 이용한 겁니다. 이렇게 제1사건에 대한 설명이 끝났습니다. 제2사건은 더 쉽죠.

그 다음날. 당신은 당신 아버지를 죽이기로 합니다. 당신 아버지가 아파트에서 나와 하행 방향 모노레일을 타는 시각은 어렵지 않게 조사했겠지요. 모노레일 탑승객이 매우 적다는 사실도 미리 알아뒀을 겁니다. 당신은 일부러 마스크를 쓰고, 당신 아버지 최경태가 타는 모노레일에 함께 탑승합니다. 물론 오른손에는 당신의 '흉기'인 동생이 든 트렁크를 끌고요. 당신 아버지는 바로 뒤에 탄 당신을 한 번에 알아보지 못합니다. 그야 당연한 일이죠. 당신은 예전에 가출했고, 마스크까지 썼으니까요. 그리고 당신은 모노레일이 하행 방향으로 출발한 순간, 미리 준비한 넓은 포스트잇을 내부 시시티브이에 붙여서 가립니다. 그리고 뒤돌아서 당신 아버지를 부르죠. 당신이 별다른 위협을 가하지 않았는데도 최경태가 의자에서 바닥으로 엉덩방아를 찧은 것은 가출한 아들이 죽이려는 눈빛을 한 채 자기 이름을 불렀기 때문이겠지요. 전혀 모르는 괴한과 마주하는 정도로는 의자에 앉아 있던 사람이 바닥에 엉덩방아까지 찧을 리가 없으니까요.

이제부터 설명할 제2사건의 본격적인 부분은 제1사건의 살인 트릭과 동일합니다. 당신은 트렁크를 엽니다. 물론 외부 시시티브이의 카메라 각도에 닿지 않게 바닥에 둔 트렁크에서요. 트렁크에서 기어 나온 당신 동생 최용훈은 자신의 인생을 망친 아버지를 죽이기 위해 악귀처럼 달려들었겠죠. 끈으로 아버지의 목을 한 바퀴 감습니다. 물론 최경태 또한 보통 인물은 아니라서 필사적으로 저항하죠. 최경태는 자신을 죽이려는 둘째 아들 최용훈의 얼굴과 목, 머리를 마구 할퀴며 저항합니다. 최용훈은 최용훈대로 원망을 담아 아버지의 목을 필사적으로 조릅니다. 일 분에서 이 분 남짓한 지옥 같은 시간이 지나고, 최경태는 사망합니다. 그리고 당신은 신속히 최용훈을 트렁크 안으로 밀어 넣습니다. 물론 흉기로 사용된 끈은 그대로 방치합니다. 최경태의 손톱에 남은 최용훈의 살점과 피, 머리카락은 일부러 방치합니다. 어차피 당신 게 아니니까요.

모노레일은 하행 승강장에 멈추고, 당신은 시시티브이를 가린 포스트잇을 떼어낸 뒤, 트렁크를 챙겨서 도주합니다. 여기까지가 제2사건입니다.

마지막으로 아직 경찰이 사건으로 인지하지 못한 제3사건이 있죠. 당신 동생의 죽음 말입니다. 살인을 저지른 범인은 흉기를 처리해야 하는 법입니다. 당신은 두 건의 살인에 사용한 당신만의 흉기인 동생 최용훈을 처리하기로 합니다. 동생을 죽이지 않고 마냥 가만히 집에 둘 수도 없습니다. 살인 공범을 살려두면 경찰에게 모든 걸 자백할 여지가 있으니까요. 늘 그랬듯이 당신이 직접 죽이진 않았겠죠. 대신 하반신 불구인 동생을 죽도록 방치했을 거라고 생각했습니다. 그러기 좋은 장소가 바로 이곳, 폐광입니다. 당신은 지역 발전위 부위원장이고 외부인의 투어를 맡아서 할 정도로 이 동네에 대해 잘 아는 토박이입니다. 그러니 미리 수시로 이 폐광을 조사했을 거라고 생각합니다. 일반 관광객은 오백오십 미터까지만 들어갈 수 있다고 했던가요? 그렇다면 오백오십 미터보다 더 깊은 곳…… 그곳에 당신 동생을 두고 온 것 아닙니까? 이 깊숙한 곳에 하반신 불구인 동생을 버린다면, 제대로 봉합되지 않은 다리 상처와 굶주림 등으로 죽을 수밖에 없겠죠. 잔혹하지만, 당신은 당신 동생을 직접 죽인 게 아니게 됩니다. 법적으로 살인죄가 적용되는지 유기죄가 적용되는지는 잘 모르겠어요. 장애인 동생을 죽이려는 목적으로 광산 속에 유기했음에도 직접 죽인 것은 아니니까요. 적어도 당신의 양심, 이걸 양심이라 불러도 되는지 모르겠지만, 하여간 당신 양심은 직접 동생을 죽인 것은 아니게 되겠지요. 제 추리는 이상이며, 한 가지만 묻죠. 당신은 당신 동생을 언제 버렸습니까?"

"어제 오전이오."

예상보다 최근이다. 나는 그가 4월 3일쯤 동생을 버렸을 거라고 생각했다.

"어제 새벽이요?"

"아니, 어제 오전 11시쯤."

나는 깜짝 놀랐다. 내가 어제 12시 15분에 도착했으니, 나와의 약속 장소에 오기 직전에 버리고 왔다는 뜻이다.

"정말 의외군요. 4월 2일에 당신 아버지를 살해한 뒤 버린 게 아니라……."

"차마 못 버리겠더군요. 한참을 망설이다가 어제 오전에 겨우 버렸던 겁니다."

"그냥 버렸습니까?"

"진통제랑 내가 먹던 수면제를 손에 쥐여주고 왔습니다. 그 자리에서 몇 알 먹이고요."

"어제 버렸다면, 아직 희망이 있군요. 지금 같이 구하러 갑시다."

나는 더 안쪽으로 발걸음을 옮겼다. 최용철은 다급하게 나를 말렸다.

"구하러 가다니! 정확히 어디 있는지 이젠 나도 모릅니다. 그 정도로 깊은 곳에 버렸습니다."

"그럼 당신 동생을 그냥 죽게 둘 겁니까?"

"어차피 내 동생은 오래 못 삽니다. 위험하게 구하러 갈 생각은 없습니다."

"그럼 나 혼자라도 가죠. 대충 위치만 알려줘요."

나는 스마트폰으로 손전등 애플리케이션을 켰다. 그리고 최용철의 얼굴을 비췄다. 걱정했던 것과 같은 살인귀의 얼굴은 없었다. 동생을 구하러 가야 하나 말아야 하나 망설이는 형의 얼굴이 있었다.

"제길, 뭣하러 위험을 무릅씁니까?"

"당신 자수할 때 참작의 여지가 있을지도 모르니까."

"자수? 누가 자수를 한다고 합니까!"

"그 질문에 답하려면 저도 한 가지 물어야 합니다. 당신이 정말 살인자라면, 왜 지역발전위 부위원장으로서 저에게 투어를 제공하고, 굳이 자신이 저지른 범죄의 단서들을 제게 제공한 겁니까?"

"모르겠군요."

"저는 압니다. 사실, 당신은 자수하고 싶은 겁니다."

"헛소리!"

"자수할 게 아니라면, 왜 범행 도구인 트렁크를 차 뒷좌석에 두고 다니십니까? 그리고 고한읍 답사를 일부러 추리 투어로 만든 이유는 뭡니까? 군이 사건과 관련된 사실들을 내게 가르쳐 준 이유는 뭐죠? 사실은 누군가가 진실을 밝혀내주기를 바란 거 아닙니까? 하지만 막상 경찰이 진실을 밝히기를 바라지는 않은 거죠? 그렇다고 아무 사람한테나 당신이 저지른 일을 말할 수는 없고…… 그래서 마침 한국추리작가협회에서 온 저에게 사건을 설명하고 적당히 힌트를 던져가며 투어 진행을 조절한 거 아닙니까? 즉, 내가 이렇게 추리해서 당신을 범인으로 지목한 것도, 사실은 당신이 내심 바라고 있던 거 아닙니까?"

나는 확신했다. 그가 자신의 왼팔이 싸구려 의수라는 걸 밝힌 시점에서, 최용철은 자신이 범인이라는 걸, 내가 폭로해주길 바라고 있었을 것이다.

최용철은 대답이 없었다.

"지금이라도 당신 동생을 버린 곳으로 갑시다. 그다음 자수하시죠."

"큭……!"

그때였다.

"혀엉…… 형아……! 형아……!"

아주 멀리서 갓난애 울음 같은 목소리가 들려왔다.

"요, 용훈아아아아아!"

최용철이 울부짖었다. 그는 소리가 들린 곳으로 달려갔다. 의외로 가까운 거리처럼 들렸지만 실제로는 상당히 먼 곳에서 오는 메아리였다.

"갑시다!"

내가 소리쳤다. 최용철이 뭐라 말하기 어려운 울부짖음으로 함께 최용훈의 목소리가 들리는 곳으로 달려갔다. 낭패스럽게도 갈림길이 몇 개나 있었다.

"거기, 안쪽입니다!"

내가 소리쳤다. 목소리가 그곳에서 들려왔다. 최용철은 그곳으로 달려갔다.

어둠 속에서 흔들리는 스마트폰 불빛 속에서 우리는 한참 달려갔다. 목소리가 메아리쳐서 최용훈을 찾는 일은 쉽지 않았다.

숨이 차서 더 뛰지 못하겠다고 생각한 순간.

"앗, 저기!"

바닥에서 기어 나오는 최용훈이 보였다. 잘린 다리에 감긴 붕대는 까맣게 변해 있었고, 피와 고름 때문에 악취가 났다.

"혀엉, 미안해. 아부지 돈 형 다 가져도 돼. 그냥 같이 살자. 응?"

최용훈은 엎드린 자세로 두 손을 모아 최용철에게 빌었다. 최용철은 눈물을 왈칵 터뜨리더니 무릎을 꿇었다.

"미안하다, 동생아. 미안해."

최용철은 울었다. 최용훈도 같이 울었다. 나는 그들을 관찰했다.

최용철은 자기 부모를 죽이기 위해 동생 다리를 자르고, 부모를 죽이라고 동생에게 세뇌시키고, 다 죽인 뒤 그 동생을 캄캄한 곳에 버리고, 부모가 죽은 곳을 투어 하듯이 추리작가에게 소개한, 모순 덩어리 범죄자였다.

하지만 자기 동생이 죽어가자 눈물을 흘렸다. 나는 모순을 가진 범죄자가 인간적인 면모를 드러내는 모습을 보고 뭐라 말하기 힘든 감동을 느꼈다. 실제로는 어두워서 잘 보이지도 않았다. 스마트폰을 켠 채로 달렸더니, 오래된 베터리는 쉽게 전력이 소모되어서 스마트폰은 종료되어버렸다. 하여간 최용철과 최용훈의 모습은 감동적이었다.

우리에게 남은 문제는 딱 하나였다.

우리는 나가는 길을 몰랐다.

7

여덟 시간에 걸친 조난 끝에 우리는 구조되었다. 아쉽게도 최용훈은 구출 직전 세균 감염으로 죽었다. 조난을 당하지 않아도, 그는 병원에서 패혈증이나 다른 무서운 진단을 받고 죽었을 가능성이 높았다. 최용철은 담담하게 결과를 받아들였다. 그는 이것을 죗값이라고 생각하는 모양이다. 그는 구조된 직후 자수 의사를 밝혔다.

우리가 구조될 수 있었던 건 전부 한국추리작가협회 사무국장 덕분이다. 나는 식당에서 최용철의 트렁크를 사진으로 찍은 뒤 사무국장에게 만약을 대비해 증거 사진을 보냈다. 그리고 사진을 첨부파일에 놓고, 메시지에는 "좀 있다 탄광으로 갑니다. 세 시간 안에 연락 없으면 정선 경찰서에 구조 요청을 좀 해주세요"라고 부탁을 했다. 여덟 시간이나 걸린 것은 우리가 어둠 속에서 가만히 있지 않고 이리저리 옮겨 다니며 더 깊이 들어갔기 때문일 것이다.

하여간, 나의 고한읍 투어는 그렇게 마무리되었다.

이 괴로움을 기억하기 위해, 나는 내가 할 줄 아는 유일한 짓을 했다. 내 경험을 소설로 옮겨 쓴 것이다. 여러분이 읽고 있는 이 글이 바로 그 체험담이다.

올해 여름, 나는 다시 고한읍에 갈 예정이다.

이번에는 제발 아무 사건에도 휘말리는 일이 없기를.

김범석

2012년 『계간 미스터리』 여름호에 「찰리 채플린 죽이기」로 신인상을 수상했다.
발표작품으로 「왕산장 사건」 「역할분담살인의 진실」 「일각관의 악몽」 「오스트랄로의 가을」 「휴릴라 사태」 등이 있다.